THE QUEEN OF CRIME
繁體中文版
20週年
紀念珍藏

哪個聖誕布丁？

阿嘉莎·克莉絲蒂——著
許葵花——譯

Agatha Christie®

The Adventure of the Christmas Pudding

通俗是一種功力

吳念真（導演、作家）

通俗是一種功力。絕對自覺的通俗更是一種絕對的功力。

這樣的話從我這種俗氣的人的嘴巴說出來，大概很多人要笑破褲底了。不過，笑完之後請容我稍稍申訴。這申訴說得或許會比較長一點，以及，通俗一點。

小時候身材很爛，各種遊戲競爭完全任人宰割，唯一隱遁逃避的方法是躲起來看書或聽大人瞎掰。那年頭窮鄉僻壤的小孩能看的書不多，小學二年級時最喜歡的是超大本的《文壇》，老師借的。看著看著，某天老師發現我的造句竟出現：「捧著：朝陽捧著一臉笑顏為群山剪綵」這樣亂七八糟的文字，就拒絕再讓我看那些超齡的東西了。

老師的書不給看，我開始抓大人的書看。一種是厚得跟磚塊一樣的日文書，對我來說那完全是天書，但插圖好看，經常有限制級的素描。另一種書是比較薄的，通常藏得很嚴密，只是裡面有太多專有名詞、重複的單字和毫無限制的標點，比如「啊啊啊」、「……！！」

老讓我百思不解。有一天，充滿求知欲地詢問大人竟然換來一巴掌後，那種閱讀的機會和樂趣也隨著消失了。

所幸這些閱讀的失落感，很快從大人的龍門陣中重新得到養分。講到這裡，我似乎先得跟一個村中長輩游條春先生致敬，並願他在天之靈安息。

我所成長的礦區，幾乎全是為著黃金而從四面八方擁至的冒險型人物，每人幾乎都有一段異於常人的傳奇故事。這些故事當事人說來未必精采，但一透過游條春先生的嘴巴重現，有時連當事人都聽得忘我，甚至涕泗縱橫，彷彿聽的是別人的故事。

條春伯沒當過日本兵，可是他可以綜合一堆台籍日本兵的遭遇，一如連續劇般從入伍、受訓、逃亡荒島，面對同鄉同袍的死亡，並取下他們的骨骸寄望帶回故鄉，乃至骨骸過多搞不清哪是誰的等等，讓聽的人完全隨他的敘述或悲或笑，彷彿跟他一起打了一場太平洋戰爭。此外他也可以把新聞事件說得讓一個三、四年級的小孩，到現在仍記得當時腦中被觸動的畫面。例如當年瑠公圳分屍案的凶手做案之後帶著小孩到安東街吃麵（這讓我一直以為台北的安東街是條專門賣麵的街道），還有甘迺迪總統被暗殺、賈桂琳抱住她先生、安全人員跳上飛快的車子保護賈桂琳……當然，這記憶全來自條春伯的嘴巴而不是報紙。我的記憶全是畫面，有畫面，是因為條春伯說得精采，說得有如親臨他至死都還搞不清地理位置的達拉斯命案現場。

於是這小孩長大後無條件地相信：通俗是一種功力，絕對自覺的通俗更是一種絕對的功力。透過那樣自覺的通俗傳播，即使連大字都不識一個的人，都能得到和高階閱讀者一樣的感動、快樂、共鳴，和所謂的知識、文化自然順暢的接軌。也許就是因為這些活生生的例子，俗氣的自己始終相信：講理念容易講故事難，講人人皆懂、皆能入迷的故事更難，而能隨時把這樣的故事講個不停的人，絕對值得立碑立傳。

條春伯嚴格地說是有自覺的轉述者，至於創作者，我的心目中有兩個。一個是日本導演山田洋次，一個是推理小說家阿嘉莎・克莉絲蒂。

山田洋次創造了寅次郎這個集合所有男人優點跟缺點的角色，在以《男人真命苦》為名的系列下，總共完成百部左右的電影。它們的敘述風格、開頭、結尾的方法不變，唯一改變的是故事，是時代，是遍歷日本小鄉小鎮的場景。數十年來，看《男人真命苦》幾已成為日本人每年的一種儀式，一如新春的神社參拜。

數十年前訪問過山田導演，他說，當他發現電影已然有它被期待的性格時，電影已經不是導演自己的。他說：當所有人都感動於美人魚的歌聲時，你願意為了讓她擁有跟你一樣的腳，而讓她失去人間少有的嗓音嗎？

人間少有的嗓音與動人的歌聲，都來自山田導演絕對自覺的通俗創造。

再如阿嘉莎・克莉絲蒂，如果我們光拿出她說過的故事和聽過她故事的人口數字，就足以嚇死你。五十多年的寫作生涯，她總共寫出六十六本長篇推理小說，外加一百多篇短篇小說和劇本。其中有二十六本推理小說被改編，拍了四十多部電影和電視劇集。作品被翻譯成一百零三種文字的版本，銷量超過二十億本。

夠了。你還想知道什麼？知道二十億本的意義是什麼嗎？二十億本的意義是全世界平均三個人就有一個人讀過她的書，聽過她說的故事。

說來巧合，她和山田洋次一樣，創造出個性鮮明的固定主角（當然，前前後後她弄出來好幾個），然後由他（或是她）帶引我們走進一個犯罪現場，追尋真正的罪犯。

故事就這樣？沒錯，應該說這是通常的架構。那你要我看什麼？不急，真的不急，克莉絲蒂會慢慢冒出一堆足夠讓你疑惑、驚嚇、意外，甚至滿足你的想像力、考驗你的耐心和智商的事件來。

推理小說不都是這樣嗎？你說得沒錯，大部分是這樣，不一樣的是……對了，她像條春伯，像山田洋次，她真會說，而且她用文字說。

文字的敘述可以讓全世界幾代的人「聽」得過癮、「聽」個不停，除了聖經，也許就是克莉絲蒂。她不是神，但她真的夠神。

數十年前，台灣剛剛出現她的推理系列中譯本，那時是我結婚前，常有同齡的文藝青年來我租住的地方借宿，瞄到我在看克莉絲蒂，表情詭異地說：「啊？你在看三毛促銷的這個喔？」

我只記得他抓了一本進廁所，清晨四點多，他敲開我的房門說：「幹，我實在很討厭那個白羅……再拿一本來看看，我跟你說真的，要不是你的書，我真的很想把那個矮儸壓到馬桶吃屎！」

我知道他毀了，愛吃又假客氣，撐著尊嚴騙自己。克莉絲蒂再度優雅地撕破一個高貴的知識份子的假面具，她的手法簡單，那手法叫通俗，絕對自覺的通俗，無與倫比、無法招架的功力。

昔日的文藝青年如今跟我一樣，已然老去，但不時還會看到他寫一些充滿理念和使命感極重的文章，在報紙和雜誌上出現。我知道他要說什麼，只是常常疑惑他想跟誰說；同樣，我記得他說過什麼，但轉眼間忘記他說了什麼。但請原諒我，幾十年前那個晚上，他在我家看完的那兩本克莉絲蒂的小說內容，我可還記得清清楚楚。

也許有一天再遇到他的時候，我會問他之後是否還看過克莉絲蒂其他的書，如果沒有，我會跟他說，想讀要趁早，因為你會老、會來不及。至於白羅那個矮儸，大概永遠不會消失。哦，對了，還有一個叫瑪波，你說不定會來不及認識……

老派偵探之必要

冬陽（推理評論人，台灣推理作家協會理事長）

「讀者非常喜歡白羅這個人物，表示『那個開朗的小個子，過氣的比利時名偵探』。顯然白羅是這本小說受歡迎的一個原因，雖然白羅可能不贊同用『過氣』二字來形容他。」知名編輯兼作家經紀人約翰·柯倫（John Curran）在《阿嘉莎·克莉絲蒂的秘密筆記》一書如是說，文中提到的「這本小說」，正是克莉絲蒂初試啼聲、名偵探赫丘勒·白羅優雅登場的《史岱爾莊謀殺案》，一部於一個世紀前出版的偵探推理作品。

百年光陰的淬鍊顯然證明了白羅絕無過氣的疲態，連帶讓我聯想起電影《金牌特務》（*Kingsman*）上映後，大眾熱議西裝如何能帥氣俊挺歷久不衰——或許可以從這個切入角度，在這裡跟老書迷、新讀友探究這個蛋頭翹鬍子偵探（我沒有影射哪款洋芋片食品喔）的魅力所在。

且讓我們話說從頭。

「我敢打賭你寫不出好的推理小說。」一九一六年，阿嘉莎．米勒（克莉絲蒂婚前的舊姓）在媽媽的打字機上敲擊，打算回應姐姐梅姬這挑釁的話語。她努力嘗試，但故事寫得不好，於是改從身旁熟悉的事物著手——比方說毒藥。阿嘉莎在藥房工作過，曾在某個夜裡驚醒，匆匆回到調劑室重新配置，因為她不記得有沒有漏做一個重要步驟，否則病患就要去見閻王了——噢，這似乎是個謀殺好點子。

阿嘉莎還記得姨婆對她的叮嚀：要注意他人覬覦她珍藏的首飾，時時留意是不是有人偷偷拉長了耳朵聽她們的竊竊私語。小阿嘉莎不但執行得徹底，還把這個習慣寫進小說裡。同時她還注意到，因為世界大戰爆發，家鄉托基湧入許多比利時難民，不如讓一個逃難到英國的比利時退休警官擔任偵探？一定很有趣！

啊，偵探小說顧名思義，只要塑造出一個教人印象深刻的偵探，大概就成功一半。這個人物必須要有特色、有個性，甚至是怪癖，而且聰明又自負。好幾個名字浮現在她腦海裡：莫里斯．盧布朗（Maurice Leblanc）筆下的怪盜紳士亞森．羅蘋、卡斯頓．勒胡（Gaston Leroux）創造的新聞記者胡爾達必，當然還有那最最知名的夏洛克．福爾摩斯——連帶創造一個華生型的助手好了。該怎麼安排呢……

於是，一位偵探的樣貌漸漸成形：五呎四吋的小個兒，蛋型臉上蓄著保養得宜、梳理有型的鬍子，衣著一塵不染，漆皮鞋擦得錚亮。他有嚴重的潔癖，說話不時夾雜法語，喜歡成雙成對的東西，喜歡方的不喜歡圓的（雞蛋為什麼不是方的呢？），口頭禪是「動動灰色的腦細胞」。阿嘉莎心想，他應該要有個像福爾摩斯一樣響亮的名字，取名「赫丘勒斯」怎麼樣？希臘神話中的大力士。姓氏叫白羅，不過搭赫丘勒斯這個名字好像不配……改一下，赫丘勒．白羅好像不錯？就這麼定了吧！

白羅很聰明，懂得觀察入微沒錯，但這並不表示他就得是台獨尊腦袋、缺乏情感的冰冷思考機器，尤其要在人物關係錯綜複雜的莊園宅邸查案追凶，交際手腕得高明些才行。他不是在謀殺發生、屍體出現後才開始像頭獵犬四處嗅聞，而是憑藉旺盛的好奇心與強烈的同理心接觸各種人事物，進而探入被害者、犯罪者、各個看似無辜但多少都和事件沾上邊的關係者的心靈深處，佐以現今稱作鑑識、法醫等等科學鐵證（哎，證據人人知道，可是要怎麼跟真相合理地連結到一塊，這就是名偵探的功力啦），讓原本叫人束手無策的事件得以畫下完美句點。也因此，白羅偶爾能預測進而制止罪案的發生，甚至對殘酷但值得憐憫的罪行網開一面，這樣才合乎人性不是嗎？

婚後以阿嘉莎．克莉絲蒂為名，推出《史岱爾莊謀殺案》後深獲好評，相隔六年的《羅傑艾克洛命案》更是引發街談巷議，而克莉絲蒂全球暢銷前十大作品中，還包括《東方快車謀殺案》、《尼羅河謀殺案》、《ＡＢＣ謀殺案》、《藍色列車之謎》、《底牌》、《五隻小豬之歌》，合計八部皆由白羅擔綱演出。讀者不只喜愛這個聰明角色，還臣服於平實流暢的文筆及相對顯得衝突的複雜劇情，冷酷的謀殺動機隱藏在細膩的人際關係裡，穿透看似單純、帶點童話氣息的表象後，端賴名偵探明察秋毫、撥亂反正。尤其讓一個比利時人在英國土地上辦案，是克莉絲蒂的小心思，因為「英國人總是不信任外國人，也不相信睿智」（語出英國偵探俱樂部主席馬丁・愛德華茲〔Martin Edwards〕），讀者同兇手一樣輕忽不設防，卻也得到了參與鬥智競賽的意外驚奇和美好滿足。

這樣的閱讀感受，我稱之為「老派偵探之必要」，因為它純粹簡約，經得起反覆咀嚼，猶如前述的西裝革履，在潮流更迭的時間長河裡維持恆久的優雅風範——呼應吳念真先生寫在「策畫者的話」中的一段文字，那不是惺惺作態的高傲睥睨，而是「絕對自覺的通俗，無與倫比、無法招架的功力」所致。

不信？往下讀去就知道。而且我敢打賭，你有很高的比例會將整個白羅系列嗑完，然後是瑪波小姐系列以及其他系列，當然也不可能錯過像名列暢銷首位的《一個都不留》這類獨立之作……

註　克莉絲蒂推理全集一至三十八冊為「神探白羅系列」，三十九至五十二冊為「神探瑪波系列」，五十三至八十冊包含鬼豔先生、湯米與陶品絲、雷斯上校、巴鬥主任等名探故事。

獻詞

阿嘉莎・克莉絲蒂是世界讀者最眾，也最廣受喜愛的女作家。
身為克莉絲蒂的孫兒，我相信奶奶會非常樂見這次出版，
因為她極以自己作品中的趣味與娛樂為豪。
歡迎所有喜歡本系列的台灣新讀者參與這場饗宴！

——馬修・培察（Mathew Prichard）

哪個聖誕布丁？

目錄

克莉絲蒂的話

這本聖誕大餐集可說是「大廚推薦」。我就是那位大廚！

其中有兩道主菜：〈哪個聖誕布丁？〉和〈西班牙箱子之謎〉；一套小菜：〈葛林蕭的笑話〉，〈夢境〉及〈弱者〉；一份冰淇淋：〈二十四隻黑畫眉〉。

〈西班牙箱子之謎〉可說是赫丘勒．白羅的特別秀。他個人認為，本案乃其登峰造極之作！

我個人偏好〈哪個聖誕布丁？〉，因為它喚起我小時候過聖誕節的愉快回憶。我父親去世後，我母親和我總是在英格蘭北部我姐夫家過聖誕……那些美好的聖誕節真是令孩童永生難忘！艾柏尼大廳一應俱全！花園有瀑布、小溪，車道下還有一條地道！聖誕大餐非常豐盛。我小時候很瘦，看起來弱不禁風，但事實上我健壯得很，而且老是覺得肚子餓！家裡的男孩子和我總是互相競爭誰在聖誕節當天吃得最多。先是牡蠣湯及比目魚讓大夥吃得津津有味，但接著又有烤火雞、清燉火雞和冷牛排。這三道菜，男孩們和我都可以各吃兩份！然後我們會再吃聖誕葡萄乾布丁、水果派、水果蛋糕和各式各樣的甜點。到了下午，巧克力更是吃個不停。我們從不覺得、事實上也不曾感到不舒服！當個貪吃的十一歲小鬼，真是件甜美之事！

從早上起床發現床上的「長筒襪」、上教堂聽聖誕歌曲、吃聖誕晚餐、拆禮物，到最後的聖誕樹點燈儀式，一整天都令人歡快無比！

我深深感激女主人的親切與好客，想必她花了許多心思安排這些讓我畢生難忘的美好聖誕節。

因此，我將本書獻來紀念艾柏尼大廳……紀念它的親切與好客。

也祝所有閱讀本書的讀者聖誕快樂。

第一部

哪個聖誕布丁？

The Adventure of the Christmas Pudding

／01

「我非常遺憾……」赫丘勒·白羅說。

他話還沒說完就被打斷了。打斷得並不魯莽，而且委婉、高明、具說服力，不顯突兀。

「請不要斷然拒絕，白羅先生。這事攸關國家大計，有了您的合作，我們的高層人士將非常感激。」

「您太客氣了。」赫丘勒·白羅揮了揮手。「但我實在無法答應您的要求，在每年的這個季節……」

「適逢聖誕假期，」杰士曼先生再次打斷他。「英格蘭鄉村的傳統聖誕節。」

赫丘勒·白羅哆嗦了一下。這個季節待在英格蘭鄉村實在不是個好主意。

「一個非常傳統的聖誕節喲！」杰士曼先生特別強調。

「我……我不是英國人。」赫丘勒·白羅說，「在我的國家，聖誕節是兒童的節日，新年才是我們成年人歡慶的時節。」

「啊，」杰士曼先生說，「可是聖誕節在英國是個很重要的節日。我向您保證，您在萊西莊園會見識到最有特色的聖誕節。那是棟古老別致的房子，而且，它的一側邊廂可是建於十四世紀呢。」

白羅又哆嗦了一下。一想到十四世紀的莊園式別墅他便充滿了不安。他曾在英格蘭古老的鄉村別墅裡受了不少罪。他滿意地看看自己這間舒適的寓所，它可是配備有暖氣和最先進的除冷氣流專利設備。

「冬天，」他堅決地說，「我絕不離開倫敦。」

「我想您還未意識到這件事的重要性。」杰士曼看了一眼他的同伴，又把目光移回白羅身上。

白羅的另一位客人，到現在除了禮貌地說了聲「您好」外，一直緘默不語。他一動不動地坐在那兒，眼睛直視著他那雙亮光光的皮鞋，棕色的臉上顯露著沮喪至極的神情。這位年輕人至多不超過二十三歲，看得出來，他處於極度的苦惱之中。

「不，不。」赫丘勒．白羅說，「這件事當然很重要，這點我很清楚，對於閣下我深表同情。」

「情況極端微妙。」杰士曼先生說。

白羅把目光從那位年輕人身上轉向他的同伴。如果要用一個詞彙來描述杰士曼先生，那就是「謹慎」二字。他渾身上下都透露出這一特色：考究卻不奢華的衣著、悅耳且文雅的平穩語調、稀疏的淺棕色頭髮以及蒼白嚴肅的面孔。赫丘勒·白羅這一生已碰到不只一個杰士曼先生，而是很多很多個，他們每個人遲早都會撂下相同的句子：「情況極端微妙」。

「警方……」赫丘勒·白羅說，「一向作風謹慎。」

杰士曼先生堅決地搖了搖頭。

「不能動用警方。」他說，「要找出……呃，我們要的那件東西，免不了要透過法律程序，而我們掌握的線索甚少。我們有猜測，但沒有確鑿的證據。」

「我很同情你們。」赫丘勒·白羅再次說道。

如果他認為「同情」對他的兩位客人有意義，那他可就錯了。他們不需要同情，他們需要他襄助一臂之力。杰士曼先生又開始提起英式聖誕節的歡樂情景。

「這種聖誕節已逐漸式微，您知道，」他說，「這種真正的傳統聖誕節。現在大家通常在酒店裡過聖誕節。不過，英式聖誕節可是全家大小歡聚一堂，孩子們掛起長筒襪，有聖誕樹、火雞、葡萄乾布丁和各式糕點。窗外的雪人……」

為求精確起見，白羅打了岔。

「堆雪人必須有雪才行。」他鄭重其事地說，「而我們卻不能訂購雪，即使是為了英式聖誕節也不行。」

「我今天才和一個在氣象台工作的朋友談過話，」杰士曼先生說，「他告訴我，今年的聖誕節極有可能下雪。」

哪壺不開提哪壺。赫丘勒・白羅抖得更厲害了。

「下雪的鄉村地方！」他說，「那更糟糕。恍如一座龐大、寒冷的石凍莊園。」

「您這就錯了。」杰士曼先生說，「這十年來，那兒的變化太大了。現在他們用的是油燃式中央暖氣系統。」

「萊西莊園有油燃式中央暖氣系統？」白羅問道，他似乎開始心動了。

杰士曼先生趁機說：「是的，的確有。還有非常棒的熱水系統，每間臥室都有暖氣供應。我向您保證，親愛的白羅先生，萊西莊園的冬天安逸舒適，您甚至會覺得房裡太暖和了呢。」

「這絕不可能。」赫丘勒・白羅說。

機敏老練的杰士曼先生話鋒一轉。

「您知道我們正面臨進退兩難的局面。」他謹慎地說。

白羅點點頭，情況的確不樂觀。一個年輕的王儲，某顯赫富國統治者的獨子，於幾個星期前抵達倫敦。他的國家正處於動盪不安、人民怨聲載道的時期。人民對維持東方生活方式的國王忠誠，但對年輕的王儲卻心懷疑慮。他那些愚蠢的西化行徑頗受非議。

最近，王室發布他訂婚的消息，其未婚妻是同一家族的表妹。雖然她在劍橋大學留學過，但在自己的國家她非常謹慎，絲毫未顯露受到西方社會的任何影響。婚期已定，年輕的王子帶著名貴的王室珠寶來到英國，找卡地亞珠寶公司重新鑲嵌新式的花樣。珠寶中有一顆舉世聞名的紅寶石，它原來嵌在一串笨重的老款式項鍊上，後來被取下來，由數位著名的珠寶工藝大師重新設計。事情發展到此一切順利，但接著麻煩便來了。倒不是說多金、懂得吃喝玩樂的年輕人不該做出紈褲子弟的蠢行，這方面他並未受到限制。年輕的王子們以這種方式享樂乃天經地義之事，王子帶著女友走在龐德街上，送她琥珀手鐲或鑽石胸針以答謝她帶來的歡樂，和國王當年喜歡送他心儀的女舞伴凱迪拉克轎車一樣，都很自然合理。

但這位王子玩得稍嫌過火了。在甜言蜜語的攻勢下，他暈暈然地先將重新鑲嵌的名貴紅寶石秀給女伴看，最後還挺不明智地答應讓她戴上……只戴一個晚上！

接下來的故事以悲劇草草收場。那位女伴離開餐桌去補妝。時間流逝，她並未返回；她已從另一道門離開餐廳而且自此消失無蹤。令人沮喪的重點是，那顆新鑲的紅寶石隨著她一起消失。

這些事情若是傳開來，絕對會引起軒然大波。這顆紅寶石並非普通的寶石，它是個身價非凡的傳家之寶，稍有不慎走漏它丟失的消息，很可能會引起重大的政治變數。

杰士曼先生並未採取明快的敘述方式，而是洋洋灑灑說了一堆。白羅並不知道杰士曼先生的真實身分。他在執業過程中碰過諸多的杰士曼先生。他是否和內政部、外交部或其他政府機構有關，不得而知。他目前負責處理大英國協事務，他得找到紅寶石。

杰士曼含蓄地堅持白羅先生是找到紅寶石的最佳人選。

「也許……是吧，」赫丘勒．白羅坦承。「不過您告訴我的事情少之又少，只有推測、懷疑是無助於事實的。」
「別推辭了，白羅先生，這事一定難不倒您。啊，請別再推辭了。」
「我可不是每次都成功。」
這是故作謙虛。對白羅而言，只要他一出馬，幾定成功，這從他的口氣可清楚聽出。
「王子陛下非常年輕，」杰士曼說，「要是他的一生因年輕時期的小疏失而染上汙點，那就太可悲了。」
白羅仁慈地看著這位沮喪的青年。
「年輕時代正是做蠢事的時期，」他鼓勵地說，「這對一般的年輕人來說沒什麼大不了。好老爸花錢消災；家庭律師幫忙解決麻煩；年輕人受了教訓學了乖，皆大歡喜。但像您這樣的身分，情況的確棘手。您將舉行的婚禮……」
「就是這個問題，正是這個問題。」年輕人首度迸出話語。「您知道她是個非常、非常嚴肅的人。她把人生看得非常認真。她在劍橋學了許多嚴肅的觀念：國家得有教育體制、得創設學校、得有許多事物，全打著進步的名義、民主的口號。她說，我們國家將不同於我父親掌政時的面貌。她知道我在倫敦會有些風流韻事，但相信我還不至於惹出醜聞。不可以！這樁醜聞事關重大。這顆紅寶石相當、相當的名貴，背後有一長串故事，儼然是一部活歷史……多半是血腥悲劇，許多人因此死亡！」
「死亡。」赫丘勒．白羅若有所思地說，他看著杰士曼先生。「希望，」他說，「事情不會演變到那個地步吧？」

杰士曼先生發出奇怪的聲音，彷彿準備下蛋卻突然改變主意的母雞。

「當然，當然不會，」他說，口氣聽來有些保守。「絕不可能發生類似的事情。」

「這很難說，」赫丘勒．白羅說，「無論此刻紅寶石落在誰手上，也許有其他人也想將寶石奪到手，那些人可是虎視眈眈呢，朋友。」

「我不認為我們需要從這方面猜測，」他的口氣聽來更加保守。「那是白費工夫。」

「我，」白羅突然一副外國人腔調。「我任何線索都不會遺漏，就像政治家一樣。」

杰士曼先生狐疑地望著他。接著他提口氣說：「那麼，這件事就這麼說定了吧，白羅先生？您會去萊西莊園是不是？」

「我到那兒該怎麼解釋我的身分？」

「我想這很容易安排。」他說，「我可以向您保證，一切看來將相當自然。您會發現萊西夫婦十分迷人，非常容易相處。」

「油燃式中央暖氣系統這件事您沒騙我吧？」

「沒有，沒有，真的。」杰士曼語氣非常痛苦。「我保證您一定舒適滿意。」

「Tout confort moderne[1]。」白羅喃喃自語。「好吧，」他說，「我接受。」

1 法語，意思是「完全現代化的舒適」。

02

萊西莊園那間長型客廳內的溫度是宜人的華氏六十八度，白羅正坐在大格子窗前和萊西太太談話。萊西太太正在做女紅。但她可不是在絲綢上刺繡或繡花，而是縫著煩人的洗碗布褶邊。她一邊縫補，一邊用白羅覺得非常甜美的輕柔聲調聊著。

「希望您在我們的聖誕宴會上玩得開心，白羅先生。只有家人參加，您知道。有我的一個孫女、孫子、孫子的朋友、曾姪女布麗姬、表親黛安娜和一位老朋友大衛．維溫，只是個家庭聚會。但是歐文娜．莫坎說，這正是您想看的傳統聖誕節。沒人比我們更傳統了！我丈夫，您知道，徹底活在過去，他喜歡一切都和他十二歲時一樣。他以前假日常來這裡度假。」她不覺地笑了。「都是相同的老東西，聖誕樹、掛長襪、牡蠣湯和火雞……有兩隻，一隻清燉，一隻油烤，還有內藏戒指、單身漢鈕釦[2]及其他東西的聖誕葡萄乾布丁……已經沒辦法把六便士硬幣放在布丁裡了，因為現在的六便士都不是純銀製的。不過所有的傳統糕點都會上場，艾爾瓦思蜜李[3]、卡爾斯巴德李子、杏仁、葡萄乾、冰糖蜜餞和生薑。天啊！我好像是在唸『福納姆和梅森』[4]的食品目錄似的！」

「您已勾起我的食欲，夫人。」

「我想，明晚我們一定會吃得太多而消化不良。」萊西太太說，「現代人不習慣吃那麼多了，不是嗎？」

窗外傳來了一陣嬉戲歡笑聲，中斷了她的談話。她向外望去。

「不知道他們在外面做什麼，我想是在玩遊戲吧。您知道，我一直很擔心這些年輕人會對我們的聖誕節感到乏味，但正好相反，他們一點兒也不覺得無聊。我兒子和女兒倒對這兒的聖誕節有偏見，說什麼全是胡鬧，亂烘烘的，還不如去飯店跳跳舞。不過年輕一輩似乎對這樣的聖誕節很感興趣。而且，」萊西太太又補充道，「學生很容易肚子餓，是吧？我想學校一定是餓壞這些孩子了。大家都知道，這個年紀的孩子有三個強壯男人的胃口。」

白羅笑說：「容許我參加這樣一個聖誕家庭聚會，您和您丈夫真是太親切了。」

「哦，我們倆都很高興。」萊西太太說，「如果您覺得霍瑞斯說話有些粗聲粗氣，請別介意，他就是這個脾氣。」

她丈夫，萊西上校，實際上是說了這麼一段話：「我真不明白，你為什麼偏要找一個討厭的外國人來攪亂我們的聖誕節？為什麼不能改天再請他來？我就是受不了外國人！是，是，你說是歐文娜．莫坎介紹的，那我倒想知道這件事與她何干？為什麼她不邀請他到她家過聖誕？」

「這你也很清楚，」萊西太太當時說，「歐文娜一向在克拉理奇大飯店過聖誕。」

她丈夫盯著她說：「你有事瞞著我吧，艾艾？」

「有事瞞你？」她吃驚地瞪著藍眼睛說，「當然沒有。我何必？」

老萊西上校放聲大笑。

「艾艾，我想你是有事瞞著我，」他說，「每次你有心事就裝得一臉無辜。」

腦海中不斷回憶這些事情，萊西太太接著說：「聽歐文娜說，也許您會幫我們……我不知道您能幫上什麼，但她說您曾幫了您的朋友，當時他們的情況和我們差不多。我……哦，也許您不明白我在說什麼？」

白羅眼神充滿鼓勵地看著她。萊西太太年近七旬，腰挺背直，一頭花白頭髮，兩頰紅潤，藍眼睛，鼻子的形狀奇異，下頷有個性。

「假如我能幫上忙，我很樂意為您效勞。」白羅說，「我明白，女孩子迷戀上這樣的人

2 單身漢鈕釦（bachelor's button），一種免縫的鈕釦。

3 艾爾瓦思蜜李（Elvas plum），葡萄牙東部艾爾瓦思所產的青李子所醃製而成的蜜餞，傳至英國大受歡迎，數百年來為聖誕節的一道佳點。

4 福納姆和梅森（Fortnum and Mason），十七世紀英國皇室王僕福納姆及其地主梅森所開設的商店。

是很麻煩的。」

萊西太太點點頭。

「沒錯。說來似乎有些奇怪，我應該……嗯，我想和您談談這件事。反正，您是個完完全全的局外人……」

「也是個外國人。」白羅會心地說。

「是的，」萊西太太說，「不過從某個角度看來，這反倒讓事情容易些。不管怎麼說，歐文娜似乎認為您知道些什麼……怎麼說呢，知道這位德斯蒙·李沃利的事。」

白羅沉默片刻，暗自讚嘆杰士曼先生的神機妙算，以及利用莫坎小姐之名，巧妙地進行他的安排。

「我想這個年輕人的名聲不是很好吧？」他謹慎地展開了話題。

「是的，他的確名聲欠佳！可以說是聲名狼藉！但莎拉卻不管這些。告訴女孩子她們男朋友的名聲不好，向來不會有正面效果，對吧？這麼做……只會刺激她們躍躍欲試。」

「您說得太對了。」白羅說。

「我年輕的時候，」萊西太太接著說（哦，天哪，那已經是很久以前的事了），「我們常常受到警告要提防某種人，這反倒加深了我們對他們的興趣，而且如果能夠設法和他們跳一次舞，或是和他們單獨待在一個黑暗的溫室裡……」她笑了笑。「所以我絕不讓霍瑞斯隨心所欲。」

「告訴我，」白羅關切地問，「究竟什麼事讓您煩心？」

「我的兒子死在戰場上。」萊西太太說，「我媳婦在生莎拉時死了，所以莎拉一直和我們生活在一起，我們撫養她長大成人……也許我們的撫養方式不當，我不知道，不過我們認為應該盡量給她自由。」

「我想，這點相當可取。」白羅說，「人不能逆潮流而行。」

「沒錯，」萊西太太說，「我也這麼想。當然，現在的女孩子難免會出現這種行為。」

白羅以探詢的目光看了看她。

「就拿莎拉來說，她喜歡和所謂『咖啡酒吧派』的人混在一起。她不參加舞會，出門衣冠不整，也不願意進出上流社會的社交場所；她在切爾西臨河岸區有兩間房間，裡面很慘不忍睹，而且她隨性所至穿戴奇裝異服，像是黑色或鮮綠色的長襪，那種很厚的長襪（我老覺得非常刺眼）。還有，頭也不洗、不梳的到處亂晃。」

「這完全合乎常理。」白羅說，「這是流行，他們是在這個流行文化下成長的。」

「沒錯，我懂。」萊西太太說，「這類的事我倒不擔心。我擔心的是，她成天和這個聲名狼藉的德斯蒙．李沃利混在一起。他可以說是靠富家女在維生，她們似乎都為他著迷。他差點娶了霍普家的女兒，但她們家好像通過法律手段把她監護起來了。當然霍瑞斯也想這麼做。他說為了保護莎拉，他勢必如此。但我認為這不是個好主意，白羅先生。我是說，他們會索性私奔去蘇格蘭、愛爾蘭或阿根廷什麼的地方結婚，或者乾脆同居。雖然這樣會被判為蔑視法庭……唉，這終究不是個解決辦法，對吧？尤其是，萬一他們有了孩子，到時候只得讓他們結婚去。然後呢，依我看來，過一兩年她就會離婚，帶著孩子回娘家，一兩年之後再嫁給一個心地善良但無聊無趣的人，就此安定下來。不過我認為，那小孩實在是非常可憐，因為讓繼父撫養，儘管他人再好，畢竟和親生父親不同。唉！我們年輕時的情況好多了。我的意思是，我們的初戀情人總是個不受歡迎的人。我記得我年輕時曾瘋狂愛上一個年輕人，他叫……他叫什麼名字？真奇怪，我一點也記不起他的名字了！狄比特，他姓狄比特，小狄比特。當然，我父親有點抗拒他的來訪，但他常受邀參加我去的同一個舞會，我們常在一起跳舞。有時我們會偷偷溜出來，一起坐在外面。偶爾朋友會安排野餐，邀請我們兩個。當然這很刺激，也是被禁止的，年輕人都非常喜歡這樣。但當時的女孩不會深入發展到……嗯，現代女孩深入的地步。於是一段時間以後，狄比特先生就消失了。而且您不知道，當四年後我再次見到他時，我很訝異自己當時到底看上他哪一點！他看上去是那樣乏味、俗氣，您知道，我們根本話不投機。」

「年輕的日子總是最美好。」白羅說教似地說。

「我明白。」萊西太太說，「這是很傷腦筋的事，對吧？我不想討人厭。但無論如何我不希望莎拉，我可愛的孫女，嫁給德斯蒙．李沃利。她和目前在這兒做客的大衛．維溫以前很談得來，對彼此都有好感。我和霍瑞斯都希望他倆長大後結婚。但當然，她現在只覺得他無趣，她完全迷上了德斯蒙。」

「我有點不明白，夫人，」白羅說，「這個德斯蒙・李沃利此刻正在您這兒做客？」

「這是我擅自做主的。」萊西太太說，「霍瑞斯極力反對莎拉和他見面。當然，在霍瑞斯的年輕時代，做父親的或是監護人可以拿著馬鞭到年輕男子的住處大聲放話警告！霍瑞斯不允許這個傢伙踏進我們家半步，也禁止莎拉與他會面。我告訴他這種做法不對。『不對，』我當時說，『請他來這兒，請他來參加我們的聖誕家庭聚會。』當然，我丈夫說我瘋了！但我說：『親愛的，我們總可以試一試，讓她在家裡和他見面。我們要對他非常和善有禮，也許她會因此減低對他的興趣！』」

「我認為，套用別人的說法，您真是不同凡響，夫人。」白羅說，「我認為您的看法很明智，比您丈夫要明智得多。」

「哦，但願如此。」萊西太太滿腹疑慮地說，「但這方法不是很見效。不過他才來了幾天。」她布滿皺紋的臉上露出了笑容。「我得向您坦承一件事，白羅先生，連我自己都情不自禁喜歡上他，倒不是發自內心的喜歡，但我能感受到他的魅力。哦，是的，我能體會莎拉喜歡他的原因。但我是個年邁的女人，憑我的經驗，我知道他絕不是什麼正人君子。不過我真的挺喜歡有他作伴。」萊西太太一臉悵然地補充說，「他也有一些優點，您知道，他曾問我們是否能帶他姐姐來，她不久前在醫院動了手術。他說他不忍心讓她在醫院裡孤孤單單地過聖誕節，但帶她來不知會不會增添很多麻煩。他還說，他會負責她的飲食起居。嗯，我認為他這點真是不錯，您說是嗎，白羅先生？」

「從這件事看來，他倒是很體貼。」白羅若有所思地說，「這與他的性格很不相稱。」

「哦，這我就不知道了。我想關愛家人和想釣上富家女，這兩件事並不互相矛盾。您知道莎拉將來會很有錢，不只我們留給她的那些財產……當然金額不多，因為大部分的財產都歸於我們的孫子柯林名下，但她的母親很富有，莎拉滿二十一歲時就有權利繼承她所有的財產。而她現在二十歲。不，我認為德斯蒙這樣關心他姐姐，出發點是很善良的。而且他沒謊稱他姐姐是個多了不起的大人物。我猜她是個打字員，可能在倫敦做祕書。他也信守諾言，負責給姐姐送餐點，當然不是每天，但經常去走動。所以我認為他還是有好的一面。但無論如何，」萊西太太斬釘截鐵地說，「我不同意莎拉嫁給他。」

「據我所知，還有依您的敘述來研判，」白羅說，「莎拉嫁給他將是場悲劇。」

「您想您可能幫上什麼忙嗎？」萊西太太問。

「我想我能，我可以。」赫丘勒．白羅說，「但我沒必要誇下海口。夫人，德斯蒙．李沃利這種人很狡猾。但您別失望，我們也許能做些什麼。無論如何，我會盡力而為，以感謝您盛情邀請我來參加聖誕節慶。」他環視四周。「現在能過這樣的聖誕節真是不容易。」

「沒錯，的確不容易。」萊西太太嘆了口氣，向前探了探身說道，「白羅先生，您知道我真正夢想的……我真正想要的是什麼嗎？」

「您請說，夫人。」

「我只想要一棟小小的新式平房。不，確切地說，不是平房，而是在莊園裡建一棟小巧玲瓏、有現代化設備、容易整理的房子。住在那樣的房子裡，有最新式的廚房，沒有長長的走廊，一切簡單舒適。」

「這個想法很實際，夫人。」

「唉！對我來說可不實際。」萊西太太說，「我丈夫非常喜歡這個地方，他喜歡住這兒。雖然不是很舒適，但他並不在意，也不在意那些不方便的地方，而且他會十分痛恨，痛恨住在小型的現代化房屋裡！」

「於是您就為了他犧牲自己？」

萊西太太挺直身體。

「我不認為這是犧牲，白羅先生。」她說，「我嫁給我丈夫是為了使他快樂。他一直是個好丈夫，這些年來我過得非常幸福，我也希望能帶給他幸福！」

「那麼您會繼續住在這兒？」白羅說。

「其實這兒並不是那麼糟糕。」萊西太太說。

「當然，當然。」白羅匆匆地說，「相反地，這兒舒服極了，這兒的暖氣和洗澡水都棒透了。」

「我們花了好多錢將房子弄得舒適一點。」萊西太太說，「我們賣了一些地，『開墾地』，我想他們是這麼說的。幸運的是，這塊地在莊園另一邊，從這兒看不到。它只是一塊缺乏美麗景致的爛地皮，可是我們賣了個好價錢，所以我們才能放手改建房子。」

「但家事誰來做呢，夫人？」

「哦，這個嘛，倒不像您想像的那麼難，當然現在不像過去那樣一切由傭人照料，但村裡幾個人經常來幫忙。上午有兩位女士來，中午換另外兩個人來做飯、洗碗，晚上來不同的一批人。有很多人都想打幾個鐘頭的零工。當然準備聖誕節時我們一向很幸運，親愛的羅絲太太每年聖誕節都來幫忙，她是個很棒的廚師，手藝一流。十年前她就退休了，但只要我們忙不開，她都會過來幫忙。還有親愛的裴瑞爾。」

「您的管家？」

「是的，他也退休了，住在附近的一棟小屋裡，不過他一直忠心耿耿，而且這次執意在聖誕節服侍我們。我嚇壞了，白羅先生，因為他年紀一大把，手腳不聽使喚，我猜如果讓他拿重的東西他一定會摔落。他的樣子讓人看了真是不忍，心臟也不好，我擔心他的身體受不了。但如果不讓他來幫忙他會很難過。他一看到我們的銀器，便不滿地哼哼哈哈著，說三天之內要讓這些銀器全都亮晶晶。說真的，他是個可愛忠實的朋友。」她微笑地看著白羅。「所以您看，我們全心準備過一個快樂的聖誕節，一個白色聖誕節。」她一邊向窗外望去一邊補充說，「看見了嗎？開始下雪了。啊，孩子們回來了，您一定要見見他們，白羅先生。」

白羅被慎重、正式地介紹給大家。首先是柯林和麥可，他們是萊西夫婦的孫子及其朋友，都是十五歲上下、彬彬有禮的好孩子，一個皮膚黝黑，一個則白皙。然後是一個和他們年齡相仿、精力充沛、活潑開朗的表妹，黑髮的布麗姬。

「這是我的孫女莎拉。」萊西太太接下來說。

白羅饒富興味地看了看莎拉。她是個紅髮蓬亂的美少女，舉止看來似乎有些緊張及叛逆，不過看得出來她非常愛她的祖母。

「嗯，這位是李沃利先生。」

李沃利先生穿著休閒衫和一條緊身黑色牛仔褲，頭髮有些長，而且看上去讓人懷疑他早晨是否刮過鬍子。與他形成鮮明對照的是叫大衛．維溫的年輕人，這人很斯文，笑容可掬，顯然是有些潔癖。另外還有一位客人，是漂亮、看來嚴肅的黛安娜．米頓。

茶點端了進來，有烤餅、小麵包、三明治及三種不同口味的蛋糕，十分豐盛。年輕人歡呼雀躍著擁上去，並津津有味地吃了起來。這時萊西上校走了進來，他不受屋內氣氛的影響，只是平平淡淡地說：「哦，茶點？嗯，好耶，茶點。」

他從妻子手中接過一杯茶，自己拿了兩塊餅乾，厭惡地看了一眼德斯蒙．李沃利，然後在可以離他最遠的地方坐下。上校身材魁梧，濃眉，一張歷經風霜的紅臉，看起來不像莊園主人，倒像莊稼漢。

「下雪了。」他說，「會有個白色聖誕節。」

吃完茶點，大家就散了。

「我猜他們要去放唱片。」

萊西太太對白羅說道，同時憐愛地看著她的孫子走了出去。她的語調就好像在說：「孩子們玩他們的玩具士兵去了。」

「他們技術很棒。」她說，「也為此感到自豪。」

然而，男孩們和布麗姬決定去湖邊看看可否滑冰。

「我想今天上午應該可以。」柯林說，「但老霍奇金斯說不行，他就是那麼小心謹慎。」

「我們去散散步吧，大衛。」黛安娜．米頓柔聲說。

大衛遲疑了一會兒，眼睛盯著莎拉的紅髮，她正站在德斯蒙．李沃利身旁，手挽著他的臂膀，抬頭望著他。

「好吧，」大衛．維溫說，「好，我們走吧。」

黛安娜很快將手滑進他的臂彎，挽著他向花園那邊的門走去。

這時莎拉說：「我們也去，好嗎，德斯蒙？屋子裡太悶了。」

「何必走路？」德斯蒙說，「我去把車開出來，我們去花野豬酒吧喝點東西。」

莎拉猶豫片刻說：「還是去萊德柏里商場的白鹿酒吧，那兒好玩多了。」

儘管莎拉嘴上不說，但她其實不願意和德斯蒙去當地的酒吧，因為萊西家族沒有上酒吧的習慣，茉西莊園的女人從未光顧過花野豬酒吧。她直覺去那兒會使萊西上校夫婦失望。

「這有什麼不對？」德斯蒙一定會這麼說。莎拉感到一陣惱怒。他應該知道為什麼不對！我們怎能讓慈祥可愛的老祖父、老祖母傷心呢？除非萬不得已。他們是那樣的寬大包容，讓她自由自在地生活，雖然他們總不明白她為什麼要住在切爾西用那種方式生活，但仍然是默默接受。那當然是祖母艾艾的緣故，否則祖父絕不會善罷干休的。

莎拉很清楚她祖父的態度。邀請德斯蒙來萊西莊園不是祖父的主意，而是祖母艾艾做的主，艾艾一向寬厚仁慈。

德斯蒙去取車時，莎拉又探頭進客廳說：「我們決定去萊德柏里商場，」她說，「去白鹿酒吧喝點東西。」

她的口氣有點叛逆，但萊西太太似乎沒注意到。

「嗯，親愛的。」她說，「這挺好的。大衛和黛安娜出去散步了，我真高興。我想邀請黛安娜來這兒實在是個很棒的主意。真可憐哪，年紀輕輕就守寡，才二十二歲，希望她能很快再嫁。」

莎拉目光犀利地看著她。

「您在想什麼，艾艾奶奶？」

「這是我的一個小妙計，」萊西太太興致勃勃地說，「我認為她非常適合大衛。當然我知道他深愛著你，親愛的莎拉，但你跟他不合適。我知道他不是你喜歡的類型，但我不希望他繼續痛苦下去。黛安娜真的很適合他。」

「您真是個大紅娘啊，艾艾奶奶。」莎拉說。

「我知道，」萊西太太說，「老太婆都喜歡當紅娘。我想黛安娜已經喜歡上他了，你不認為她很適合他嗎？」

「我可不這麼想。」莎拉說，「我認為黛安娜太……嗯，太正經、太嚴肅，我想大衛娶了她生活會乏味透頂。」

「好了好了，再說吧。」萊西太太說，「反正，你不要他，對吧，親愛的？」

「是的，不要。」莎拉衝口說道，然後她突然問了一句：「你喜歡德斯蒙吧，艾艾奶奶？」

「我想他的確很好。」萊西太太說。

「爺爺不喜歡他。」莎拉說。

「嗯，你不能勉強他，是吧？」萊西太太通情達理地說，「但我可以保證，他習慣了以後想法會改變的，不要操之過急，莎拉寶貝。上了年紀的人要改變想法得花好長一段時間，況且你爺爺很固執。」

「我不在乎爺爺怎麼想或怎麼說。」莎拉說，「我高興什麼時候和德斯蒙結婚就什麼時候結婚。」

「親愛的，我明白，我明白！但你需要試一試，而且要實際些。你祖父會給你惹很多麻煩的，你知道。你還沒到完全自主的年齡，再過一年，你就能隨心所欲。我想，霍瑞斯在這之前就會改變想法的。」

「您會站在我這邊吧，親愛的奶奶？」莎拉說，一邊用雙手摟住祖母的脖子親暱地吻了吻。

「我希望你幸福。」萊西太太說，「啊！你的心上人把車開過來了。你知道，我喜歡時下年輕人愛穿的超級緊身褲，看起來很瀟灑……只是，難免啦，凸顯內八腿。」

沒錯，莎拉心想，德斯蒙的腿是挺內八的，她怎麼以前從未注意到……

「去吧，親愛的，好好玩喔。」萊西太太說。

她看著莎拉走出去上了車，突然記起她的客人，便逕自向書房走去。然而來到書房門口向裡面一看，她發現赫丘勒．白羅睡得正香甜。她暗自笑了笑，轉過身，穿過門廳，走進廚房，和羅絲太太聊了起來。

「走吧，小美人。」德斯蒙說，「家人因為你要到酒吧去而大發雷霆？這裡的人未免太跟不上時代了吧？」

「他們才不會大驚小怪。」莎拉厲聲說著上了車。

「把那老外請到這兒來是什麼意思？他是個偵探吧？這兒有什麼值得調查的？」

「哦，他可不是來這兒處理公事。」莎拉說，「是我外婆歐文娜．莫坎要我們請他來的。我想他早就退休了吧。」

「照你這麼說，他倒像頭沒用的老馬。」德斯蒙說。

「我猜，他想來看看老式的英格蘭聖誕節是什麼模樣。」莎拉含糊地說。

德斯蒙輕蔑地笑了笑。

「還不是些亂七八糟的東西。」他說，「我真不懂你怎麼受得了。」

莎拉抬起頭，揚起倔強的下巴。

「我喜歡這樣！」她反抗地說。

「不可能的，寶貝。明天我們就把所有的事都解決掉，動身去斯卡波洛或其他地方。」

「我不能那麼做。」

「為什麼不能？」

「哦，這會傷了他們的心。」

「哦，別傻了！你很清楚你並不喜歡這種孩子氣的玩意。」

「嗯，也許不很喜歡，可是……」

莎拉突然住了口。她知道自己其實非常期待聖誕節，這點讓她感到慚愧。她喜歡這一切，但她羞於向德斯蒙承認。享受聖誕節及家庭生活乃丟臉之事。一時，她倒希望德斯蒙沒來這兒就好了，事實上，她根本不希望德斯蒙來。在倫敦和德斯蒙相處比在這個家裡時有趣多了。

這時，男孩們和布麗姬正從湖邊走回來，仍然熱烈地討論滑冰的事。下了一點雪，而瞧瞧天色，看樣子過不了多久便會來場大雪。

「雪會下個一整晚，」柯林說，「我敢打賭聖誕節早上，地上的雪會有幾英尺深。」

三個孩子都為此感到興奮不已。

「我們來堆雪人吧。」麥可說。

「天啊，」柯林喊道，「我從……嗯，四歲起，就沒堆過雪人了。」

「我覺得堆雪人好難喔。」布麗姬說，「我是說，得知道堆雪人的方法。」

「我們堆個像白羅先生的雪人好了。」柯林說，「給他加上兩撇大黑鬍，化裝盒裡正好有一副。」

「我看不出來，」麥可若有所思地說，「白羅先生怎麼會是個偵探。搞不懂他能如何喬裝？」

「我懂你的意思，」布麗姬說，「實在無法想像他拿著放大鏡到處搜查線索和量腳印。」

「我有個主意。」柯林說，「我們來為他演齣戲！」

「你指的是……一齣戲？」布麗姬問。

「嗯，替他安排一場謀殺案。」

「這主意太棒了。」布麗姬說，「你是說，雪地上有一具屍體之類的謀殺案？」

「是的，這會讓他感覺賓至如歸，不是嗎？」

布麗姬咯咯咯地笑了起來。

「這我沒把握。」

「如果下了雪，」柯林說，「我們的布局將無懈可擊。一具屍體和腳印……我們必須詳細策畫，偷一把爺爺的匕首來，然後弄些血。」

三人暫停了一會兒，又繼續興奮地討論，完全未察覺雪正快速飄降。

「那間老教室裡正好有顏料盒，我們可以調一點血……用深紅色，我想。」
「我認為深紅色太亮了，」布麗姬說，「血應該有點紅褐色。」
「誰來扮演那具屍體呢？」麥可問。
「我來演吧。」布麗姬急忙說。
「哦，不，」柯林說，「我早就想好由我來。」
「哦，不，不。」布麗姬說，「應該由我來演。因為必須是個女屍，這樣比較刺激。躺在雪中動也不動的美女。」
「美女！哈哈。」麥可嘲笑道。
「而且我的頭髮還是黑的。」布麗姬力爭道。
「嗯，黑髮在白雪上看來會很醒目，我還要穿上我的那套紅色睡衣。」
「這和頭髮有什麼關係？」
「如果你穿紅色睡衣，那血跡就不明顯了。」麥可務實地說。
「但它在雪地上的效果很棒。」布麗姬爭辯說，「而且那套睡衣還鑲有白邊，你知道，所以血可以滴在那裡。哦，實在妙極了，你們說白羅先生會上當嗎？」
「如果我們做得天衣無縫的話。」麥可說，「我們把你的腳印留在雪地上，還有另外一個人走向屍體、離開屍體的腳印……當然是男人的腳印。白羅不會亂動腳印，因此他不可能靠太近而看出你是裝死。你們不覺得……」麥可突然住口，腦中有了一個想法，其他人看著他。「你們想他會不會生氣呢？」

「哦，我想不會。」布麗姬樂觀地說，「他會了解我們這麼做只是想讓他開心，一個聖誕節的玩笑。」

「我認為我們不應該在聖誕節當天執行我們的計畫。」柯林想了想說，「我想爺爺不會喜歡。」

「那就在節禮日[5]。」布麗姬建議說。

「節禮日最適宜。」麥可說。

「這樣我們也能有充分的時間準備，」布麗姬贊同道，「畢竟，有好多事要安排呢！我們去找道具吧。」

他們匆匆忙忙地進了屋子。

5 節禮日（Boxing Day），聖誕節次日，為英格蘭及威爾斯的法定假日，遇週日順延。

03

當晚大家都忙碌起來，大把的冬青和槲寄生[6]都給拿了進來，餐廳的一端架起了一棵聖誕樹。每個人都在幫忙裝飾，有人在畫框後面插上冬青，有人則在門廳找合適的地方掛槲寄生。

「我不曉得這種古老的慶祝方式還在流傳。」德斯蒙向莎拉嘀咕著，帶著一絲嘲諷。

「我們一向是這樣慶祝。」莎拉反駁道。

「什麼理由嘛！」

「哦，別不耐煩，德斯蒙，我覺得這很好玩。」

「莎拉，我的甜心，這不可能好玩！」

「嗯，是不……也許不是很有趣……但某部分還是很有意思。」

「誰願意冒大雪去做午夜彌撒？」在差二十分十二點時萊西太太問。

「我可不去。」德斯蒙說，「走吧，莎拉。」

他拉著莎拉走進書房，彎身靠近唱片架。

「親愛的，人的忍耐是有限度的。」德斯蒙說，「什麼午夜彌撒！」

「沒錯。」莎拉說，「哦，沒錯。」

大多數人穿了外套、腳步聲咚咚咚地一路笑著下樓去了。兩個男孩、布麗姬、大衛和黛安娜，冒著紛飛的大雪向有十分鐘路程的教堂走去。他們的笑聲漸漸消失在遠處。

「午夜彌撒！」萊西上校哼了一聲。「我年輕時從不去做午夜彌撒。彌撒！那是天主教的玩意！哦，請您見諒，白羅先生。」

白羅揮了揮手。

「沒關係，別介意。」

「但晨禱對人就有益處。」萊西上校說，「禮拜天的早晨去做晨禱，聽唱詩班歌唱，聆賞所有好聽的聖誕詩歌，接著吃聖誕午餐，這樣才對。你說是吧，艾艾？」

「是的，親愛的。」萊西太太說，「這是我們老一輩的做法，但年輕人喜歡午夜彌撒，

6 槲寄生是寄生在樹上的植物，果實為白色小漿果，常在聖誕節時掛在房間裡，當人們站在它下面時，可要求與對方接吻。

而且他們願意去，這實在太好了。」
「莎拉和那傢伙就不想去。」
「嗯，親愛的，我想你錯了。」萊西太太說，「莎拉其實想去，但她不敢明說。」
「我搞不懂她為什麼那麼在乎那個傢伙的意見。」
「她太年輕了，真的。」萊西太太溫和地說，「您要就寢了嗎，白羅先生？晚安，祝您有個好夢。」
「您呢，夫人？您還不打算休息？」
「我再等一會兒。」萊西太太說，「我得把長筒襪都塞滿東西。哦，我知道他們都已經長大，但他們還是喜歡聖誕長筒襪這種玩意。人們會把一些好玩的小東西放到裡面去。只是一些可笑的小東西，但會讓大家很開心。」
「您費盡心思讓這個家在聖誕節充滿歡樂。」白羅說，「我很敬佩您。」
他捧起她的手湊進嘴邊，行了宮廷式的一吻。
「哼。」白羅離開後，萊西上校咕噥道，「花言巧語的傢伙。不過，他很欣賞你。」
「你注意到了嗎，霍瑞斯？我正站在槲寄生的下面。」萊西太太笑著望望他，看起來像個嫻靜的十九歲少女。
赫丘勒．白羅走進他的臥室。這是一間裝有暖氣的大房間，當他彎身湊近它的四柱大床時，發現枕頭上放著一封信。他拆開信，從中抽出一張紙條，紙上用大寫字母歪歪扭扭地寫著一個訊息。

葡萄乾布丁一口也別吃。一個為你好的人。

白羅盯著那張紙條，揚起眉毛。

「真玄哪，」他喃喃道，「出人意料之外。」

04

聖誕午餐於下午兩點開始，那實在是場盛宴。巨大的圓木在龐大的壁爐裡伴著大家的歡笑聲劈啪作響。牡蠣湯被一掃而光，兩盤碩大的火雞端上後，轉眼間只剩骨頭。現在到了宴會高潮，聖誕布丁端了進來，大夥都屏氣凝神等待！手腳搖搖晃晃、拖著八旬老弱身軀的老裴瑞爾，堅持親自端布丁進來。萊西太太坐在那兒兩手緊張地握著，滿腹焦慮。她幾乎可以確定，總有一天裴瑞爾會在聖誕節時倒地而死。所以，要不就冒著讓他倒地而死的危險，要不就傷他的心讓他生不如死，二選一，截至目前為止，她選擇前者。聖誕布丁在眾人的注目下給放進一個銀盤裡，足球般大的布丁上插著一枝冬青，像一面勝利的旗幟，周圍燃起了紅藍色的火焰，大家禁不住「哇」地一聲歡呼起來。

萊西太太事先安排了一件事：囑咐裴瑞爾把布丁放在她面前，以便由她來分配給大家，省得大夥在餐桌上遞來遞去。當布丁平安無事地擺到她面前時，萊西太太鬆了一口氣。很快地，盤子一個個傳下去，每一塊布丁還都吐著火苗。

「白羅先生，許個願吧。」布麗姬叫道，「在火苗熄滅前許願。快點，親愛的，快。」

萊西太太向後靠著椅背，滿意地舒了口氣，布丁任務成功。每人面前都有一份尚在吐著火舌的布丁。餐桌上一片寂靜，大家都在認真地許著願。

所以，沒人注意到白羅察看他盤中的布丁時所顯露的好奇。「葡萄乾布丁一口也別吃。」這不祥的警告究竟是什麼意思？他那份葡萄乾布丁與其他人的應該沒有兩樣！他嘆了口氣，承認自己給難倒了……赫丘勒·白羅很不喜歡認輸。他拿起湯匙和叉子。

「白羅先生，要加點甜奶油嗎？」

白羅感激地盛了一點兒奶油。

「你又偷用了我上好的白蘭地，嗯，艾艾？」萊西上校在餐桌的另一邊開心地說。

萊西太太向他眨眨眼。

「羅絲太太堅持用最好的白蘭地，親愛的。」她說，「她說這樣的口味才是獨一無二。」

「唉，唉。」萊西上校說，「反正一年只有一次聖誕節，羅絲太太是個了不起的女人、了不起的廚師。」

「她的確了不起，」柯林說，「這真是一級棒的葡萄乾布丁，嗯。」

他把布丁塞了滿嘴，津津有味地吃著。

輕輕地，幾乎是小心翼翼，白羅朝他的布丁進攻，咬了一大口。美味極了！他再吃一大口，某樣東西在他盤子裡微微發亮，他用叉子檢查一下。坐在左邊的布麗姬這時伸出援手。

「您得到了某樣東西，白羅先生，」她說，「不知道是什麼。」

白羅把沾在上面的葡萄乾剔開，發現是個小小的銀製品。

「哇，」布麗姬說，「單身漢鈕釦！白羅先生得到單身漢鈕釦！」

白羅把這個小銀釦浸到盤子旁的洗手杯，洗掉上面的布丁。

「它很漂亮。」他邊端詳邊說。

「白羅先生，這表示您會當個單身漢了。」柯林同情地說。

「這是意料中的事。」白羅鄭重地說，「我已做了多年的單身漢，而且看樣子，以後也不會改變。」

「哦，可別太早下定論。」麥可說，「前幾天我在報紙上看到一篇報導，有個九十五歲的人還娶了二十二歲的女孩呢。」

「你的話鼓勵了我。」白羅說。

這時萊西上校突然驚叫了一聲，只見他臉色發紫，手伸進嘴裡。

「該死，艾梅琳，」他咆哮道，「你為什麼讓廚師把玻璃放進布丁裡？」

「玻璃？」萊西太太驚愕地喊道。

萊西上校從嘴裡取出那件使他發怒的東西。

「差點兒把我的牙卡掉了，」他嘟囔道，「搞不好會吞下這鬼東西鬧出盲腸炎。」

他把那塊玻璃扔進洗手杯清洗，又拿了出來。

「天啊，」他喊道，「這是從某個胸針上掉下來的紅色石頭。」

他把它舉高端詳了半天。

「能給我看看嗎？」

白羅敏捷地越過布麗姬，從萊西上校的手裡拿過來，全神貫注地看著。正如老紳士所說，這是一顆紅寶石顏色的大紅石。白羅左右轉動著寶石，寶石的各個切面皆閃耀著光芒。

這時桌邊不知誰的椅子向後猛推了一下，然後又拉了回來。

「咻，」麥可叫道，「它要是真的該有多好啊！」

「說不定是真的。」布麗姬心存希望地說。

「哦，別傻了，布麗姬，這麼大的紅寶石要值上千萬英鎊呢。白羅先生，您說是吧？」

「確實是的。」白羅說。

「但我不明白的是，」萊西太太說，「它怎麼會在布丁裡呢？」

「哎喲，」吃到最後一口才吐出東西的柯林叫道，「我得到的是小豬，不公平。」

布麗姬立刻嚷了起來。

「柯林得到了小豬！柯林得到了小豬！柯林是個貪吃貪睡的小豬！」

「我得到的是一枚戒指。」黛安娜高聲清晰地說。

「真幸運，黛安娜，你將是在座人士中最快結婚的人。」

「我得到個頂針！」布麗姬大聲哭叫著。

「布麗姬以後會是個老處女。」兩個男孩子嚷道，「呀，布麗姬以後是個老處女。」

「誰拿到硬幣？」大衛問，「我知道這布丁裡有枚十先令金幣。羅絲太太告訴我的。」

「我想我是那個幸運者。」德斯蒙・李沃利說。

萊西上校旁邊的兩個人聽到他咕噥了一句：「是呀，你還真是個幸運者。」

「我也得到一枚戒指。」大衛說，他看了看對面的黛安娜。「真湊巧，不是嗎？」

大家都哈哈笑了起來。沒人注意到白羅先生裝出一副若有所思的樣子，而且隨手把紅寶石丟進了自己的口袋裡。

吃完布丁，又上了水果派和聖誕甜點。

老一輩的人退到臥室午休去了，因為過一會兒還有個點燃聖誕樹的下午茶慶典。然而赫丘勒・白羅沒去休息，而是逕自走向那間寬敞的老式廚房。

「我可以……」他笑著打量廚房。「向做了剛才這頓美食的廚師表達讚賞之意嗎？」

廚房裡一時寂靜無聲，接著羅絲太太莊重地走來回應。她是個身材高大的女人，渾身上下流露出舞台上那種公爵夫人的高貴威嚴氣質。另外有兩個瘦小的灰髮女人在另一邊的洗滌室裡洗碗盤，一個梳著馬尾辮的少女在洗滌室與廚房之間來來回回忙碌著，但她們顯然都只是傭人，羅絲太太才是這兒的總管。

「很高興您喜歡這頓午餐，先生。」她彬彬有禮地答道。

「我喜歡極了！」白羅喊道，他誇張地做了個外國式的手勢，將手舉至唇邊吻了一下，再對著天花板送了飛吻。「您真是個天才，羅絲太太，天才！我從來沒吃過這麼棒的餐點，牡蠣湯……」他雙唇發出嘖嘖讚美聲。「還有內餡，火雞裡的栗子餡，十分獨特。」

「嗯，聽您這麼說真令人高興，先生。」羅絲太太禮貌地說，「火雞裡的餡料是很特別，是個很獨特的配方。這是許多年前我從一個共事的奧地利大廚那兒學來的。但其他的食物，」她補充說：「只是些好吃而普通的英國菜而已。」

「還會有比這更好吃的嗎？」白羅問。

「先生，您過獎了。當然，您是一位外國紳士，所以必定比較喜歡歐陸風味的料理。我這麼說，並不是表示歐陸料理我做不來。」

「我相信，羅絲太太，什麼菜您都會做！不過您得知道，英國料理——正宗的英國料理，不是在二流飯店或餐廳吃到的那種料理——很受歐陸美食家的青睞。十九世紀早期，一支法國考察隊被派往倫敦，後來傳回一份英格蘭布丁傳奇的報告：『我們法國沒有這種東西，』他們寫道，『光為了品嘗五花八門、超級美味的英國布丁，就值得走一趟倫敦。』而布丁中的極品，」白羅讚不絕口地接著說，「就是聖誕葡萄乾布丁，例如我們今天剛剛吃過的，那是自己做的，不是買的吧？」

「是的，先生，是我根據自己的方法和多年採用的食譜做的。我來到這裡時，萊西太太說她已從倫敦的一家商店訂購了一個布丁，省得給我添麻煩。我說：『這可不行，夫人，非常感謝您想得這麼周到，但從商店買來的布丁怎能抵得上自己做的聖誕布丁呢？』而且，」羅絲太太像個藝術家欣賞自己的作品那樣自豪。「店裡賣的布丁大都是在聖誕節前幾天才做好的。而美味的聖誕布丁應該提前幾個星期就做好放著，在保存得當的情況下，放的時間愈長愈好吃。我記得小時候，我們每個星期日都去教堂，然後我們就開始期待聽到『引導我們吧，上帝，我們懇求您』做開頭的短禱文。因為那個短禱文是個訊號，表示布丁在那個星期就得做出來。布丁通常是這段期間做的。短禱文是在星期日唸，那一週我母親一定會做布丁。今年這兒本來也該這麼做，但事實上，那個布丁是在聖誕節前三天才做的，就是您到這兒的前一天，先生。然而，我還是堅持傳統習俗，也就是要家裡所有的人都走進廚房攪拌一下，再許個願。這是傳統習俗，先生，而且多年來我一直堅持不廢。」

「太有趣了，」白羅說，「太有意思了。這麼說，所有的人都進了廚房？」

「是的，先生。年輕的先生們、布麗姬小姐、倫敦來的那位先生、他的姐姐、大衛先生和黛安娜小姐……應該說是米頓太太。所有的人都攪拌了一下。」

「您做了多少布丁？就這一個嗎？」

「不，先生，我做了四個，兩個大的和兩個小的。另一個大的我準備在新年那天吃，小的留給萊西上校和萊西太太，以便家裡只剩他們兩人、人沒那麼多的時候吃。」

「我懂，我懂了。」白羅說。

「實際上，先生，」羅絲太太說，「本來今天要讓你們吃的不是這個布丁。」

「不是這個布丁？」白羅皺了皺眉頭。「這是怎麼回事？」

「是這樣的，先生。我們有一個很大的聖誕布丁模子，一個頂部有冬青和槲寄生圖案的瓷模子，我們一直都是把布丁放到那個模子裡煮。但發生了一個很不幸的意外。今天早晨，安妮從食物儲藏室的架子上拿模子時，失手把它摔到地上摔破了。嗯，先生，這麼一來，我自然沒辦法再拿出這個布丁，不是嗎？裡面可能會有碎瓷片。於是我們不得不改用另一個布丁，就是新年要用的那個。這個布丁只裝在普通的碗裡面，碗的形狀倒是很圓，但不如那個聖誕布丁的模子好看。說實在的，不知道上哪兒才能再弄到那樣一個模子，現在那麼大的模子很少見了，全都小得可憐。唉，現在就連一個能裝八、九個雞蛋再加培根的早餐盤都買不到了。啊，時代不同了。」

「是的，確實如此。」白羅說，「但今天可以另當別論，這個聖誕節就像傳統的聖誕節，難道不是嗎？」

羅絲太太嘆了口氣。

「能聽您這麼說我很高興，先生。不過，當然了，我現在已經沒有過去那些好幫手了，我指的並不是技術上的幫忙。現在的女孩子……」她壓低了嗓子說，「她們非常有心，也很願意幫忙，可是她們沒受過訓練，先生，您明白我的意思吧？」

「時代改變了，沒錯。」白羅說，「我有時也感到很悲哀。」

「這棟房子，先生，」羅絲太太說，「對女主人和上校來說太大了。女主人也明白這一點。兩個人住在這棟大房子的一個角落裡，情況完全不一樣。可以這麼說，這棟房子只有到聖誕節全家人都團聚了，才讓人覺得又活了起來。」

「我想，李沃利先生和他姐姐是頭一次來這兒吧？」

「是的，先生。」羅絲太太略微遲疑了一下說，「他是個不錯的紳士，可是……嗯，我們覺得莎拉小姐和他在一起有點奇怪。不過話說回來，倫敦的生活方式與我們這兒不同！他姐姐很可憐，動了手術，第一天剛來時還好好的，但就在我們攪拌完布丁的那天，她的病情又惡化了，從那時起就一直躺在床上。我想也許是因為手術之後下床得太早了。唉，現在的醫生啊，在你勉勉強強能站立時就把你趕出醫院。唉，我外甥的太太……」

接著，羅絲太太滔滔不絕地敘述她的親朋好友在醫院接受治療的過程，並對從前醫院過分的貼心服務和現代醫院的服務品質做了番比較。

白羅適時安慰她。

「總而言之，要感謝您準備這一頓精緻豪華的午餐，您願意接受我小小的謝意嗎？」

他塞了一張五英鎊新鈔在羅絲太太的手裡。

羅絲太太客套地說：「您實在不必這麼客氣，先生。」

「應該的，應該的。」

「那好吧，非常感謝您，先生。」羅絲太太坦然接受了白羅的贈與。「也祝您聖誕快樂，新年如意。」

05

這天的聖誕夜，就像大多數的聖誕夜一樣，聖誕樹大放光明，豪華的聖誕蛋糕被端進來當點心，大夥盛讚這塊蛋糕，但只吃了一小部分。晚餐都是冷盤。

白羅及男女主人都早早上了床。

「晚安，白羅先生。」萊西太太說，「但願您今天玩得高興。」

「真是美妙的一天，夫人，太美好了。」

「您看起來好像心事重重。」萊西太太說。

「我在想那個英格蘭布丁。」

「您是不是覺得它有點膩？」萊西太太小心翼翼地問。

「不，不，我指的不是布丁的味道。我在想它代表的意義。」

「代表傳統，當然了。」萊西太太說，「好了，晚安，白羅先生。別做太多聖誕布丁、水果派的夢喔。」

「沒錯，」白羅一邊脫衣一邊自言自語。「聖誕葡萄乾布丁的確有問題。有件事我怎麼也想不透。」他苦惱地甩了甩頭。「唉，以後再說吧。」

準備工作就緒後，白羅上了床，卻未睡著。

大約兩小時後，他的耐心終於得到了回報。他臥室的門這時輕輕地開了，他暗自竊笑，因為此事正如他所料。他腦海裡飛快掠過德斯蒙．李沃利禮貌十足地遞給他咖啡的情景。接到咖啡後一會兒，他趁德斯蒙轉身時，將杯子放到桌上，然後又端了起來。德斯蒙心滿意足地（如果那算是心滿意足）看著他一滴不剩地喝完咖啡。一想到今晚睡得不省人事的人不是他而是另有其人，白羅不由得揚起了嘴角。

「那個討人喜歡的大衛。」白羅心想，「老是愁眉苦臉、悶悶不樂，睡一晚好覺對他沒什麼害處。現在，讓我們看看會發生什麼事。」

他一動不動地躺著，呼吸平穩，偶爾發出非常輕微的鼾聲。

有人走到床前俯身看了看他，然後滿意地轉身走向梳妝台。藉著閃著微弱光芒的小手電筒，來訪者仔細查看白羅整齊擺放在梳妝台上的物品，他翻了翻錢包，輕輕拉開梳妝台的抽屜，然後又把白羅的衣袋翻了個夠。最後，這個來訪者又走回床邊，極其謹慎地把手伸到枕頭底下，又立即把手抽出來站了一會兒，似乎在遲疑著下一步該做什麼。他在房裡轉了一圈，看看所有擺放的飾物，然後走進與臥室相連的洗手間，不一會兒他又走了出來，嘴裡輕輕地詛咒了一聲，便走出了房間。

「啊，」白羅低聲說，「你失望了吧？是的，是的，大失所望。呸！白羅藏的東西你哪能找得到！門兒都沒有。」

說完他隨即翻身，安靜地入睡了。

第二天早晨，他被一陣微弱又急促的敲門聲吵醒了。

「是誰？請進，請進。」

門開了。只見柯林滿臉脹得通紅，上氣不接下氣地站在門檻上，麥可在他身後。

「白羅先生，白羅先生……」

「什麼事？」白羅倏地從床上坐了起來。「是該吃早餐了嗎？不對，柯林，發生了什麼事？」

柯林一時之間說不出話來，他似乎被某種強烈的情緒操控了，原來是看見赫丘勒·白羅戴的睡帽，使他的言語神經一時受了影響。他馬上又恢復了原狀，說：「我想……白羅先生，您能幫助我們嗎？這兒發生了一件很可怕的事。」

「出了事嗎？什麼事？」

「是……是布麗姬出事了，她躺在外面的雪地裡，我想……她不動也不開口，而且……哦，您最好親自去看看，我想她恐怕……她可能死了。」

「什麼？」白羅把被子掀到一邊。「布麗姬小姐……死了？」

「我想……她是被殺死的。有……有血……哦，快點來吧！」

「當然，當然，我馬上就來！」

白羅老練地把腳插進鞋裡，抓了一件毛外套披在睡衣上。

「我就來，」他說，「我馬上趕去，你們驚動屋子裡的人了嗎？」

「沒，沒有，到目前為止，除了您，我沒對任何人說。我想這樣比較好。爺爺、奶奶都還沒起床，傭人們在樓下準備早餐，但我什麼都沒向裴瑞爾透露。她……布麗姬……她在房子的另一邊，靠近陽台和書房窗戶那邊。」

「我知道了。你來帶路，我跟著你。」

柯林轉過身去，掩飾著喜悅，領著白羅下了樓梯，從側門走出去。這天早晨天氣晴朗，太陽才剛剛升起地平線，雪已停了，但由於昨晚雪下得凶，到處都覆蓋著厚厚一層的積雪，周圍一片潔白無瑕，美不勝收。

「在那裡！」柯林氣喘吁吁地說，「我……它在那兒！」他戲劇化地用手指著。

眼前的情景的確戲劇性十足。在幾碼遠處，布麗姬躺在雪地上。她身穿猩紅色睡衣，肩上披了一條白色羊毛披肩，上面染了深紅色液體，她頭轉向一邊，黑髮披散在臉上；她一隻手臂壓在身體下，另一隻向外伸，拳頭緊握，深紅色斑點的正中央插著一把萊西上校昨晚才拿給賓客觀賞的庫德族彎刀。

「我的天哪！」白羅喊道，「真像舞台上的場景！」

這時傳來麥可憋不住的笑聲，柯林立刻掩飾破綻。

「我知道，」他說，「它，它確實有點不大真實，您看到那些腳印了嗎？我想我們不能破壞它們。」

「啊，是的，腳印。對，我們必須小心謹慎，要保護現場的腳印。」

「我也這麼想。」柯林說，「這也是我在找到您之前不讓任何人靠近她的原因，我想您知道該怎麼處理。」

「總之，」白羅輕鬆地說，「我們必須先看看她是否還活著，不是嗎？」

「啊，是的，當然了。」麥可略顯遲疑地說道，「但是您知道，我們想……我是說，我們不喜歡……」

「啊，你們很謹慎，你們一定讀過偵探小說，知道不能動現場的任何東西，也不能移動屍體，這相當重要。但我們還無法確認它是不是屍體，對吧？雖然謹慎是好事，但我們應該把人道放在第一位，在想到叫警察之前，應該先去找醫生，不是嗎？」

「哦，是的，當然。」柯林有點吃驚地說。

「我們只是想……我是說，我們覺得最好先找到您再做其他打算。」麥可急忙說。

「那麼你們都站在這兒別動。」白羅說，「我從另一邊過去，這樣才不會破壞腳印。這麼完美的腳印，不是嗎？這麼清晰，一男一女一起走到她橫躺處的腳印，然後是男人往回走的腳印，但女孩的腳印又看不到。」

「一定是凶手的腳印。」柯林屏息說道。

「沒錯，」白羅說，「是凶手的腳印。可以看出他腳上穿著一隻奇怪的鞋。他有隻瘦長的腳，很有意思，不難辨認，我想。是的，那些腳印很重要。」

這時，德斯蒙．李沃利和莎拉從屋子裡走了過來。

「你們究竟在這兒做什麼？」他用誇張的口吻問，「我從臥室的窗戶看到你們在這兒。出了什麼事了？天啊，這是什麼？這，這看起來像……」

「沒錯，」白羅說，「看起來像凶殺案，是吧？」

莎拉驚叫了一聲，然後懷疑地掃了兩個男孩子一眼。

「您是說，有人殺了那個女孩……她叫什麼名字？布麗姬？」德斯蒙問，「有誰會想殺她呢？簡直令人難以置信！」

「世上有太多事讓人匪夷所思，」白羅說，「尤其是在早餐前，不是嗎？這是你們的一部名著中說的：『早餐前六件不可思議的事。』」他補充說：「請你們大家在這兒等候片刻。」

他小心翼翼地繞到布麗姬身旁，彎下腰看了看她。這時，在那邊的柯林和麥可極力忍住笑，莎拉也悄悄憋著笑問道：「你們在搞什麼名堂？」

「好一個布麗姬。」柯林小聲說，「她表演得是不是很精采？動也不動！」

「我從沒看過比布麗姬更像死人的。」麥可低聲說。

白羅站起身。

「這是件可怕的事情。」他說，語調與剛才渾然不同。

麥可和柯林再也忍俊不住，只好轉過身去，麥可強忍住笑說：「我們……我們必須做些什麼呢？」

「只有一件事，」白羅說，「我們得叫警察，你們誰能打個電話？或者你們希望我去？」

「我想，」柯林說，「我想……你覺得呢，麥可？」

「是的，」麥可說，「我想該結束了。」

他向前邁了一步，首度顯得有些喪失自信。

「我非常抱歉，」他說，「希望您別太介意。這……啊，這不過是聖誕節開的玩笑，您知道。我們想，我們……嗯，給您安排一場謀殺案。」

「你們想給我安排一場謀殺案？那麼這……這……」

「這只是我們上演的一齣戲。」柯林解釋道，「為了讓您感到賓至如歸，您知道。」

「啊哈，」赫丘勒．白羅說，「我明白了，你們把我當成了四月的愚人，對吧？但今天不是四月一日，今天是十二月二十六日。」

「我想我們確實不該這麼做。」柯林說，「可是……可是……您不是很介意吧，白羅先生？好了，布麗姬，」他喊道：「起來吧，你一定已經凍得半死了。」

然而，雪地上的人毫無反應。

「奇怪，」赫丘勒．白羅說，「她好像沒聽見你的話。」他若有所思地看著他們，「你說這是個玩笑，是嗎？你們保證這是個玩笑？」

「嗯，是啊。」柯林不安地說，「我們……我們沒有任何惡意。」

「但布麗姬小姐怎麼還不起來呢？」

「我想不通。」柯林說。

「好了，布麗姬，」莎拉不耐煩地嚷道，「不要躺在那裡裝死了。」

「我們真的很抱歉，白羅先生。」柯林惴惴不安地說，「我們真的很抱歉。」

「你們不用道歉。」白羅的口氣很怪異。

「您是什麼意思？」柯林盯著他，接著又轉過身，「布麗姬！布麗姬！怎麼回事？她為什麼不起來呢？她為什麼還繼續躺在那兒？」

白羅伸手召喚德斯蒙。

「你，李沃利先生，請過來一下……」

德斯蒙走了過去。

「摸摸她的脈搏。」白羅說。

德斯蒙．李沃利彎下腰，摸摸布麗姬的臂膀、手腕。

「沒有脈搏！」他直視著白羅。「她的手臂完全僵硬，天啊，她真的死了！」

白羅點點頭。

「是的，她死了，有人把喜劇變成了悲劇。」

「有人……誰？」

「這裡有一堆來來回回的腳印。這些腳印和你剛才走到這兒來的腳印非常相像，李沃利先生。」

德斯蒙・李沃利飛快地轉過身。

「到底……你是在指控我嗎？我是凶手？你瘋了！我為什麼要殺這個女孩？」

「啊，為什麼？我也很想知道。我們來看看……」

他彎下身去，非常小心地扳開布麗姬緊握的拳頭。

德斯蒙倒吸了一口氣。他難以置信地瞪大眼睛，死者的手心裡是一塊大紅寶石。

「這是從布丁裡冒出來的那個鬼東西！」他叫道。

「是嗎？」白羅說，「你確定嗎？」

「當然。」

德斯蒙飛快地彎下腰，從布麗姬手中拿走那塊紅寶石。

「你不可以那麼做。」白羅責備地說，「我們不能動現場的任何東西。」

「我沒動這具屍體，不是嗎？可是這個東西可能……可能會弄丟，它是證據。現在最要緊的是叫警察，我馬上去打電話。」

他又轉了回去，飛快地跑回屋裡。莎拉迅速跑到白羅身邊。

「我不明白。」她輕聲地說，臉色慘白。「我不明白。」她抓住白羅的手臂。「您剛才說的腳印是什麼意思？」

「您自己想想吧，小姐。」

走到屍體旁又折回來的腳印，和剛才走向白羅來到布麗姬屍體旁又折回去的腳印，兩者一模一樣。

「您是說，凶手是德斯蒙？胡說！」

突然，一聲尖厲的汽車聲劃破了原來的寂靜。他們迅速轉身，清楚看到那輛車以瘋狂的速度駛下了車道，莎拉一眼就認出這輛車。

「是德斯蒙，」她說，「是德斯蒙的車，他……他一定是沒打電話，直接叫警察去了。」

黛安娜．米頓也跑了出來。

「發生了什麼事？」她上氣不接下氣地喊道，「剛才德斯蒙衝進房間，說什麼布麗姬被殺了，然後急忙打電話卻打不通，對方無人回話，他說一定是電話線被切斷了，說唯一能做的事就是開車去叫警察，為什麼要叫警察？」

白羅比了個手勢。

「布麗姬？」黛安娜盯著他。「但這……這一定是開玩笑。我昨晚聽到了一些內容，我以為他們只是要和您開個玩笑，白羅先生。」

「是的，」白羅說，「他們本來只是想和我開個玩笑。但現在你們大家都進屋子裡去，否則在這兒會凍壞。如今只能等李沃利先生帶警察回來，我們才能知道下一步該做什麼。」

「可是，」柯林說，「我們不能……我們不能丟下布麗姬一個人不管。」

「你留在這兒對她沒什麼用。」白羅柔聲說，「走吧，這是個令人傷心、非常痛心的悲劇，但我們再也無法幫布麗姬小姐什麼忙，所以進去暖暖身子，也許喝杯茶或咖啡。」

他們順從地跟他進了屋裡，裴瑞爾正準備敲鐘。就算他已察覺到家裡很多人都跑到外面去、而且白羅只穿著睡衣披著外套出現是極為不尋常的現象，但他依然無動於衷。他雖然上了年紀，但還是個出色的管家，不該留意之事他絕不留意。大家走進飯廳坐了下來，當大家的面前都擺上一杯咖啡並喝起來時，白羅開口說話了。

「我得先給你們講一則小故事。」他說，「我不能把所有的細節說給你們聽，不能。但我可以大致敘述一下。這是一個年輕王子的故事。這個王子來到了英國，帶著一件需要重新鑲嵌的名貴珠寶，這個珠寶是獻給他未婚妻的禮物。但不幸的是，在這之前他卻結識了一位非常美麗的小姐，這位小姐並不愛他，可是很愛他的珠寶，喜愛到有一天這位小姐和王子的傳家寶一同消失了。於是這位可憐的年輕人就陷入進退兩難的窘境。他絕對不能有醜聞傳出，因此他不可能到警察局報案求助，於是他找上我赫丘勒．白羅。『幫我找到它，』他說，『我的家傳紅寶石。』嗯，那位年輕小姐有個朋友，這個朋友曾經做過幾筆很可疑的交易，他涉嫌敲詐，涉嫌到國外轉賣珠寶。這個人非常狡猾。他有嫌疑，沒錯，但找不著任何證據。據我所知，這位聰明的先生正在這裡過聖誕。而那個年輕貌美的小姐在珠寶到手後，必須避開媒體一段時間，以免受到大眾施加壓力追究。因此她被安排來到萊西莊園，她外在的身分是這個聰明先生的姐姐……」

莎拉倒吸了口氣。

「哦，不，哦，不，不會在這兒，這不會在我面前發生！」

「但事實如此。」白羅說，「而且某人稍微動了腦筋後，我也成了到這兒過聖誕的客人。這位小姐謊稱剛出院，而到這兒來時已好得差不多了。後來傳出我……一個偵探，也即將抵達的消息，她立刻就緊張起來，把紅寶石藏到她想到的第一個地點，然後很快的又舊病復發，臥床不起。她不希望我見到她，毫無疑問我手裡有她的照片，我認得出她。整天待在床上非常無聊，沒錯，但她不得不待在房間。而她弟弟呢，就負責給她端茶飯。」

「那顆紅寶石呢？」麥可問。

「我想，」白羅說，「當她聽說我要來的時候，那個年輕小姐和你們大家正在廚房裡說說笑笑的攪拌布丁。聖誕布丁都裝進了模子裡，這位小姐靈機一動，便把紅寶石藏在其中一個布丁裡。但不是我們打算在聖誕節吃的那個，哦，不是，她知道聖誕節要吃的那個是放在一個很特別的模子裡。她把它放進另一個布丁裡，新年時吃的那個。在那之前，她就會離開，而在她臨走前，必定會帶走那個布丁。但命運往往捉弄人，聖誕節當天早晨出了差錯，那個裝在精美模子裡的聖誕布丁掉到石地板上摔個粉碎。怎麼辦呢？好羅絲太太拿了另一個布丁端上桌。」

「天啊，」柯林說，「您是說，聖誕節那天，祖父在吃布丁時咬到的是一顆真的紅寶石嗎？」

「正是。」白羅說，「你們可以想像，當德斯蒙．李沃利看到這情景時是什麼心情。好了，接著又發生什麼事呢？眾人傳閱紅寶石。我查看了紅寶石之後，悄悄地把它放進我的口袋裡。我裝得一副漫不經心的樣子，但至少有一個人觀察到我的舉動。當天晚上我躺在床上睡覺時，這個人搜查了我的房間，也搜查了我。他沒找到那顆紅寶石，為什麼？」

「因為，」麥可屏住氣息說，「您把寶石拿給了布麗姬，沒錯吧？這也就是為什麼……但我還是有點不明白。我是說，嗯，到底發生了什麼事？」

白羅對著他笑了笑。

「到書房去吧，」他說，「向窗外望一望，我會給你們看個東西，以便解釋這個謎題。」

他在前面帶路，大家在後面跟著。

「再回憶一下，」白羅說，「犯罪現場。」

他向窗外指了指，大家都同時驚叫了一聲。

雪地上沒有屍體，沒有一絲悲劇的痕跡，只見一堆被踩亂的雪。

「這不是在作夢吧？」柯林無力地說，「我……有人搬走了屍體嗎？」

「啊，」白羅說，「你們看到了？屍體神祕地失蹤了。」

他點了點頭，輕輕地眨了眨眼睛。

「天啊！」麥可喊道，「白羅先生，您是……您沒有……哦，天哪，他一直都在耍我們！」

白羅又眨了眨眼睛。

「是的，孩子們，我也開了個小玩笑。我早就知道你們的小計謀，於是我就安排了一個反間計。啊，布麗姬小姐正在這兒，我希望你剛才沒被凍壞吧？要是你得了肺炎，我永遠也不會原諒自己。」

布麗姬這時走進房間裡，身穿一條厚厚的裙子和一件毛衣，放聲大笑。

「我請人送一杯花草茶到你的房間，」白羅嚴肅地說，「你喝了嗎？」

「喝一口就夠了！」布麗姬說，「我沒事。我的任務還算成功嗎，白羅先生？天啊，您把止血帶繫到我手臂上，到現在還有點痛呢。」

「你做得太漂亮了，孩子。」白羅誇讚道，「非常出色。不過，其他人還搞不清楚狀況呢。昨晚我去找布麗姬小姐，告訴她我已經知道你們的計畫，然後問她願不願意為我軋一角。她做得非常漂亮，她用李沃利先生的鞋做了那些腳印。」

莎拉用嘶啞的聲音問：「但這麼做的用意是什麼，白羅先生？讓德斯蒙去叫警察又是什麼意思？如果他們發現這只是個騙局，他們會很生氣。」

白羅輕輕搖了搖頭。

「我根本不認為李沃利先生會去叫警察，小姐。」他說，「李沃利先生不想捲進謀殺案，他嚴重失控，他只知道要取回紅寶石，因此他抓住機會，謊稱電話故障，再開車衝出去，假裝去叫警察。我個人認為，有相當長的一段時間您不會再見到他。我想，他自有離開英國的辦法。他有私人專機，不是嗎，小姐？」

莎拉點點頭說：「是的，我們原本想……」她發現說溜了嘴，便馬上住口。

「他要你和他坐飛機私奔，是不是？嗯，很好，這可是走私珠寶出國的絕妙辦法。和一個女孩私奔，當這事被公諸於世的時候，人們不可能同時懷疑他帶著這顆舉世聞名的珠寶出國。哦，是的，私奔是個多好的幌子啊！」

「我不相信，」莎拉說，「一點兒也不相信！」

「那就去問她姐姐吧。」

白羅說著向她身後略微點點頭，莎拉猛地轉過頭去。

一個淡金色頭髮的女人站在門口。她穿了件貂皮大衣，一臉不悅，顯然怒氣沖天。

「姐姐個頭！」她冷笑了幾聲說道，「那頭豬才不是我的弟弟，這麼說來，他逃跑了，是嗎？留下我來背黑鍋。這一切都是他的主意！是他拖我下水的。說什麼不費吹灰之力就可以弄到一大筆錢，而且因為怕發生醜聞，他們絕不會起訴，我可以一口咬定說是阿里自己把這傳家之寶送給我的。德斯蒙和我計畫在巴黎分贓……但現在這頭豬丟下我跑了，我真想殺了他！」她突然改變口氣，「我得盡快離開這兒……誰能幫我叫輛計程車？」

「門前有輛車正等著送您到車站去呢，小姐！」白羅說。

「你一切都設想得很周到，不是嗎？」

「差不多。」白羅得意地說。

但白羅不能這麼輕易就了事。把假李沃利小姐送上車後，他回到飯廳，柯林正等著他。

他稚氣的臉龐有一抹憂愁。

「聽著，白羅先生。那顆紅寶石呢？您是說，您就這樣讓他帶著寶石溜掉了？」

白羅的臉沉了下來，捋了捋鬍子，看起來很不自在。

「我還得找到它，」他有氣無力地說，「還有其他辦法。我還得……」

「嗯，才怪！我不相信，」麥可說，「你會輕易讓那頭豬把寶石給帶走？」

布麗姬更犀利。

「他又在耍我們，」她喊道，「對吧，白羅先生？」

「我們最後變個魔術，好嗎？小姐，把手伸到我左邊的口袋裡。」

布麗姬把手伸進去。接著她歡叫著把手伸出來，手裡拿著一顆閃著熠熠紅光的寶石。

「你明白了吧。」白羅解釋道，「你當時握在手裡的是個仿製品，那是我從倫敦帶來的，以防發生萬一，可用來當替代品。明白了嗎，我們不能有醜聞傳出。德斯蒙先生會試著在巴黎、比利時或其他有門路的地方處理這顆寶石。然後人們會發現這顆寶石是假的！還有什麼比這更妙的呢？結局圓滿，醜聞避免了，親愛的王子重新帶著他的寶石回到自己的國家，從此嚴肅認真地生活，我們在此祝他婚姻幸福美滿。算是皆大歡喜。」

「除了我之外。」莎拉輕聲嘟囔著。

她聲音小得只有白羅聽見這句話，他輕輕搖了搖頭。

「你錯了，莎拉小姐，你說錯了。你得到了經驗，而任何經驗都是寶貴的。我想你將來會很幸福。」

「您只是說說罷了。」莎拉說。

「白羅先生，」柯林皺著眉頭問，「您怎麼知道我們給您安排了這齣戲？」

「洞察萬事萬物是我的工作。」赫丘勒．白羅邊說邊撩了撩鬍鬚。

「這我明白，不過我想不通您怎麼知道的？是不是有人洩漏風聲？有人跑去告訴您？」

「不，不，不是這樣的。」

「那是怎麼回事？告訴我們吧。」

「這不可以。」白羅抗議。「這可不行。如果我告訴你們我是怎樣推測出來的，你們會覺得沒什麼了不起，那就像魔術師說出訣竅之後的後果。」

「告訴我們吧，白羅先生，快點，告訴我們，快點說！」

「你們真的想讓我把這最後一個祕密說出來嗎？」

「是的。快點，請您說吧。」

「啊，我想如果我不說，你們會大大失望。」

「好了，白羅先生，您就說吧。您是怎麼知道的？」

「嗯，你們知道，前幾天喝完茶後，我靠在書房窗邊的椅子上休息，我小睡了一會兒。

等我醒來，發現你們正在窗戶下面商量你們的計畫，窗戶的氣窗是開著的。」
「就這樣啊？」柯林失望地叫道，「太簡單了！」
「可不是嗎？」白羅笑著說，「看吧，你們都大失所望了吧。」
「哦，唉。」麥可說，「畢竟我們現在弄清了一切。」
「是嗎？」白羅自言自語道，「我可沒有，我的工作是洞察萬事萬物。」
他走進門廳，輕輕搖了搖頭。大概是第二十次從口袋裡掏出那張髒兮兮的紙條：「葡萄乾布丁一口也別吃。一個為你好的人」。
赫丘勒・白羅想了想，又搖了搖頭。能解釋一切的他卻解釋不了這張紙條！真丟臉。到底是誰寫的？為什麼要寫？不弄清楚這件事，他片刻也不得安寧。他正想得出神，忽然聽到一種奇怪的喘息聲，他敏銳地向下看去，地板上，一個穿著花外罩、紮著馬尾的女孩正拿著刷子和畚箕忙著打掃，她睜大了眼睛，盯著他手裡的那張紙條。
「哦，先生，」她像個幽靈似地說，「哦，先生，對不起，先生。」
「你是什麼人，孩子？」白羅先生和藹地問。
「我叫安妮・貝茨，先生。請您原諒，先生。我來這兒是幫羅絲太太的，我不是故意的，先生，我不是故意……做我不該做的事情，但我是一片好心，先生。我是為了您好。」
白羅恍然大悟，拿出那張髒兮兮的紙條。
「是你寫的嗎，安妮？」

「我沒有任何惡意，先生。真的，我沒有惡意。」

「我知道你沒有惡意，安妮。」他笑著看看她。「不過，告訴我這是怎麼回事。你為什麼寫了這紙條？」

「嗯，是他們兩人，先生。李沃利先生和他的姐姐。我確定她不是他的姐姐，我們所有人都不認為她是他姐姐！而且她根本就沒病，這我們都看得出來。我們認為……我們都認為好像發生了什麼怪事。我就從頭到尾告訴您吧，先生。當時我正好把乾淨的毛巾送到她的浴室，隔著門聽到他在她房間說話。我一字不漏聽得清清楚楚。『這個偵探，』他說，『白羅這傢伙要來這兒，我們必須想出對策，得盡早除掉他。』接著他惡狠狠地壓低聲音問：『你把它放到哪兒了？』她回答說：『放在布丁裡。』哦，先生，我的心猛跳了一下，差點以為它要停止跳動了。我以為他們想在聖誕布丁裡下毒害您，我不知道該怎麼辦才好！羅絲太太不會相信我這個小傭人的話。於是我就想出這個辦法，給您寫張紙條警告您。我寫了以後，把紙條放在您的枕頭上，這樣您上床睡覺時一定會看到。」安妮氣喘吁吁地住了口。

白羅嚴肅地上下打量了她一陣子。

「我想你可能恐怖片看太多了，安妮，」最後他開口說，「還是受電視的影響？不過，重要的是，你的心地善良，還很機靈。我回到倫敦後會送你一份禮物。」

「哦，謝謝，先生。非常感謝，先生。」

「你喜歡什麼樣的禮物呢，安妮？」

「我喜歡的任何東西嗎，先生？我能喜歡什麼就要什麼嗎？」

「在合理的情況下，」赫丘勒．白羅謹慎地說，「是的。」

「哦，先生，我能要個化妝盒嗎？一個時髦、高級的化妝盒，像李沃利先生的假姐姐那個，可以嗎？」

「好的，」白羅說，「好的，我想這很容易辦到。」

「真有意思，」他笑著說，「前一陣子，我在一個博物館看到一些從巴比倫或類似地方挖掘出來的千年古物，其中就有化妝盒。女人心真是亙古不變。」

「您說什麼，先生？」安妮問。

「沒什麼。」白羅說，「我只是在思考。你會收到化妝盒的，孩子。」

「哦，謝謝，先生。哦，真是非常感謝您，先生。」

安妮欣喜若狂地走了，白羅看著她離去的背影，滿意地點點頭。

「啊，」他自言自語道，「現在，我也該走了。這兒沒什麼我可以做的事了。」

這時，有個人神不知鬼不覺地抱住他的肩膀。

「既然您就站在槲寄生的下面……」布麗姬說。

赫丘勒．白羅很開心，非常開心，他心想，自己在這裡度過了一個十分完美的聖誕節。

第二部

西班牙箱子之謎

The Adventure of the Christmas Pudding

／01

像平常一樣，赫丘勒・白羅準時走進那間小辦公室。他那效率十足的祕書萊蒙小姐正等著這一天的工作指示。

乍看之下，萊蒙小姐似乎從上到下稜角分明，這很符合白羅的對稱美學。但赫丘勒・白羅對幾何圖形的熱愛並不會擴展到女人身上。相反的，在這方面他很傳統。他有著歐陸人對曲線的偏愛……或者說是對性感曲線的迷戀，他覺得女人就該有女人的味道，他喜歡花稍、濃妝豔抹且充滿異國風情的女人。曾經有位俄羅斯伯爵夫人……但那已經是很久以前的事了，早年的一時癡迷。

然而，他從來沒把萊蒙小姐當女人看待。她像台機器，一台精密的機器，工作效率一流。她今年四十八歲，值得慶幸的是，她還沒有什麼浪漫的打算。

「早安，萊蒙小姐。」

「早安，白羅先生。」

白羅在辦公桌前坐下後，萊蒙小姐就把一大早送來的郵件，分門別類擺放在他面前，然後回到自己的座位，手中已備好了記事簿和紙。

但今天與往常的例行工作流程稍有不同。白羅帶來一份早報，正津津有味地瀏覽著。標題斗大而醒目：

西班牙箱子之謎——最新發展

「我想你看過早報了吧，萊蒙小姐？」

「是的，白羅先生。日內瓦傳來的消息不大好。」

白羅揮了揮手，表示這消息他已知道。

「西班牙箱子，」他沉思道，「萊蒙小姐，你能告訴我，究竟什麼是西班牙箱子嗎？」

「我想它大概是起源於西班牙的一種箱子，白羅先生。」

「一般人都會這麼想。但你沒有獨到的見解嗎？」

「它通常是指在依莉莎白時期的產物，我想。箱子碩大且帶有大量的銅飾物，如果保養得宜，看起來非常精美。我妹妹在特賣會上買了一個來放床單毛巾等等的東西，非常美觀。」

「我相信在你任何一個姐妹的家中，家具一定都保養得十分良好。」白羅先生邊說邊優雅地鞠躬。

萊蒙小姐悲哀地說，現在的僕人似乎都不知道什麼叫「用力擦拭」。白羅看來有些迷群，但決定不再進一步詢問那個神祕詞彙「用力擦拭」的含義。

他又低頭看起了報紙，研讀著幾個名字：李奇少校，克萊頓夫婦，麥克拉倫將軍，史賓斯夫婦。對他來說，這些不過就是些姓名罷了，但串聯起來後，卻展現了人性的普遍特點：愛、恨及恐懼。這一齣戲，赫丘勒．白羅並非其中的演員，但他還真想在其中扮演一個角色！六人參加晚宴，舉辦晚宴的大廳裡擺著一個倚牆而立的西班牙箱子。六人的其中五人說說笑笑地吃著自助式晚餐，播放留聲機唱片，跳舞；最後第六個人死了，死在那個西班牙箱子內……

啊，白羅想，我親愛的海斯汀一定會對這則新聞感興趣！他一定會有一堆浪漫的想像，一定會說出一些謬論，這個可愛的海斯汀，此時此刻，我真想念他，可是……

他嘆了口氣，看看萊蒙小姐。萊蒙小姐機敏地看出白羅並沒有心情口述信件，就打開打字機等候其他的工作指示。裝有屍體的西班牙箱子她一點也不感興趣。

白羅又嘆了口氣，低頭看看報紙上登出的一張照片。報紙的印刷通常不是很好，這張相片就相當模糊不清……但那張臉真夠美麗！克萊頓太太，死者之妻……

白羅的心陡地一動，把報紙塞給萊蒙小姐。

「看，」他要求說，「看看這張臉。」

萊蒙小姐順從地看了看，面無表情。

「萊蒙小姐，你覺得她怎麼樣？這是克萊頓太太。」

萊蒙小姐拿起報紙，隨意掃了一眼報紙上的照片，然後說：「她有點像我住在克洛敦原野市時，我那位銀行經理的妻子。」

「很有意思。」白羅說，「可以的話，給我講講你們銀行經理妻子的故事。」

「哦，實在不是個很愉快的故事，白羅先生。」

「這我早就料到了。請說吧。」

「當時有很多閒言閒語……是關於亞當斯太太和一位年輕藝術家。後來亞當斯先生開槍自殺，但亞當斯太太並不想嫁給那個藝術家，這個藝術家就喝了毒藥……但還是被搶救回來了。亞當斯太太後來嫁給一個年輕的律師。我敢斷定那之後麻煩更多，只是我不久便離開了克洛敦原野市，所以後來發展如何我不太清楚。」

赫丘勒．白羅嚴肅地點點頭。

「她漂亮嗎？」

「嗯……倒不是您說的那種漂亮，但她似乎有某種魅力……」

「沒錯。她們這種人所具有的魅力是什麼呢？這些迷惑世人的美人兒！特洛伊的海倫、埃及女王克莉歐佩脫拉……」

萊蒙小姐精神奕奕地在打字機上插了一張紙。

「說真的，白羅先生，我從來沒想過這件事。對我來說，這愚蠢至極。如果人們都恪盡職守，少去胡思亂想，生活會好過得多。」

發洩完她對人性弱點的看法與怒氣後，萊蒙小姐的手指按著打字機鍵盤，不耐煩地等著指示以開始她的工作。

「那是你的觀點。」白羅說，「此刻你渴望獲准開始你的工作。但是你的工作，萊蒙小姐，不只是記錄我的信件，整理我的檔案，處理我的電話，幫我打寫信件……當然，這些事情你做得相當出色，我很滿意。可是我呢，我不僅處理文件，還必須和人打交道。在這方面，我也需要幫忙。」

「當然，白羅先生。」萊蒙小姐耐心地說，「您需要我做什麼呢？」

「我對這個案件很感興趣。如果你能研究一下今天所有早報對這件事的報導，以及晚報的進一步報導，我會很感激。寫一份摘要給我。」

「好的，白羅先生。」

白羅回到客廳，苦笑了一下。

「真是諷刺，」他自言自語道，「在我可愛的海斯汀走後來了萊蒙小姐，這兩人簡直有天壤之別。可愛的海斯汀碰上這事鐵定樂壞了，他會在屋子裡踱來踱去高談闊論，為每個細節都加上豐富的聯想與推測，把報紙上寫的每個字都當成福音真理。而我可憐的萊蒙小姐，我剛才要她做的事，她一定做得心不甘情不願！」

恰好萊蒙小姐拿著打好的一頁紙走了過來。

「我找到了您要的資訊，白羅先生。但恐怕並不十分可信，各家報紙說法不一，準確性最多只有百分之六十。」

「這還是個保守的估計哩。」白羅咕噥著，「謝謝你，萊蒙小姐，給你添了麻煩。」

報導是很聳動，但也夠清晰了。查爾斯・李奇少校，一個富有的單身漢，邀請朋友到他家參加晚宴。這些朋友包括克萊頓夫婦、史賓斯夫婦以及麥克拉倫將軍。麥克拉倫將軍是李奇和克萊頓夫婦的老朋友，而稍年輕的史賓斯夫婦是新識。阿諾德・克萊頓在財政部工作，傑米・史賓斯是個小公務員。李奇少校四十八歲，阿諾德・克萊頓五十五歲，麥克拉倫將軍四十六歲，傑米・史賓斯三十七歲。據說克萊頓太太「比她的丈夫小幾歲」。其中有一個人無法參加宴會。克萊頓先生在最後一刻接到電話要去蘇格蘭處理急事，大約乘八點十五分的火車離開國王十字街。

這次晚宴就像一般宴會那樣進行著，大家好像玩得很開心。它既不是瘋狂的派對，也非眾人喝得爛醉如泥的宴會，而且大約在十一點四十五分結束，四位客人一同離去，並搭乘同一輛計程車。麥克拉倫將軍第一個在他的俱樂部門前下了車，接著史賓斯夫婦放瑪格麗特・克萊頓在離史隆街不遠的卡迪根公園下了車，她逕自回了切爾西的家。

第二天早晨，李奇少校的男僕威廉・伯吉斯發現那可怕的一幕。他平常並不住在少校家。這天一大早他就趕到了少校的住處以便收拾客廳，然後叫李奇少校吃早餐。在清掃時，伯吉斯赫然發現西班牙箱子下淺色的墊子上有一大塊汙漬。汙漬好像是從箱子裡流出來的。他立刻掀開箱蓋向裡面看去，竟看到克萊頓脖子被刺穿的屍體。他頓時嚇得魂飛魄散。

伯吉斯第一個反應是衝到街上，向距離最近的警方通報。

這就是整個事件的大致情況，但還有進一步的細節。警方馬上把這一消息告知克萊頓太太。聽到這一消息，克萊頓太太暈了過去。她最後一次見到丈夫是在前一天晚上六點多。當時他氣呼呼地回到家裡，因為剛被通知得去蘇格蘭處理緊急的財產事宜。他力促妻子獨自去參加宴會，然後便去他和麥克拉倫將軍共屬的俱樂部，兩人喝了點酒，克萊頓解釋他缺席的原因。後來他看了看錶，說他去國王十字街途中還來得及順路向李奇少校解釋一下。他之前打過電話，但電話線路似乎故障。

據威廉．伯吉斯說，克萊頓先生大約七點五十五分到達少校家，不巧李奇少校出去了，但隨時可能回來。所以他建議克萊頓先生進門等候。克萊頓說他沒時間，但可以進去留張字條。他解釋說，他要去國王十字街趕火車，剛好路過這兒。伯吉斯把他領進客廳後，就回到廚房繼續準備晚宴用的小點心。他沒聽到主人回來的聲音，但十分鐘後李奇少校到廚房裡看了看，要伯吉斯動作快點，並且去買盒土耳其香菸，這是史賓斯太太最愛抽的菸。伯吉斯出去買了菸回來，送到客廳給主人。他沒看到克萊頓先生，他想他一定是去趕火車了。

李奇少校的說法很簡單。當他回到家中時並沒有看到克萊頓先生，也不知道克萊頓先生曾經來過，更沒見到紙條，他得知克萊頓先生去蘇格蘭，是在克萊頓太太和其他人來到後聽說的。

晚報上還添加了兩條消息：「震驚得暈死過去的克萊頓太太已經離開了位於卡迪根公園的家，據信目前在友人家中」。第二則消息出現在插版中：「查爾斯·李奇被指控謀殺阿諾德·克萊頓，已被拘留」。

「原來如此。」白羅抬頭看了看萊蒙小姐說，「李奇少校被捕是意料中的事。但這個案件非常精采，精采極了！你不這麼認為嗎？」

「我想這種事情很稀鬆平常，白羅先生。」萊蒙小姐興趣缺缺地說。

「哦，當然！每天都有這類事發生，或者說幾乎每天。但它們通常都一目了然……儘管都很不幸。」

「這的確是個不幸的事件。」

「被一刀殺死並藏到西班牙箱子裡，這對於死者來說的確不幸……非常不幸。但我說這案件很精采，是指李奇少校精采的表演。」

萊蒙小姐略顯嫌惡地說：「可以看出李奇少校和克萊頓太太是很親密的朋友……這只是一種猜測，不是被證實的事實，因此我沒把這件事寫進摘要裡。」

「你做得很對。但這是個值得參考的意見。你要說的就這些？」

萊蒙小姐毫無表情。白羅嘆了口氣，想起海斯汀豐富的聯想力。和萊蒙小姐討論案情簡直比登天還難。

「假設這個李奇少校，他愛上了克萊頓太太；假設他想除掉她的丈夫……再同樣假設克萊頓太太愛上了他，而且兩人有關係。但為什麼要急著下毒手呢？也許，克萊頓不想和妻子離婚？但這些都說不通。李奇少校是個退伍軍人，有人說軍人頭腦簡單，但儘管如此，這個李奇少校會愚蠢到這種地步嗎？」

萊蒙小姐沒回答，她把白羅的話當作是他自問自答。

「嗯，」白羅只好問，「你怎麼看這個事件呢？」

「我怎麼看？」萊蒙小姐驚愕了。

「是啊，『你』怎麼看？」

萊蒙小姐不得不調整一下思緒，認真考慮起來。她只有在被要求用腦的時候，才會開動大腦。像剛才那樣輕鬆的時刻，她腦中正在設想一個完美無缺的歸檔系統，這是她唯一的腦力娛樂。

「嗯……」她欲言又止。

「只要告訴我發生了什麼事就好。你認為那晚發生了什麼事？克萊頓先生在客廳寫字條，李奇少校回來了，然後呢？」

「他看見克萊頓先生在那裡，他們……我想他們吵了一架，李奇少校刺了他一刀。接著，當他意識到自己殺了人，他……他就把屍體放到箱子裡，畢竟，客人隨時會到。」

「是的，是的，客人就要到了！屍體藏在箱子裡。等客人們走了，然後……」

「嗯，然後我想李奇少校上床睡覺……哦！」

「啊！」白羅說，「現在你明白了吧！你殺了人，把屍體藏到箱子裡，然後竟能平平靜靜地入睡，絲毫不擔心你的僕人隔天早上會發現這一罪行？」

「很有可能那個僕人不會翻看箱子。」

「即使箱子下面的地毯上有一灘血跡？」

「也許李奇少校不知道血會滲出來。」

「他不去查看是不是有些粗心呢？」

「我敢說他當時很不安。」萊蒙小姐說。

白羅絕望地攤開雙手。

萊蒙小姐趁機溜了出去。

02

嚴格說來，「西班牙箱子之謎」並不關白羅的事。他目前正在為一家大石油公司處理一個錯綜複雜的事件。這家公司的一位高級主管涉嫌參與了幾筆可疑的交易。這件事相當機密、事關重大、酬勞可觀。白羅得花許多心思處理這件事，但此事有一大好處，就是幾乎不需奔波之苦。案情雖然撲朔迷離，卻沒有流血傷亡事件，是椿一流的犯罪。

西班牙箱子之謎卻帶有強烈的感情和戲劇色彩。這是白羅常批評海斯汀過分重視的兩個特點。海斯汀確實如此。他曾嚴格管制海斯汀在這一方面的習慣，但現在他呢，和他的朋友差不多，被美麗的女人、犯罪的衝動、嫉妒、仇恨及所有導致謀殺的種種感情動機所迷惑！他想知道這一切。他想了解李奇少校是個什麼樣的人、他的僕人伯吉斯是個什麼樣的人、瑪格麗特·克萊頓是個什麼樣的人（儘管他想他了解），還有已故的阿諾德·克萊頓的為人如何（他認為被害人的個性在謀殺案中最重要），甚至麥克拉倫將軍……這個忠實的朋友，以及新近結識的史賓斯夫婦是些什麼樣的人。

他不知道怎樣才能滿足自己的好奇心！

當天稍晚他反覆思考這個問題。

為什麼這件事引起他如此濃厚的興趣呢？經過深思熟慮，他的結論是（就事實的相關性而言），整個事件或多或少不合邏輯，是的，這事有點數學推理的味道。

根據常理推斷，兩個男人吵了一架，原因是（假設）為了一個女人。其中一人在怒火燃燒下殺了另一個人。是的，的確會發生這樣的事……儘管丈夫殺死情人更容易讓人接受，然而事實是情人殺死了丈夫，凶器是匕首（？）……但看來實在不太可能。也許李奇少校的母親是義大利人？總之，應該有他選擇凶器的理由。無論如何，必須接受匕首是凶器的事實（有的報紙上說是短劍！）。有人拿了它，殺了人，把屍體藏在箱子裡……這是一般常識，而且不可避免地會讓人這麼推理。這起犯罪並無預謀，因為僕人隨時會回來，四位客人不久也會抵達。這似乎是唯一的線索。

宴會開始，進行，結束，客人離去，僕人離開，而李奇少校上床睡覺！

想弄清少校隨後便上床睡覺的原因，只有見到少校、了解他本人，才能明白怎會有人這樣行事。

是不是他為自己犯下的罪行感到恐懼，而且一整晚硬裝得若無其事讓他精神緊繃，因此吃了片安眠藥或鎮靜劑，之後便沉睡不醒？很有可能。或者從心理學的角度來看，李奇少校在自責的潛意識下，刻意讓人們發現他的罪行？要確定這點，也只有見到李奇少校本人才能得到答案。所有的問題都歸結於……

這時傳來了電話鈴聲，白羅等了一會兒，才想起萊蒙小姐讓他在打好的信上簽了名之後就回家去了，喬治可能也出去了。

他接起電話。

「白羅先生嗎？」

「正是。」

「哦，太好了。」白羅聽到一個熱情洋溢、極富魅力的女人嗓音，眨了眨眼。「我是艾碧·查特頓。」

「啊，查特頓女士，我能為您效勞嗎？」

「你馬上過來我這兒。愈快愈好。這兒有個熱鬧非凡的雞尾酒會。我找你不是要你參加酒會……實際上是為了一件完全不相關的事，我需要你。這事非常重要，拜託，拜託，千萬不要讓我失望！不要說你不能來。」

白羅本來就不想這麼說。查特頓議員除了與王室關係甚密、不時在上議院發表乏味的演說之外，沒什麼特別之處。而查特頓夫人卻是白羅所說的「上流社會中一顆璀璨的明珠」。她的一舉一動都是新聞，這個女人伶俐貌美，有頭腦，具獨創性，而且精力旺盛，要她把火箭送上月球也沒問題。

她接著說：「我需要你，好好梳理你那可愛的鬍子之後就過來吧。」

白羅無法如此迅速，他先謹慎地打扮了一下，然後撥了撥鬍鬚便出發了。

查特頓夫人位居崔特敦大街上的那棟漂亮宅第大門微開，裡面傳來好似動物園中野獸爭鬥的嘈雜聲。查特頓夫人正挽著兩位外交官，一位看來像是國際級的橄欖球選手，另一位像是美國戲劇中的傳道士。當她看到白羅走進來時，便手一滑，極其嫻熟地擺脫了他們，轉眼已來到白羅身邊。

「白羅先生，見到你我高興極了！不，不要喝那種討厭的馬丁尼。我給你留了一樣特別的東西——摩洛哥酋長喝的飲料，在樓上我自己的小房間裡。」

她帶著白羅上樓，一邊回過頭來說：「我不能把這些人打發走，因為絕對不能讓人知道這兒發生了特別的事。我叮囑僕人們不能洩漏一點風聲，事後會有重賞。畢竟，誰願意自己的房子被記者包圍呢？可憐的人兒，她受的打擊已經夠多了。」

查特頓夫人並未在二樓樓梯口停下，而是逕自上了三樓。

赫丘勒氣喘吁吁，有點迷惑地跟在她後面。

查特頓夫人停下來隔著欄杆向下飛快掃了一眼，然後推開了一扇門叫道：「我找到他了，瑪格麗特！我找到他了，他在這兒！」

她得意洋洋地站在一邊請白羅走進去，接著給雙方做了簡單的介紹。

「這是瑪格麗特．克萊頓，我的閨中密友。你會幫忙她，對吧？瑪格麗特，這就是神探赫丘勒．白羅，他會盡全力幫助你。對吧，親愛的白羅先生？」

還沒等到白羅回答，她已想當然耳地認為他會答應（查特頓夫人的撒嬌工夫可不是蓋的），隨即匆匆走出房門下了樓，並回頭脫口喊了句：「我得回去照應那群亂七八糟的傢伙了……」

坐在窗邊的那個女人站起身走到他面前。即使查特頓夫人沒有提及她的名字，他也認得出她：寬闊的額頭，瀑布般的黑髮，兩隻間距稍大的灰眼……她穿著一件緊身的高領純黑長外衣，這恰好襯出她玲瓏的身段和淡桃色肌膚。那張臉很特別。不是漂亮，而是像義大利文藝復興前的藝術作品中那種比例奇特的臉蛋。她渾身上下透露出中世紀的那種純真，很奇怪的天真。白羅心想，這比任何妖嬈浮豔更具有懾人心魂的魅力。

她說起話來頗具孩子氣的坦率。

「艾碧說您能幫我……」

她嚴肅且詢問似地看了看他。

他一動不動站了一會兒，仔細看著她。他的舉動絕無冒犯之意，他只不過像一個心理專家在仔細審視他的新病人一樣。

「夫人，您確定……」他終於說，「我能幫您嗎？」

她的臉泛起了紅暈。

「我不明白您的意思。」

「夫人，您要我做什麼呢？」

「哦，」她似乎很驚訝。「我想，您可能知道我是誰？」

「我知道您是誰，您的丈夫被殺，是被刺死的，一個叫李奇的少校被捕，並被指控謀殺。」

她臉上的紅暈更深了。

「李奇少校沒殺我的丈夫。」

白羅閃電般問道：「為什麼沒有？」

她瞪著眼睛迷惑不解地說：「什麼，您說什麼？」

「我把您搞糊塗了，因為我沒問一般人或警方和律師會問的問題：李奇少校為什麼要殺阿諾德．克萊頓呢？我所問的正好相反，夫人，我問您，您為什麼確信李奇少校沒有殺他呢？」

「因為，」她沉吟了片刻。「因為我非常了解他。」

「您非常了解李奇少校。」

白羅不動聲色地重複了一次。他停了停又追問道：「有多了解？」

她是否明白他的意思，他無從得知。他心想，這個女人要不是純真至極，就是狡猾透頂。許多人一定這麼看待瑪格麗特……

「有多了解？」她不解地看了看他。「我認識他五年……不，將近六年。」

「確切地說，這不是我的意思。您必須明白，夫人，接下來我會問一些冒昧的問題。也許您會說真話，也許會撒謊……女人有時不得不撒謊，因為女人必須保護她們自己，而謊言是最好的防禦武器。但面對三種人，女人必須講真話，那就是她懺悔的神父、美髮師及私人偵探。但這得有個先決條件，信任。您信任我嗎，夫人？」

瑪格麗特．克萊頓深深吸了口氣。

「是的。」她說，「我信任您，」她補充說，「我必須信任。」

「那很好，您要我做什麼呢？查出誰殺了您丈夫？」

「我想是的，沒錯。」

「但您也想要我證明李奇少校是清白的？」

她急忙感激地點了點頭。

「就這樣？就只是這樣？」白羅問。

這是個多餘的問題。瑪格麗特．克萊頓是那種一次只想一件事的女人。

「那麼，」他說，「恕我冒昧，李奇少校和您，你們是戀人，對吧？」

「您是說我們有曖昧關係嗎？沒有。」

「但他愛您？」

「是的。」

「而您……也愛他？」

「我想是的。」

「您似乎不是很肯定？」

「現在我肯定了。」

「啊！那您不愛您的丈夫？」

「不愛。」

「您回答得真乾脆。大多數女人都希望把自己的真實感受從頭到尾吐露一番。您結婚多久了？」

「十一年。」

「您能向我談談您的丈夫嗎？他是個什麼樣的人？」

她皺了皺眉頭。

「很難說，我無法說清阿諾德到底是什麼樣的人。他非常安靜，非常拘謹，很少有人知道他在想什麼。他很聰明，人人都說他才智過人……當然是指在工作上。他不……怎麼說呢，他從不表達自己的想法……」

「他愛您嗎？」

「哦，是的，一定是的。否則他不會這麼介意……」她突然住口。

「介意別的男人？這是您要說的話嗎？他嫉妒了？」

她又說：「他一定是的。」接著，似乎覺得需要解釋清楚，她又補充說：「有時候一連幾天他都不說一句話。」

白羅若有所思地點點頭。

「這種激烈行動……這個闖進您生活中的激烈行動，是您所知道的第一次嗎？」

「激烈行動？」她皺了皺眉頭，接著臉又紅了。「您是說，那……那個拿槍自殺的可憐男孩嗎？」

「是的。」白羅說，「我想我是這個意思。」

「我不知道他那麼難過……對此我感到很遺憾。記得他很害羞，也很孤獨，我想他一定是精神錯亂了。曾經還有兩個義大利人進行決鬥……很荒唐！總之，沒人致死，感謝上帝……說真的，我並不在乎他們兩人！甚至從未假裝在乎過。」

「不，您只是在場罷了！而有您出現的地方就有憾事發生！我以前見過這類例子。那是因為您不在意男人失去理智。但您在乎李奇少校，因此，我們必須盡可能……」

他沉默了片刻。而她面色凝重地坐在那兒看著他。

「我們先從相關人物著手吧。這通常對澄清事實非常重要。我所知道的只是從報上得來的資訊。根據報上的陳述，只有兩個人有機會殺死您的丈夫，也只有兩個人可能殺了您丈夫：李奇少校和他的管家。」

她固執地說：「我知道查爾斯沒殺他。」

「那麼就是管家了，這您同意嗎？」

她疑惑地說：「我明白您的意思……」

「您對此表示懷疑？」

「聽起來很荒唐。」

「但有可能。您丈夫毫無疑問去了李奇少校家，因為他的屍體是在那兒被發現的。如果管家的說法真確，那麼就是李奇少校殺了他。但如果管家一派胡言，那麼就是管家殺了他，並在主人回來之前把屍體藏到箱子裡，因為他認為這是處理屍體的最好辦法。他只要第二天早晨『注意到』血跡，然後再『發現』屍體，這樣罪嫌便馬上落到李奇少校頭上。」

「但他為什麼要殺阿諾德呢？」

「啊，為什麼？動機一定不明顯，否則警方會調查出來。很可能您丈夫發現管家有不可告人的祕密，並且準備告知李奇少校。您丈夫和您提過這個叫伯吉斯的管家嗎？」

她搖搖頭。

「您認為他會告訴您嗎？如果事實確實如此的話？」

她皺了皺眉頭。

「很難說，可能不會。阿諾德不愛談論人的是非。我說過，他相當沉默寡言，他不是……他絕不是愛閒聊的人。」

「他是個不發表自己意見的人……沒錯。您對伯吉斯的印象如何呢？」

「他不是那種引人注目的男人，但是個非常好的管家，很稱職但不夠斯文。」

「他年紀多大？」

「大約三十七、八歲，我想。他在大戰時當過勤務兵，但不是常備兵。」

「他跟著李奇少校多久了？」

「時間不長，我想大約一年半吧。」

「您從未注意到他對您丈夫有什麼奇怪的態度嗎？」

「我們不常去那兒。沒有，我什麼也沒注意到。」

「把那晚的情況說給我聽。晚宴幾點開始的？」

「八點四十五分。」

「那是個什麼樣的宴會？」

「嗯，是個有酒的自助晚餐會，食物很豐盛，鵝肝、熱呼呼的吐司、燻鮭魚，還有熱氣騰騰的米飯——查爾斯在近東學了一手獨特的烹飪——不過這道菜只在冬天才會做。然後我們通常會聽音樂，查爾斯買了一台雙聲道留聲機。我丈夫和麥克拉倫都非常喜愛古典音樂。我們還放些舞曲，史賓斯夫婦喜歡跳舞。總之就是這樣一個晚宴，一個相當輕鬆的自助晚宴。查爾斯是個很稱職的主人。」

「那個晚上和平常沒什麼兩樣嗎？您沒有發現任何異常現象或不對勁的地方？」

「不對勁的地方？」她皺皺眉頭想了想。「您……說起來，哦，我倒……哦，我忘了。好像有件事……」她又搖了搖頭。「不，那晚根本沒什麼可疑的事。我們玩得很開心，大家似乎都很輕鬆愉快。」她哆嗦了一下。「一想到自始至終……」

白羅迅速舉了下手。

「別再想了。您對您丈夫要去蘇格蘭處理的那件業務知道多少？」

「不很多，好像我丈夫要賣的那塊地在交易合約上有些爭議。顯然這項買賣本來已經談妥，後來突然出現難題。」

「您丈夫怎麼告訴您的？」

「他手裡拿著電報走進屋子。大概是這樣的，他說：『氣死人了，我得乘夜車去愛丁堡。明天早上先去見強斯頓……真糟糕，本來以為事情進展得很順利……』然後他又說：『我要不要給喬克打個電話，讓他來接你？』我當時說：『別開玩笑了！我自己坐計程車去。』接著他說喬克或史賓斯夫婦會送我回家。我問他要不要整理一下行李。他說他把幾樣東西塞進包包裡就行了，然後再去俱樂部吃點東西就上車。說完他就走了。那是我最後一次見到他。」

這時她的聲音略顯失控。白羅難過地看著她。

「他給您看了那封電報嗎？」

「沒有。」

「真可惜。」

「您為什麼這麼說？」

他沒有直接回答，反而輕快地說：「現在我們言歸正傳。誰是李奇少校的辯護律師？」

她告訴他，他把地址記了下來。

「您能給他們寫個便條，讓我帶過去嗎？我想見見李奇少校。」

「他……已經被拘留了一個星期。」

「這是很自然的事，那是一般的程序。您能寫便條給麥克拉倫將軍，還有您的朋友史賓斯夫婦嗎？我想見他們三個人。假如他們不讓我進門，這些便條可以派上用場。」

當她從書桌邊站起身時，他說：「還有一件事。我會記下對麥克拉倫和史賓斯夫婦的印象，但也想聽您談談您對他們的看法。」

「喬克是我們的老朋友。在我還是個小孩子時就認識他，他看起來很嚴厲，其實很和藹可親。他一直是值得信賴的人。他並不開朗、幽默，卻是個靠山，我和阿諾德都很尊重他的意見。」

「而他，也毫無疑問地愛上了您？」白羅的眼睛輕輕眨了眨。

「哦，是的。」她開心地說，「他一直愛著我……但現在只能說是一種習慣。」

「那史賓斯夫婦呢？」

「他們很風趣，和他們在一起讓人覺得很快樂。琳達．史賓斯是個相當聰明的女人，阿諾德很喜歡和她聊天，她也很有魅力。」

「你們是朋友嗎？」

「她和我？從某種程度上來說，是的。我不知道自己是否喜歡她，她太工於心計了！」

「那麼她丈夫呢？」

「哦，傑米很討人喜歡，精通音樂，對畫作也很有研究。我和他經常去看畫展……」

「啊，好吧，我再自己觀察。」他握起她的手。「夫人，希望您不會後悔找我幫忙。」

「我為什麼會後悔呢？」她的眼睛睜得大大的。

「誰知道呢？」白羅眨了眨眼。

當他走下樓時，不禁自言自語道：「我……我不知道。」

雞尾酒會還在熱熱鬧鬧地進行著。他悄悄避開人群以免被人攔住，然後來到街上。

「是呀。」他重複道，「我不知道。」

他在想著瑪格麗特・克萊頓。

那孩子般的天真、坦率……僅止如此嗎？或者隱藏了別的東西？在中世紀是有這樣的女人，歷史並不認同的女性。他想起瑪麗・斯圖沃特[7]，蘇格蘭女王。她丈夫知道那晚在柯克歐菲爾[8]要發生的事嗎？或者她完全無辜？謀反者都沒向她透露任何消息嗎？她是那種像

7 瑪麗・斯圖沃特（Mary Stuart），一五四二至一五六七年間在位。

8 一五六七年二月，瑪麗女王的丈夫亨利・丹利（Henry Stuart, Lord Darnley）下榻愛丁堡一棟名為「柯克歐菲爾」（Kirk o'Field）協同教堂的房子，凌晨兩點，爆炸聲巨響，屋子立即被夷為平地，丹利陳屍花園，其臥室窗口垂下一條繩索，顯然丹利在屋子爆炸前已察覺有異，企圖從窗口脫逃。

孩子一樣單純、用一句「我不知道」就可以欺騙自己的人嗎？他感受到瑪格麗特・克萊頓的魔力，但不能完全了解她……

這樣的女人，儘管很單純，卻會是罪惡的起源。

這樣的女人，可以安排犯罪計畫，但不會親自採取行動。

他們絕不是那種手執匕首殺人的人……

至於瑪格麗特・克萊頓……不，他不明白！

03

赫丘勒・白羅發現李奇少校的幾個律師並無法給予協助，這是他始料未及的。他們雖不明說，但試圖暗示他，如果克萊頓太太不出面，對他們的當事人才大有好處。他拜訪他們是出於「禮貌」。為了安排和在押的李奇少校會面，他和內政部以及刑事調查局都已折騰夠了。

白羅並不喜歡負責克萊頓案的米勒警官，但他並非懷有敵意，只是有點傲慢。

「不要在那老頭身上浪費太多時間。」在白羅被引進之前，他對副警官說，「不過我還是得禮貌些。」

「白羅先生，如果您要插手管這件案子，您真的必須從帽子裡再多抓幾隻兔子出來。」

他哈哈大笑說，「只有李奇可能殺死那傢伙。」

「還有那個管家。」

「哦，有可能的話，我會把管家交給您！但您找不到任何線索。他毫無動機。」
「這您無法完全肯定，動機是個很複雜的東西。」
「可是，他和克萊頓根本就不熟，他的紀錄清白，而且精神正常。我不明白您想要的是什麼？」
「我要證明李奇並沒有犯案。」
「想討那位夫人歡心，啊？」米勒警官不懷好意地笑了笑。「我想她已經買通您了。真是個尤物，是吧？充滿復仇心的女人。如果她有機會的話，您知道，她會自己幹掉丈夫的。」
「不會！」
「說來您會大吃一驚。我以前碰過這樣一個女人，先後把幾個丈夫都幹掉。問她話時，她那天真無邪的藍眼睛眨也不眨一下，而且每一次都表現得傷心欲絕。如果陪審團有那麼一點機會，他們照樣會宣布無罪釋放她……但他們沒機會，因為鐵證如山。」
「好吧，我的朋友，我們不要爭執了。我想請問這個事件的幾個重要細節。報紙報導的是新聞，並不總是事實！」
「他們也要自娛娛人呀。您想知道什麼？」
「死亡時間，愈準確愈好。」
「不可能很準確，因為屍體直到隔天早晨才發現。判斷死亡時間是十到十三個鐘頭前。也就是說在前一天晚上的七點到十點之間。頸靜脈被刺穿……一定是當場死亡。」

「凶器呢？」

「一種義大利短劍，非常小，但像刮鬍刀一樣鋒利。沒人見過這把短劍，也不知道是從哪兒弄來的，但我們終究會調查出來，這只是時間和耐心的問題。」

「不可能是在爭吵中隨手抓起來的？」

「不可能，管家說在房子裡沒見過這樣的東西。」

「我對那封電報很感興趣。」白羅說，「那封要阿諾德．克萊頓去蘇格蘭的電報。那是真有這件事嗎？」

「這一點沒什麼疑問。那筆土地買賣或什麼的，處理的過程一切合法。」

「那麼是誰發了那封電報……我想有這麼一封電報吧？」

「應該有……我們未必相信克萊頓太太的話，但克萊頓先生曾告訴李奇的管家，說他被電召去蘇格蘭，而且他也對麥克拉倫將軍提過此事。」

「他是什麼時候與麥克拉倫見面的？」

「兩人在他們的俱樂部『複合服務』一起吃了點心，大約是七點十五分。然後克萊頓乘計程車在八點之前到了李奇的公寓，那之後……」米勒攤開雙手。

「那一晚有人感覺李奇的舉止異常嗎？」

「哦，您也知道一般人的心態，一旦發生事端，他們就突然注意到許多事。我敢打賭他們根本什麼也沒看到。史賓斯夫人說他整晚心不在焉，常常答非所問，似乎有『心事』。我打賭他有……假如他在箱子裡藏了具屍體！他肯定一直在想該怎麼處置它！」

「為什麼他沒把它弄走呢？」

「我也不懂，也許他心裡失了方寸。但把它留到第二天也實在太不可思議。那晚他就有最好的機會啊，晚間沒有僕人留下，他可以把車開過來，將屍體放到行李廂裡……那種很大的行李廂，再開出城外停在某地。可能會有人看到他把屍體裝進車裡，但他家是在一條偏僻的街上，而且還有一個可行駛轎車的庭院。像凌晨三點，就是個方便的機會。可是他做了什麼呢？上床睡覺，睡到隔天日頭高照，醒來時發現家裡都是警察！」

「他睡得和無辜的人一樣安穩。」

「你愛怎麼想就怎麼想吧，但您自己相信嗎？」

「我得親自見到那個人，才能回答這個問題。」

「您認為，從一個人的外觀上能看出他犯罪與否嗎？這可不容易。」

「我知道不容易。我也不敢說我辦得到，我只是想看看這人是否真的那麼笨。」

04

白羅打算在見過其他人之後，再去見李奇少校。

他先見了麥克拉倫將軍。

麥克拉倫身材高大，皮膚黝黑，不善言辭，容貌粗獷但討人喜歡。他人很羞怯，不容易接近，但白羅鍥而不捨。

看到瑪格麗特的便條，麥克拉倫勉強地說：「好吧。如果瑪格麗特希望我盡力給您提供線索，我當然願意效勞。但我不知道還有什麼好說的，您已經聽說了整個經過。不過只要是瑪格麗特希望的……我一向會滿足她的要求，從她十六歲起就一直是這樣。她很有辦法，您知道。」

「這我明白。」白羅接著問，「首先我希望您坦率回答我一個問題。您認為李奇少校有罪嗎？」

「是的，我認為他有罪。但如果瑪格麗特認為他無辜，我不會這麼對她說。不過我就是看不出其他可能性，該死，那個傢伙一定有罪。」

「他和克萊頓先生之間有什麼過節嗎？」

「一點也沒有。阿諾德和查爾斯是最好的朋友，所以出了這樣的事很難理解。」

「也許李奇少校與克萊頓太太的友誼……」

他的話馬上被打斷了。

「呸！一派胡言。所有的報紙都閃爍其詞地暗示……該死，全在含沙射影！克萊頓夫人和李奇是好朋友，但僅止於此！瑪格麗特有很多朋友，我也是她的朋友，多年的老朋友，這是全世界都知道的。查爾斯和瑪格麗特也是這樣。」

「那麼您不認為他們有曖昧關係？」

「當然不認為！」麥克拉倫憤慨地說，「不要去聽那個壞女人史賓斯的話，她什麼話都說得出來。」

「但也許克萊頓先生懷疑妻子和李奇少校之間有曖昧。」

「我向你保證，他不會那樣想！如果是的話，他會告訴我。阿諾德和我無話不談。」

「他是什麼樣的人呢？您，就是您，應該知道。」

「嗯，阿諾德十分正派，很聰明……才智過人，我相信，是一般人所謂『一流的金融頭腦』。要知道，他在財政部的職位相當高。」

「我也聽說了。」

「他博覽群書，也愛集郵，而且非常熱中音樂，他不喜歡跳舞，也不太出門。」

「您認為他們的婚姻幸福嗎？」

麥克拉倫將軍沒有馬上回答，他遲疑了片刻。

「這件事很難說……是的，我想他們是幸福的。他以他那種平靜的方式深深愛著瑪格麗特。我也確信她喜歡他，他們不可能分開……如果您曾這樣想的話。當然，他們的共同之處少了一些。」

白羅點點頭，他能問到的也僅止於此。

「現在請您談談那天晚宴的前後經過。克萊頓先生和您在俱樂部吃了飯，他當時說了些什麼？」

「他告訴我他得去一趟蘇格蘭，他看起來很惱火。對了，我們並沒有吃晚餐，沒時間，只吃了三明治、喝了飲料……他是這樣；我只喝了飲料，因為我還要去參加自助餐晚宴，別忘了這點。」

「克萊頓先生提過一封電報嗎？」

「提過。」

「但他沒有給您看那封電報？」

「沒有。」

「他說過他要去找李奇？」

「絕對沒有。事實上，他說他的時間不夠了。他說：『瑪格麗特可以替我解釋，你也可以。』接著他又說：『把她安全送回家，好嗎？』然後他就走了。一切都是那麼自然。」

「他一點也沒有懷疑那封電報的真實性嗎？」

「難道那封電報不是真的？」麥克拉倫將軍目瞪口呆。

「顯然不是。」

「怪了……」麥克拉倫將軍陷入一片迷群，接著突然說：「但那確實很奇怪。我是說，會有什麼用意呢？為什麼有人要他去蘇格蘭呢？」

「這是個值得探討的問題，是的。」

赫丘勒．白羅起身走了，留下還在呆呆思索這件事的將軍。

05

史賓斯夫婦住在切爾西區一棟非常小的房子裡。

琳達．史賓斯興高采烈地接待了白羅。

「快告訴我，」她說，「告訴我瑪格麗特的一切，她現在人在哪兒？」

「夫人，我沒有權利回答這樣的問題。」

「她藏起來了，誰也找不到她。瑪格麗特最擅長此道。但她會被傳喚出庭作證吧？這她是逃不掉的。」

白羅打量著她，勉強的承認她具有現代感（像個吃不飽的孤兒）。不是他喜歡的類型。她一頭刻意弄亂的頭髮蓬鬆懸於頭上，只塗了口紅，有點髒的臉上閃爍著一對狡黠的眼睛，正在上下打量著他。她穿了件幾乎拖到膝蓋的淺黃色超大毛衣，下面是一條緊身黑褲。

「你在這個事件中負責什麼？」史賓斯太太問，「幫她那位男朋友洗清罪嫌，對吧？真是癡心妄想！」

「那麼您認為他有罪囉？」

「當然了，如果不是他，會是誰呢？」

白羅心想，這點正是問題所在。他巧妙地避開了這個話題，問道：「命案發生的那個晚上，你感覺李奇少校和往常一樣呢，還是有異常狀況？」

琳達．史賓斯煞有其事地瞇著眼睛。

「不，他舉止反常，他……變了一個樣。」

「怎麼說，變了一個樣？」

「嗯，這是一定的嘛，如果你剛剛才心狠手辣地殺了人……」

「但當時你還不知道他剛心狠手辣地殺了人，不是嗎？」

「是的，當然不知道。」

「那麼您怎麼說他變了一個樣？怎麼個變法？」

「嗯……心不在焉。哦，我不知道。但事後想想，我感到有什麼不太對勁的地方。」

白羅嘆了口氣。

「那晚誰先到的？」

「我們，吉姆和我。然後是喬克，最後是瑪格麗特。」

「克萊頓先生動身去蘇格蘭的消息，你們是什麼時候聽說的？」

「瑪格麗特到達的時候。她對查爾斯說：『阿諾德感到非常抱歉，他不得不趕夜車去愛丁堡。』接著查爾斯說：『哦，太可惜了。』接著喬克說：『對不起，我以為你早知道了。』然後我們就喝酒。」

「李奇少校那晚沒提起見過克萊頓先生的事嗎？他一點也沒提克萊頓去車站之前來過這裡嗎？」

「我沒聽說。」

「那封電報很奇怪，不是嗎？」白羅說。

「有什麼奇怪？」

「那封電報是假的。愛丁堡那兒沒人知道這封電報。」

「原來如此，當時我也這麼懷疑。」

「您對這封電報有意見嗎？」

「只是心裡閃了一下念頭。」

「您到底指的是什麼？」

「親愛的，」琳達說，「別裝傻了。不知名的惡徒把丈夫除掉了。因為那一晚的時機正好。」

「您是說，李奇少校和克萊頓太太計畫共度良宵？」

「您應該聽說過這事吧？」琳達看來很開心。

「您是說，這封電報是他們其中一人發的？」

「這沒什麼好驚訝的。」

「您認為李奇少校和克萊頓太太有曖昧關係？」

「應該說，如果確有其事，我不會感到意外。但我不知道是否確有其事。」

「克萊頓先生懷疑過嗎？」

「阿諾德是個非常善良的人。他是個悶葫蘆，如果您明白我的意思。我想他知道。但他是那種從不說出心裡話的人，大家都認為他是個缺乏感情的人，但我相信他的內心深處並非如此。奇怪的是，如果是阿諾德刺死查爾斯，我倒不會那麼吃驚，但事實截然相反。你不覺得這很奇怪嗎？我覺得阿諾德是個嫉妒心超強的人。」

「很有意思。」

「雖然他是比較有可能殺死瑪格麗特……像《奧賽羅》那樣的事。你知道，瑪格麗特對男人非常有誘惑力。」

「她很漂亮。」白羅輕描淡寫地說道。

「不只如此，她很有一套。她能使男人慌了手腳，為她迷亂，然後一轉身，她卻張大眼睛驚訝地看著他們，使他們更加瘋狂。」

「致命的女人。」

「在外語裡可能這麼說吧。」

「您很了解她嗎？」
「親愛的，她是我最好的朋友之一……但我對她根本就不信任！」
「啊！」
白羅接著把話題轉到了麥克拉倫將軍。
「喬克？那位忠誠的老友？他是個寶貝，天生就是這家人的朋友。他和阿諾德真的是很好的朋友。我想阿諾德在他面前最輕鬆自在，當然他也是瑪格麗特馴化的一隻貓。多年來他一直深愛著她。」
「而克萊頓先生也嫉妒他嗎？」
「嫉妒喬克？根本沒這回事！瑪格麗特是真的喜歡喬克，但她從來不讓他有這種想法。我不認為一個人真會……我不知道。很可惜，他是個好人。」
白羅把話題轉到管家身上，他含糊地提到他，而琳達似乎對伯吉斯沒什麼印象，而且像是根本就沒注意到他。
但她反應很快。
「我猜你是說，他有可能像查爾斯一樣輕而易舉地殺了阿諾德？但是我認為那根本就不可能。」
「您這番言論讓我很失望，夫人。可是，在我看來（儘管你可能不同意），倒不是說李奇少校殺死阿諾德．克萊頓是絕不可能的事，而是說他那種做案方式是絕不可能的。」

「你是指使用短劍？是的，就他的性格而言絕不可能。鈍器較有可能，或者，也許他掐死了他？」

白羅嘆了口氣。

「我們又回到《奧賽羅》了，是的，《奧賽羅》，您啟發了我一點點想法……」

「是嗎？是什麼……」

這時傳來一陣開鎖的聲響，隨之門開了。

「哦，這是傑米，你也想和他談談嗎？」

傑米．史賓斯三十多歲，外貌和悅，打扮得整潔得體，故作矜持。史賓斯太太說她還是去看看廚房裡的鍋子，接著便走開了，留下這兩個男人。

傑米絲毫沒有他妻子那種可愛的坦率，很明顯看出，他非常不喜歡捲進這樁案件裡。他謹慎地提供了一些資訊，卻毫無用處。他們結識克萊頓夫婦已有一段時間，和李奇卻不熟。他似乎是個討人喜歡的傢伙。根據他記得的，李奇那天晚上和平常絕對一樣。克萊頓和李奇似乎關係很好。整件事情讓人不可思議。

在談話中，傑米．史賓斯始終明顯表現出希望白羅盡快離去，他很客氣，但僅止於此。

「恐怕，」白羅說，「您並不喜歡這些問題？」

「嗯，警方已經問過我們好幾次了，我想夠了。我們提供了我們知道、看到的一切。現在……我只想忘掉這件事。」

「我很同情你，捲進這樣的事是很令人不快，而且不斷被盤問著你們知道、看到、甚至是頭腦裡思考的問題。」

「最好不再去想。」

「但你能不想嗎？例如，您認為克萊頓太太是不是也參與了此事？她會不會和李奇一起謀殺了她丈夫？」

「天啊，當然不會。」史賓斯驚愕地說，「我不知道還會有這樣的問題！」

「您的妻子也沒透露出這樣的可能性嗎？」

「哦，這個琳達！您是知道女人的……她們總是互相殘殺。瑪格麗特從不利用自己的魅力招惹是非，只怪她自身散發的魅力令人無法招架。但李奇和瑪格麗特共謀殺夫的說法太荒謬了！」

「有過這樣的案例。就拿凶器來說吧，這種凶器女人比男人還有可能佩帶。」

「您是說警方已懷疑到她了嗎？他們不可能！我是說……」

「這我就不知道了。」

白羅真誠地說，然後匆匆忙忙離開了。從史賓斯驚愕的臉上，他猜自己已留給這位先生某個值得思考的問題。

／06

「請原諒我這麼說，白羅先生，我看不出您能幫我什麼忙。」

白羅沒回答。他若有所思地看著這個被指控謀殺朋友阿諾德．克萊頓的人。

他看著他那倔強的下顎，窄窄的額頭。他是一個身材修長、膚色紅棕的男人，運動員的體格，強健，有點像靈緹。他面無表情，對白羅的態度也相當無禮。

「我非常理解克萊頓太太讓您來看我的用心。不過坦白說，我想她不很明智，這種做法對她、對我都沒好處。」

「您的意思是？」

李奇緊張地回頭看。但看守員按規定站在遠處，他低聲說：「他們得為這個荒唐的指控找到動機，設法把動機歸於克萊頓太太和我之間有關聯。這點，我知道克萊頓夫人可能跟您說清楚了。這不是事實，我們只是朋友，僅止於此。她不為我採取任何行動當然較好。」

赫丘勒．白羅略過這一點，但他抓住了其中的一個字眼。

「您說這是『荒唐的指控』。但這並不是，您要知道。」

「我沒殺阿諾德．克萊頓。」

「那應該叫它『錯誤的指控』。說指控與事實不符，那並不荒唐，相反地，那極有可能，這一點您應該很清楚。」

「我只能告訴您，對我而言它是太荒唐了。」

「這麼說對您沒什麼益處。我們必須想個比較有效的辦法。」

「我請了律師，他們向我報告過辯護的方式。我不能接受您用『我們』這個字眼。」

「啊，」出乎意料地，白羅笑了，他無動於衷地說，「這句話聽起來真刺耳。很好，我走。我想見您，也如願以償見到了您。我已查閱了您的履歷。您一路晉升至皇家軍校，也上過軍政大學。今天我對您有了我個人的判斷。您並不傻。」

「這有什麼關係？」

「攸關一切！像您這樣一個有才幹的人，不可能以這種方式做案。很好，您是無辜的。現在談談您的那個管家伯吉斯吧。」

「伯吉斯？」

「是的。如果您沒殺克萊頓，那一定是他幹的，結論不容置疑。但他為了什麼？一定有『為什麼』。只有您了解伯吉斯，應該能做出猜測。為什麼？李奇少校，為什麼？」

「這太令人難以置信。我真是不明白。哦，我也做過和您同樣的推理，是的，伯吉斯有機會……除了我，只有他。問題是，我無法相信。伯吉斯不是會殺人的人。」

「您的律師怎麼說？」

他的表情變得嚴肅。「律師一再追問，我是否有短暫失憶以致不知身在何處的毛病！」

「沒有比這更糟糕的了。」白羅說，「嗯，也許我們會發現，是伯吉斯喪失了記憶。這是個辦法。再來是凶器，他們給你看過凶器並問過是您的嗎？」

「不是我的，我沒見過那個東西。」

「不是您的，不是。但您確信從未見過嗎？」

「沒……見過。」他略顯遲疑。

「那是一種裝飾品，事實上是那種擺在房間裡的裝飾物！」

「擺在女人的客廳，也許。也許是在克萊頓太太的客廳裡？」

「絕不是！」

最後那三個字，李奇吼得好大聲，看守員抬頭往這邊看了看。

「很好。絕不是，您不需要大吼。但也許您曾在某時某地見過非常類似的東西。呃，我說得對嗎？」

「我不認為……在古董店裡見過，也許。」

「啊，很有可能。」白羅站起身，「我走了。」

／07

「現在，」白羅說，「該去找伯吉斯。是的，終於到了見伯吉斯的時候了。」

他從這些人本身，以及他們對彼此的評價中，已了解當時案發現場的所有人。但沒人給他任何伯吉斯的資料，沒有線索，沒有暗示，白羅無從得知他是個什麼樣的人。

當他見到伯吉斯時才知道原因。

管家正在李奇少校的公寓裡等著他，麥克拉倫將軍已來過電話，通知他白羅要來。

「我是赫丘勒．白羅。」

「是的，先生，我在等您。」

伯吉斯恭恭敬敬地把門拉開，讓白羅走了進去。眼前是小小的方型門廳，左邊有扇門開著，通向客廳。伯吉斯幫白羅把帽子、大衣掛好，跟著他進了客廳。

「啊，」白羅環視四周，「就是在這兒出了事？」

「是的，先生。」

安靜的傢伙。伯吉斯臉龐白皙，略顯瘦弱，肩肘相當難看，語調平淡，帶有某種白羅不知道的口音，東岸來的，也許。相當拘謹的人，也許……但除此之外，看不出什麼特點。很難和他做正面交談，有誰會認為這樣俯首帖耳的人是個殺人犯呢？

他有一雙淺藍色的眼睛，閃閃爍爍，是那種不機靈的人說謊時會露出的眼神。但一個說謊者也很可能勇敢自信地直視著你。

「這公寓怎麼處理？」白羅問。

「我還在打理，先生。李奇少校付了我薪水，要我保持乾淨整潔，直到，直到……」

那雙眼睛不安地閃爍著。

「直到……」白羅會意地點點頭。他煞有其事地補充說：「我想李奇少校幾乎篤定會被送上法庭，大概三個月內就會開庭。」

伯吉斯搖搖頭，不是否認，只是困惑不解。

「這是絕不可能的事。」他說。

「李奇少校不可能是殺人犯？」

「整件事情，那個箱子……」

他的眼睛向房間的另一邊看去。

「啊，那就是那個出了名的箱子？」

箱子是用刨了光的黑木做的，點綴著銅飾，有把大銅鎖釦和古式的鎖。

「很漂亮。」

白羅湊近前看了看。

箱子倚牆而立，離窗很近，旁邊是放唱片的櫃子，另一邊是一扇門，半開著。一扇彩繪的皮製屏風半遮住門。

「這扇門通向李奇少校的臥室。」伯吉斯說。

白羅點點頭。他的目光轉向室內的另一邊，那兒有兩部立體音響唱機，分別放在兩張低矮的桌子上，電線盤著，旁邊是幾張安樂椅和一張大桌子。牆上是一組日本畫。室內裝飾講究、舒適，但並不奢華。

他又看看威廉．伯吉斯。

「那天，」他溫和地說，「一定把你嚇壞了。」

「哦，是的，先生，我永遠也不會忘記。」

管家頓時話如泉湧，也許他感到只有反反覆覆地講述那一幕，才能徹底把它從記憶中抹除。

「當時我在房間裡走動，先生，清掃，擦拭玻璃杯什麼的。當我彎腰去撿拾掉在地板上的幾個橄欖時，我看到，在墊布上，有一團暗黑的斑漬……現在看不到了，墊布已拿去讓人清洗了，警方也檢驗過。那是什麼呢？當時我想。我幾乎是暗自打趣地說：『那一定是血！

但那是從哪兒來的？什麼東西濺了出來？』然後我看到血從箱子裡，從旁邊，這裡，這條裂縫流出來，我還是不知道是怎麼回事，我說：『什麼東西……』接著我像這樣把蓋子打開！」他比畫了一下。「我立即看到一個男人的屍體蜷曲著側躺在裡面，好像睡著了似的，還有那把噁心的外國刀或匕首刺穿他的脖子。我永遠也忘不掉這一幕……永遠不能，直到老死！這麼出人意料的驚嚇，您知道……」

他深吸了一口氣。

「我放下蓋子，跑出公寓，到街上去叫警察……幸運地，我找到了一個，就在街的轉角處。」

白羅沉吟地看著他。這場表演——如果是場表演的話——可說是非常精采。他開始懷疑這不是表演，而是事實。

「你沒有想到應該先去叫醒李奇少校嗎？」他問。

「我根本沒想到，先生。我嚇壞了。我，我只想逃出去……」他吞了吞口水。「然後，然後求救。」

白羅點了點頭。

「當時你意識到那具屍體是克萊頓先生了嗎？」他問。

「我應該要，先生，但您知道，我想我沒認出來。當然，當我和警官回來時，我說：『天哪，是克萊頓先生！』他問：『克萊頓先生是誰？』我說：『他昨晚在這兒。』」

「啊，」白羅說，「昨晚……你還確切記得克萊頓先生到這兒的時間嗎？」

「不是很準確。但一定是在七點四十五分之前……」

「你和他很熟？」

「我在這兒幫忙的一年半裡，他和他太太經常上這兒來。」

「那天他看起來與往常沒什麼不同嗎？」

「我想是的。當時有點氣喘吁吁……但我想是因為匆忙的緣故。他說要趕火車什麼的。」

「他手裡拿著袋子，我想，是要去蘇格蘭？」

「沒有，先生。我想，他讓計程車在下面等他。」

「他發現李奇少校不在，感到很失望嗎？」

「不太清楚。他只說要留個字條，我就把他請到客廳的桌子那兒，然後我就轉身回廚房了。我要趕著做鯷魚子。廚房在走廊的那一頭，從那兒你聽不到這兒的動靜。我沒聽見他出門或主人進門的聲音……不過，當時我想主人不會在那時候進門。」

「然後呢？」

「後來我聽到李奇少校叫我。他站在這兒的門口，說他忘了買史賓斯太太喜歡的土耳其香菸，要我趕緊出去買。我照著做，我把買回來的香菸放在這兒的桌子上，發現克萊頓先生不在房間裡。當然我以為他已經離開去搭火車了。」

「在李奇少校出去而你人在廚房時，再沒別人進來過嗎？」

「是的，先生，沒有。」

「你能確定嗎？」

「怎麼會有人呢，先生？要是有人來，會按門鈴的。」

白羅搖了搖頭。怎麼會有人進來呢？史賓斯夫婦、麥克拉倫，還有克萊頓夫人都能，他已經知道，並能精確地說出他們的活動時間。麥克拉倫在俱樂部與朋友在一起；史賓斯夫婦在動身前曾接待了幾位朋友；而恰好那時瑪格麗特正與朋友講電話。他不認為他們是凶手。跟蹤阿諾德．克萊頓來到一個僕人在家、主人隨時會進門的公寓再殺了他，絕不是個最好的辦法。不，他曾經寄予最後一絲希望——「神祕的陌生人」！克萊頓以前認識的人在街上認出了他，跟到這兒來，用短劍殺了他，並把屍體扔到箱子裡逃跑……根本是通俗劇的劇情，沒有任何根據和可能性！簡直就像是一部煽情的歷史小說，只是和西班牙箱子很搭配。

他回頭走到箱子旁，掀開蓋子，蓋子輕而易舉、安靜無聲地開了。

伯吉斯囁嚅地說：「那已經徹底擦洗過了，先生，我請人處理的。」

白羅探下身，輕輕地驚嘆了一聲再往下探，並用手指摸了摸箱子。

「那些洞……後面的和這邊的，看起來、摸起來，好像是最近才弄的。」

「洞，先生？」管家彎下腰去看。「我不知道，我從未留意過。」

「不是很明顯，但確實存在。你說那是做什麼用的？」

「我實在不知道，先生，也許是什麼動物啃的……我是說，甲殼蟲之類的東西？」

「某種動物？」白羅說，「怪了。」他起身走到門邊問道：「當你買了香菸回來時，發現房間裡有什麼異樣嗎？任何東西，比如椅子、桌子被移動過之類的？」

「屏風好像被人往左邊移動了一點。」

「像這樣？」

「再偏左一點……對，對。」

白羅飛快地走動起來。

屏風原來已遮擋了半個箱子，如果是現在這樣，則幾乎把整個箱子全遮住了。

「你為什麼認定它被移動過呢？」

「我沒想過，先生。」

（另一個萊蒙小姐！）

伯吉斯遲疑地說：「我想，這樣的話，通往臥室的方向比較清楚……如果夫人們想放披肩的話。」

「也許。但可能還有另一個原因。」白羅說，伯吉斯不解地看了看他。「現在屏風把箱子擋住了，也擋住了下面的墊子。如果李奇少校殺了克萊頓先生，血會馬上從箱子底部的裂縫流出來，這樣就會有人發現，就像你第二天早晨發現的那樣。於是，屏風被移動了。」

「我從未這樣想過，先生。」

「這兒的光線怎麼樣，是強還是弱？」

「我讓您看看，先生。」

很快地，管家拉上窗簾，點亮了幾盞燈。頓時房間沐浴在一片柔光中，光線很弱，幾乎不能看書。白羅掃了一眼天花板上的燈。

「那沒開，先生。我們很少用它。」

白羅在柔光中四下環視。

管家說：「我不相信您會看到血跡，先生，這兒太暗了。」

「我想你說得對。那麼，屏風為什麼被移開了呢？」

伯吉斯哆嗦了一下。

「想起來真是可怕……像李奇少校那樣和善的紳士，竟然會做出這種事。」

「你覺得是他幹的嗎？他為什麼那麼做呢，伯吉斯？」

「嗯，他經歷過戰爭，可能頭部受過傷，不是嗎？他們說，有時候，幾年之後這種傷會突然發作，他們會突然神經錯亂，不知道自己在做什麼。而且他們說，他們攻擊的對象常常是最親愛的人。」

白羅盯著他，嘆了口氣轉過臉去。

「不，」他說，「不是這樣的。」

像魔術師一樣，他把一個紙團似的東西塞到伯吉斯手裡。

「哦，謝謝你，先生，但我真的不……」

「你幫了我很大的忙，」白羅說，「給我看了這房間，讓我看了這房間的東西，告訴了我那晚發生的事情。『不可能並非永遠不可能』！記住這句話。我說過只有兩種可能性，但我錯了。還有第三種可能性。」他又看了看房間，感到一陣寒意。「把窗簾拉開，讓陽光和空氣進來吧，這個房間需要它們，需要淨化。我想還要一段時間，它才能從折磨它的……積蓄已久的仇恨中淨化出來。」

伯吉斯張口結舌地將帽子和大衣遞給白羅，看來迷惑不解。喜歡語帶玄機的白羅輕快地走下了樓梯。

／08

白羅回到家中，他給米勒警官打了個電話。

「克萊頓的那個袋子呢？他妻子說他出門時拿了個袋子。」

「在俱樂部，他交給了管理員，然後他一定是忘了拿就走了。」

「裡面有什麼？」

「你想能有什麼？睡衣、換洗的襯衫、盥洗用具。」

「很周全。」

「你期待裡面會有什麼？」

白羅避而不答，說道：「有關那把短劍，我建議你去找替史賓斯太太打掃的女人，問她是否曾看到房間裡擺放類似的東西。」

「史賓斯太太？」米勒吹了聲口哨。「你的大腦是這麼運作的嗎？史賓斯夫婦看過凶器？他們說從沒見過！」

「再問問他們。」

「你是說……」

「然後告訴我他們說了什麼。」

「真不明白你以為自己掌握了什麼！」

「讀讀《奧賽羅》，米勒。想想《奧賽羅》裡的人物，我們漏掉了其中一個角色。」

他掛斷電話，接著又打給查特頓夫人，電話占線。

過了一會兒他又打過去，還是沒通。他把喬治叫來，告訴他繼續打，直到打通為止。他知道查特頓夫人是個電話忙人。

他坐在椅子上，小心地脫掉皮鞋，伸了伸腳趾，躺靠在椅背上。

「我老了。」赫丘勒．白羅說，「我很容易疲勞……」但他又精神一振，「但灰色腦細胞還在活動，慢慢地，但它們在活動。《奧賽羅》，是的。是誰跟我說過的？啊，是的，史賓斯太太。那個袋子，屏風，像睡覺一般躺在那兒的屍體。非常狡猾的謀殺，有預謀，周密計畫……我想，凶手樂在其中……」

喬治終於通報查特頓夫人的電話接通了。

「我是赫丘勒．白羅，夫人。我能和您的客人說句話嗎？」

「啊，當然可以！哦，白羅先生，案情有什麼突破嗎？」

「還沒有，」白羅說，「但可能有些進展。」

這時，話筒中傳來瑪格麗特平靜溫柔的聲音。

「夫人，當我問您是否注意到那晚宴會上有什麼異常時，您曾皺了皺眉頭，似乎想起了什麼，然而卻想不起來。是那個屏風嗎？」

「屏風？啊，是的，是的，它好像不在原來的地方。」

「那晚您跳了舞嗎？」

「跳了一會兒。」

「您和誰跳得最久？」

「傑米．史賓斯，他是個舞林高手。查爾斯舞跳得也很好，但不是特別出色。他和琳達跳。我們有時會交換舞伴。喬克．麥克拉倫沒跳，他拿出唱片，將它們分門別類，供我們挑選。」

「之後你們聽了古典音樂？」

「是的。」

白羅沉默片刻，瑪格麗特接著說：「白羅先生，這是怎麼回事？您……有希望嗎？」

「夫人，您都知道您周圍那些人內心的感受嗎？」

她的聲音略顯驚訝地說：「我想……是的。」

「我想不是，我想您根本就不知道。這也是您生命中的悲劇，只是，悲劇都發生在其他人身上，而不是在您身上。今天有人向我提及《奧賽羅》。我曾問過您，您丈夫是否會嫉妒？您說您想是的。但您只是輕描淡寫地說，就像未意識到危險的黛絲狄蒙娜[9]。她也知道丈夫嫉妒，但她不明其所以。因為她自己從未有過這種感覺，而且也永遠不可能體會到嫉妒之情。我想她沒有意識到激情的力量，她像崇拜英雄那樣浪漫地愛著自己的丈夫。她天真地愛著她的朋友卡西歐，把他當作知心朋友……我想正因為她對別人感情的麻木，所以把男人都逼瘋了。夫人，您明白嗎？」

電話裡一陣沉默。然後傳來瑪格麗特的聲音，冷冷的，甜甜的，略微的迷惑不解。

「我不太……不太明白您在說什麼……」

白羅嘆息著，他一本正經地說：「今晚，」他說，「我去拜訪您。」

9　黛絲狄蒙娜（Desdemona），莎士比亞悲劇《奧賽羅》主角奧賽羅的妻子，受人誣陷與他人有姦情而被丈夫掐死。

09

米勒先生不是個容易說服的人，但白羅也不好打發。米勒警官抱怨著，但還是讓步了。

「就算查特頓夫人插手此事……」

「她與此事無關，她庇護了一個朋友，就這樣。」

「至於史賓斯他們夫婦……你是怎麼知道的？」

「因為那把短劍是從那兒來的？這只是個猜測。其實我是從傑米．史賓斯的話中猜出來的。我說短劍是瑪格麗特．克萊頓的，他堅決否認了這點。」他頓了頓。「他們說了些什麼？」他好奇地問。

「承認它有點像他們曾經擁有的一把玩具短劍，但幾星期前就不見了，他們已把它忘得一乾二淨。我猜是李奇偷走了吧。」

「傑米．史賓斯先生是個謹慎的人。」白羅自言自語說，「幾星期前……哦，是的，這個計畫已醞釀了好長時間。」

「啊，這是怎麼回事？」

「到了。」

計程車停在崔特敦大街查特頓夫人的府邸前，白羅付了車費。

瑪格麗特．克萊頓正在樓上的房間裡等著他們。當她看到米勒時，她的臉僵住了。

「我不知道……」

「你不知道我要帶的朋友是誰？」

「米勒警官不是我的朋友。」

「那就要看你是否想讓正義得到伸張了，克萊頓夫人。您丈夫是被謀殺的……」

「現在我們不得不談談誰是凶手。」白羅馬上說，「夫人，我們可以坐下嗎？」

瑪格麗特慢慢地在面向他們的長靠椅上坐下。

白羅對他的兩個聽眾說：「請耐心聽我說。我想現在明白那晚在李奇少校家裡發生的一切……起初我們所有人都被誤導了，都假設只有兩個人有機會把屍體放進箱子，也就是李奇少校或威廉．伯吉斯。但我們錯了，那天晚上在公寓裡還有第三個人有絕佳的機會動手。」

「那是誰呢？」米勒懷疑地問，「小偷嗎？」

「不，阿諾德．克萊頓。」

「什麼？他把自己的屍體藏起來？你瘋啦！」

「當然那不是一具屍體，是一個活人。這很容易，他自己藏到箱子裡。這種事情歷史上也出現不少。〈槲寄生枝〉[10]裡死去的新娘，雅奇莫計畫驗證伊茉珍的品德[11]等等。當我看到箱子有一些最近才鑿出的小洞時，就想起這故事。為什麼？因為這樣箱子裡才會有足夠的氧氣。為什麼那晚屏風被移動了？為了避開屋裡所有人的視線。這樣這人就可以時常把蓋子掀開，一來活動筋骨，二來是能將外面的動靜聽得更清楚。」

「但是為什麼呢？」瑪格麗特瞪大雙眼驚訝地問，「阿諾德為什麼要藏進箱子裡？」

「夫人，您還問為什麼？您丈夫妒火中燒已久。他不善言辭，是個悶葫蘆，就像你的朋友史賓斯說的。他的嫉妒心愈來愈強，而且折磨著他！你是不是李奇的情婦？他不知道！但他必須知道，於是……出現了一封從蘇格蘭來的電報，一封無人發送、無人看過的電報！隨身攜帶的袋子整理好了，然後隨手便忘在俱樂部。他在斷定李奇不在家的時候來到公寓……他告訴管家他要留字條。管家走後剩下他一人在房間裡，他於是立刻在箱子裡鑽了幾個洞，爬了進去。今晚他將得知真相，也許他的妻子會在別人走後再留下來一會兒，也許她回去後會再折返。那晚，這個絕望的嫉妒狂將得知一切。」

「你不會是說他殺死了自己吧？」米勒譏諷道，「胡說八道。」

「哦，不，是別人殺了他。一個知道他在那兒的人殺了他。這是謀殺，經過周密考慮、長期預謀的謀殺。想想《奧賽羅》裡的其他人物。我們應該記得伊阿古[12]。不露痕跡地毒害阿諾德·克萊頓的思想……用一些暗示、疑點。誠實的『伊阿古』，忠誠的朋友，你一直信賴的人！阿諾德信任他，任由他的嫉妒燃燒、升騰。藏到箱子裡是阿諾德自己的主意嗎？也許是，也可能是那人想的！於是場景布置好了，幾星期前悄悄偷來的短劍準備好了。夜晚降臨，燈光昏暗，留聲機裡流淌出和緩的音樂，四個人在跳著舞，第五個人正在唱片櫃前忙碌著，離西班牙箱子和屏風很近，他溜到屏風後，開蓋猛刺下去……很大膽，卻也很容易！」

「克萊頓會喊叫的！」

「如果給下了藥就不會。」白羅說，「據管家說，那具屍體像睡著了似的躺在那兒。克萊頓睡著了，被唯一有機會下藥的人給下了藥，這個人就是在俱樂部陪他喝酒的人。」

「喬克？」瑪格麗特孩子似的驚叫了一聲。「喬克？不可能是親愛的老喬克！噢，我認識喬克一輩子了！喬克怎麼會……」

白羅轉向她。

10 〈槲寄生枝〉（The Mistletoe Bough）是英國詩人湯瑪斯・海恩斯・貝利（Thomas Haynes Bayly, 1797-1839）所寫的一首歌，描寫新娘於新婚之夜提議賓客玩躲迷藏，新娘藏進橡木箱子裡，箱蓋突然蓋住，新娘怎麼也出不去。其夫婿連續好幾天遍尋不著，多年後意外打開箱子，才發現新婚妻子的骨骸。

11 雅奇莫（Iachimo）和伊茉珍（Imogen）是莎士比亞的戲劇作品《辛白林》（*Cymbeline*）中的人物，伊茉珍是英王辛白林的女兒，遭雅奇莫在其丈夫面前誣陷與其有染。

12 伊阿古（Iago），《奧賽羅》中狡猾殘忍的反面人物。暗使毒計，誘使奧賽羅出於嫉妒和猜疑，將無辜的妻子黛絲狄蒙娜殺死。

「為什麼兩個義大利人要決鬥？為什麼一個年輕人要自殺？喬克．麥克拉倫是個沉默寡言的人。他也許自動放棄，成為您和您丈夫的忠實朋友，可是後來又出現了李奇少校，這他就無法再忍受下去了！仇恨、欲望交纏，他計畫了一個完美的謀殺，一個雙重謀殺，因為李奇幾乎已被認定有罪。除掉了李奇和您丈夫，您就終於可以投入他的懷抱。也許，夫人，您會這樣做的，啊？」

她瞪大了眼睛盯著他，眼裡一片恐懼。

她迷迷糊糊地輕聲說：「也許吧，我不……知道……」

米勒警官突然權威性地發話道：「很好，白羅。但這只是推論罷了，根本就沒有證據，也許沒有一句話能得到證明。」

「這是千真萬確的。」

「但沒有證據，我們無法採取行動。」

「你錯了，我認為如果麥克拉倫聽了這個故事，他會承認的。就是說，如果讓他明白瑪格麗特．克萊頓知道了這件事……」白羅頓了頓接著說：「因為，一旦他知道，他已失去了……這場完美的謀殺將徒勞而廢。」

第三部

弱者

The Adventure of the Christmas Pudding

莉莉．瑪雷夫緊張地抹平放在膝上的手套，飛快地瞥了一眼對面大椅上坐著的人。她早聽說過赫丘勒．白羅這個名偵探的響亮大名，但這是她第一次見到他本人。他那滑稽、近乎可笑的外貌擾亂了她對他的印象。這個好笑的大鬍蛋頭小矮子果真名不虛傳嗎？他那孩子似的舉動更使她震驚……只見他在疊著一塊一塊的彩色小積木，而且對積木比對她正在敘述的故事似乎還感興趣。

然而她一住口，他立刻目光犀利地看著她。

「小姐，繼續講下去！我請求您。我不是沒在聽，我非常認真地聆聽。我向您保證。」

他又開始一塊一塊疊起積木，女孩則繼續講她的故事。這是個可怕的故事，是個暴力、悲劇交纏的故事。但講述者的語氣很平淡，不帶任何感情色彩，簡明扼要，只是似乎少了點人性。

終於，她故事講完了。

「我希望，」她焦慮地說，「我講得夠清楚。」

白羅一再點頭表示認同，然後手一揮，將積木打散在桌子上，接著向後靠在椅背上，雙手指尖互碰著，眼睛盯著天花板，開始講述重點。

「羅本．奧斯衛先生十天前被害。星期三，也就是前天，他外甥查爾斯．雷佛森被警方逮捕。據您所知，對他的指控是──小姐，如果我講錯，請您糾正──羅本先生在他個人專用的書房『塔屋』熬夜寫東西，夜深時雷佛森先生用鑰匙擅自開了門進來。房間在塔屋正下方的管家，聽到他和舅舅的吵架聲，接著又聽到『砰』，好像是椅子被扔到地上的聲音，以及一聲毛骨悚然的喊叫。

「管家一驚，想起床去看看發生了什麼事，但幾秒鐘後他聽到雷佛森先生高興地吹著口哨離開了房間，他於是沒再多想。然而隔天早晨，一個女傭去收拾那個房間時，發現羅本先生死在桌旁，遭重擊而死。那個管家，我想，沒有馬上把這件事報告給警方。這是很自然的事，啊，小姐？」

這突如其來的問題使莉莉．瑪雷夫一震。

「您說什麼？」她問。

「遇到這些事情，該從人性著手，不是嗎？」這個小個子說，「您在對我敘述故事時，講得非常好，非常簡明扼要，像是把人物當作機器、傀儡。而我呢，總是從人性著手。我對自己說，這個管家，這個……您說他的名字叫什麼？」

「他的名字叫帕森斯。」

「好，這個叫帕森斯的人具有他這個階層的特點，他對警方很反感，盡可能不向他們透露消息，更重要的是，他絕不會說些對家裡人不利的話。遇到破門而入的搶匪或竊賊，他會拚了命去對付。是的，僕人階層的忠誠度是一項很有趣的研究。」

他笑著靠在椅背上。

「同時，」他接著說，「家裡每個人都說了案發時不在現場的理由。雷佛森先生也說了，他說他很晚才回到家，隨即便上樓睡覺去了，沒看到他的舅舅。」

「他是那麼說的。」

「而且也沒有人懷疑他的話。」白羅沉思道，「除了帕森斯。之後從蘇格蘭警場來了個警官，您說是米勒警官，是吧？我認識他，我和他打過兩次交道。人們叫他機智小子、雪貂、黃鼠狼。」

「沒錯，我認識他！這個精明的米勒警官，他察覺得到地方警官察覺不到的地方，他感到帕森斯有些坐立不安，也知道他有些話沒說。嗯，他兩三下就解決了帕森斯。據調查，那晚沒人闖入別墅，凶手一定是內部的人而不是外人。帕森斯惴惴不安，但把心中的祕密吐露之後感到非常輕鬆。」

「他已盡力避免家醜外揚，但情非得已。米勒警官聽了帕森斯的說法，問了一兩個問題，獨自進行了調查。他建立的論據非常強而有力。」

「塔屋內有個箱子的一角印著血手印。指紋是查爾斯．雷佛森的。女傭對米勒說，案發隔天早晨，她在雷佛森先生的房間裡發現了一大盆血水，他對她解釋說，那是他割傷了手指，還給她看了傷口。哦，是的，但只是很小的傷口！他晚上穿的那件襯衫的袖口洗過了，但大衣的袖子上還留有血跡。他需錢孔急，而羅本先生的死讓他繼承了一筆遺產。哦，是的，這個論據非常強而有力，小姐。」他頓了頓。「而您今天仍然來找我？」

莉莉．瑪雷夫聳了聳瘦削的肩膀。

「白羅先生，我剛才說過，是奧斯衛夫人派我來的。」
「您不是出於個人意願來的，呃？」
這個小個子狡黠地瞥了她一眼，女孩沒吭聲。
「您還沒回答我的問題。」
莉莉．瑪雷夫又開始擺弄她的手套。
「這對我來說很難，白羅先生。我得忠於奧斯衛夫人，嚴格說來，我只是她花錢請來的伴護。但她對我就像自己的女兒或外甥女一樣，她的心地很善良，不管她有什麼過錯，我都不願意批評，或者……嗯，讓您有成見而不願受理這個案件。」
「沒人能讓赫丘勒．白羅有成見，不可能。」小個子笑著說，「我猜您認為奧斯衛女士很頑固，是吧？」
「如果一定要我說的話……」
「說吧，小姐。」
「我認為整件事愚蠢極了。」
「它給你這種印象，啊？」
「我不想說奧斯衛夫人的壞話……」
「我明白，」白羅溫和地說，「我完全明白。」
他的目光鼓勵她繼續說下去。

「她真的是個很好的人，非常仁慈，但是她沒……怎麼說呢？沒有受過多少教育。您知道，羅本先生娶她時，她是個演員。而且她有很多古怪的偏見和迷信。她說一不二，就是不聽別人的理由，警官對她不是很有辦法。這把她惹怒了。她說懷疑雷佛森先生簡直是胡鬧，只有警察會犯這種愚蠢、執迷不悟的錯誤，還說親愛的查爾斯絕不會做出這樣的事。」

「但她毫無根據，呃？」

「什麼也沒有。」

「哈！是這樣嗎？這下好玩了。」

「我告訴她，」莉莉說，「無憑無據就來找您沒什麼用。」

「您這麼對她說，」白羅說，「是嗎？很有意思。」

他迅速打量了莉莉．瑪雷夫，仔細看看她那整潔的黑外套、鑲了白邊的衣領，以及雅致的小黑帽。他發現她很典雅，漂亮的臉蛋，略尖的下巴，還有長睫毛的深藍色眼睛。他的態度不知不覺改變了，現在他對案件沒太大感覺，倒對坐在他對面的女孩有了濃厚的興趣。

「小姐，奧斯衛夫人是否有點情緒不穩和歇斯底里？」

莉莉．瑪雷夫拚命點頭。

「您的用詞很恰當。正像我跟您說的，她非常仁慈，但絕不能和她爭辯，也無法讓她理智地看問題。」

「可能她自己懷疑什麼人。」白羅說，「很意外的一個人！」

「正是如此，」莉莉叫道，「她極其討厭羅本先生的祕書，那個可憐的人。她說她知道是他幹的，但後來證明可憐的歐文・崔富西斯不可能做案。」

「她沒有任何根據？」

「當然沒有，她只是憑直覺。」

莉莉・瑪雷夫一副不以為然的口氣。

「小姐，我看，」白羅笑著說，「您不相信直覺。」

「我認為那很荒唐。」莉莉回答說。

白羅向後靠了靠。

「女人，」他咕噥著，「她們總認為，直覺是仁慈的上帝賜予她們的特殊武器。她們的直覺一次對、九次錯。」

「我知道。」莉莉說，「但我已經告訴您奧斯衛夫人的個性，你根本沒法和她爭辯。」

「於是，小姐您明智謹慎地聽從她的命令來到我這兒，設法讓我知道情況。」

他異樣的口吻使她警覺地看了看他。

「當然，我知道。」莉莉歉意地說，「您的時間很寶貴。」

「您過獎了，小姐。」白羅說，「但確實如此……是的，真的，此時我手上有許多案件要處理。」

「我想恐怕是這樣。」莉莉說著站了起來。「我會告訴奧斯衛夫人……」

但白羅並未起身。他靠在椅背上直視著這位女孩。

「您急著走嗎，小姐？再坐一會兒，我請求您。」

他看到她一臉緋紅又漸漸褪去，然後不情不願地慢慢坐下來。

「小姐十分機敏果斷，」白羅說，「我這把年紀的老頭下決定很慢，您得包涵。您誤解我了，小姐，我沒說不去拜訪奧斯衛夫人。」

「那麼您會來？」

女孩的語氣很平淡。她並未看向白羅，而是低頭看著地板，因此不知道他正在敏銳地觀察她。

「小姐，請轉告奧斯衛夫人，我願意為她效勞。今天下午我會去……『閒居』，對吧？」

他站起身來，女孩隨之站起。

「我……我會轉告她。很高興您能光臨，白羅先生。儘管我擔心您最終會覺得只是白費精神。」

「很有可能，但誰知道呢？」

他畢恭畢敬地目送她到門口，然後回到客廳，皺著眉頭，陷入了沉思。他不時地點點頭，接著開門把僕人叫進來。

「我親愛的喬治，請你給我準備一個小旅行箱。今天下午我要去一趟鄉下。」

「好的，主人。」喬治說。

他是典型的英國人，高高的個子，臉色蒼白，不苟言笑。

「年輕的女孩很有意思，喬治，」白羅又一次坐進他那舒適的扶手椅，點燃一根小香菸。「尤其是，你知道，當她很有頭腦時。請求別人幫忙的同時又極力勸阻，這是種微妙的舉動，這需要技巧，她很聰敏……哦，聰敏過人……但赫丘勒．白羅，親愛的喬治，更是聰明絕頂。」

「我聽您這麼說過，主人。」

「她所擔心的並不是那位祕書。」白羅笑著說，「她蔑視奧斯衛夫人的指控，同時又極為盼望不要橫生枝節。親愛的喬治，我要去打擾他們了，我要去製造一場大混戰！現在間居正在上演一齣好戲，一齣活生生的戲，它使我興奮。她很機敏，那個小鬼，但還不夠火候。不知道……不知道在那兒會發現什麼……」

說完，他突然頓了頓，喬治抱歉地插話道：「主人，要帶禮服嗎？」

白羅悲哀地看看他。

「你總是很認真，盡職盡責。你對我太有用處了，喬治。」

§

火車四點五十五分抵達艾博十字街車站。赫丘勒．白羅從車上走下來，一身整潔、華麗的打扮，鬍子翹得高高的。他出示車票，穿過驗票口，這時迎面走來一位個子瘦高的司機。

「白羅先生？」

小個子眼睛一亮，笑著看著他。

「正是。」

「請這邊走，先生。」

他打開一輛豪華型的勞斯萊斯汽車車門。

那棟房子距離車站不到三分鐘車程。司機又下車來，開了車門，白羅走下車，管家已經開了前門等著。

進門前，白羅用讚賞的目光飛快掃了一眼這幢房子的外觀。這是棟宏偉、堅實的紅磚房，沒有一絲奢華，卻安穩舒適。

白羅走進門廳，管家熟練地幫他摘下帽子，脫下外衣，然後用那種一流管家才具有的恭敬語調低聲說：「先生，夫人已在恭候您的大駕。」

白羅隨管家沿著鋪有柔軟地毯的樓梯上了樓。毫無疑問，這個人是帕森斯，一個訓練有素的僕人，舉止雖不帶感情卻合宜得當。到了樓梯口，他便向右拐，沿著一條長廊走去，然後穿過一道門，走進一間小接待室，裡面有兩扇門。他開了左邊的那扇門，報告道：「白羅先生來了，夫人。」

房間不是很大，擺滿了家具和小擺設。一個身著黑裝的婦女從沙發上站起來，快步迎向白羅。

「白羅先生。」她伸出手說，目光迅速打量了一下面前這位打扮花稍的人物。

不理會這小個子彎身準備握她的手並輕輕道了聲「夫人」，她頓了頓，接著突然活力充沛地握了他的手，隨即又鬆開，叫道：「我信任矮小的男人！他們很聰明。」

「米勒警官，」白羅輕聲說，「我想，是個高個子？」

「他是個自以為是的白癡。」奧斯衛夫人說，「坐在我身邊好嗎，白羅先生？」她指著沙發，接著說：「莉莉極力勸我打消找您的念頭，但我還沒老到不知道自己在幹什麼。」

「了不起。」

白羅邊說邊隨她走到長靠椅邊。

奧斯衛夫人舒適地坐在那堆靠墊中，然後轉身面對他。

「莉莉是個可愛的女孩，但她很自以為是。根據我的經驗，這類人的判斷往往是錯的。我不太聰明，白羅先生，一直是這樣，可是在許多笨蛋都弄錯的地方，我卻常常是對的。我相信直覺。現在您想讓我告訴您誰是凶手嗎？這種事情女人知道，白羅先生。」

「瑪雷夫小姐知道嗎？」

「她跟你說了些什麼？」奧斯衛夫人厲聲問道。

「她向我陳述了案情。」

「案情？哦，當然他們都拚命指控查爾斯。但我告訴你，白羅先生，不是他幹的。我知道不是他幹的！」

她急切地靠近他，距離近得幾乎讓白羅感到不安。

「您很肯定嗎，奧斯衛夫人？」

「崔富西斯殺了我丈夫，白羅先生，我可以肯定。」

「為什麼？」

「您是說為什麼他殺了我丈夫，還是為什麼我那麼肯定？我告訴您，我就是知道！很奇怪，在那些事情上我可以立刻做出判斷，而且對此堅信不疑。」

「羅本先生死後，崔富西斯會受益嗎？」

「他一毛也沒留給他。」奧斯衛夫人直率地回答，「這樣您應該可以明白，親愛的羅本既不喜歡、也不信任他。」

「那麼他跟隨羅本先生多久了？」

「將近九年。」

「時間很長。」白羅輕聲說，「受雇於同一個人，這樣的時間算是非常久。是呀，崔富西斯先生，他一定非常了解他的雇主。」

奧斯衛夫人盯著他。

「您在說什麼？我不明白這與案件有什麼關係。」

「我在思索我的一個小想法，」白羅說，「一個小小的想法，也許不很有趣，但就服務成效而言，卻很有創意。」
奧斯衛夫人依然盯著他。
「您相當聰明，是吧？」她懷疑地說，「人人都這麼說。」
赫丘勒．白羅笑了。
「也許這幾天之內，您會再度這般讚揚我，夫人。不過我們還是回到動機這個問題上。現在談談您的僕人，以及悲劇發生當天所有在家的人。」
「查爾斯當然在。」
「他是您丈夫的外甥，我知道，不是您這邊的親戚。」
「是的，查爾斯是羅本姐姐的獨生子。她嫁給一個相當有錢的人，可是後來不幸公司倒閉……在都市就是這個樣子。他死了，他的妻子也死了，於是查爾斯搬過來和我們一起住。那時他二十三歲，本來會成為一名大律師。但家裡出事後，羅本就讓他幫著自己。」
「查爾斯先生人很能幹？」
「我喜歡您這樣反應機敏的人。」奧斯衛夫人讚許地點點頭，「不，問題就在這兒，查爾斯並不能幹。他經常做一些糊塗事，和他的舅舅爭吵。可憐的羅本也不是容易相處的人。我向他說過很多次他變了。他年輕時不是這個樣子，白羅先生。」
奧斯衛夫人懷舊似的嘆了口氣。
「萬事萬物都在變化，夫人。」白羅勸慰道，「這是自然規律。」

「但是，」奧斯衛夫人補充說，「他從不對我粗魯。如果偶爾那麼做了，他事後總是會道歉……可憐的羅本。」

「他很難相處，是嗎？」白羅說。

「但我總是能管住他！」奧斯衛夫人像個成功的馴獅師般說道，「可是有時他對僕人大發雷霆時很令人尷尬。管教僕人要有方法，羅本的方法不對。」

「羅本先生是怎麼分配遺產的，奧斯衛夫人？」

「我和查爾斯各繼承一半。」她直率地說，「律師們都覺得不會這麼簡單，不過事實就是這樣。」

白羅點點頭。

「我懂，我懂。」他輕聲說，「現在，奧斯衛夫人，請您談一談家裡的人。當時家裡有你、羅本先生的外甥查爾斯．雷佛森先生、祕書歐文．崔富西斯先生，還有莉莉．瑪雷夫小姐。也許您能談談這位年輕的小姐。」

「您想了解莉莉？」

「是的，她跟隨您有一段時間了吧？」

「快一年了。您知道我曾經雇用很多祕書兼伴護，但她們總是在某些方面讓我火大，莉莉卻不同。她聰明，博學多才，而且很漂亮。我喜歡漂亮的伴護，白羅先生。我這個人很古怪，好惡分明。我第一眼看到這個女孩，就判斷：『她做得來。』」

「她是您的朋友介紹來的嗎，奧斯衛夫人？」
「我想她看到了廣告。是的，當時是這樣的。」
「您認識與她有關的人嗎？她從哪兒來的，您知道嗎？」
「我想她的父母在印度。我不太知道他們的事情，但您一眼就看得出莉莉是個上流淑女。不是嗎，白羅先生？」
「哦，絕對是，絕對是。」
「當然，」奧斯衛夫人接著說，「我自己不是名門閨秀，我知道，僕人們也知道，但我這個人不壞。我能一眼看出人的真偽，而且沒人比莉莉對我還好。我把那個女孩幾乎當成自己的女兒，白羅先生，真的。」
白羅伸出右手，擺弄著旁邊桌上的幾個小東西。
「羅本先生也有同感嗎？」他問。
他眼睛盯著桌上的小擺設，但他覺察到奧斯衛夫人回答前的片刻遲疑。
「和男人相處，情況不同。當然，他們……他們相處融洽。」
謝謝您，夫人，白羅心中微笑道。
「那晚就這些人在家？」他問，「當然，僕人不算的話。」
「哦，還有維多。」
「維多？」

「是的，我丈夫的弟弟，您知道，他的合夥人。」

「他和你們住在一起？」

「不，他只是來做客。幾年前他人在西非。」

「西非。」白羅輕聲重複。

他知道如果給她足夠的時間，奧斯衛夫人會就這話題侃侃而談。

「他們說那兒很美，但我想那是個會使人變壞的地方。他們嗜酒如命，喜怒無常。奧斯衛家族的脾氣都不好，而維多，自他打從非洲回來後，變得簡直使人震驚。有幾次他把我嚇壞了。」

「他也嚇壞了瑪雷夫小姐嗎？」白羅輕聲問。

「莉莉？哦，我想他不常見到莉莉。」

白羅不時在一個巴掌大的小本子上記錄著，然後他把鉛筆放回筆筒，將筆記本放回口袋裡。

「感謝您，奧斯衛夫人。如果可以的話，我接下來想見見帕森斯，可以嗎？」

奧斯衛夫人伸手準備按鈴，白羅馬上制止了她。

「不，不，千萬別這麼做，我下去找他。」

「如果您覺得這樣更好的話……」

奧斯衛夫人顯然對不能介入他們的訪談感到很失望。白羅一副神祕兮兮的模樣。

「這很重要。」

他故弄玄虛地說，留下奧斯衛夫人坐在那兒發呆。

他在餐具室找到了帕森斯，他正在擦拭銀器。小個子白羅滑稽地一鞠躬開口說道：「我得自我介紹一下，我是個私家偵探。」

「是的，先生。」帕森斯說，「我們已經知道了。」

他語調恭敬，但很冷淡。

「奧斯衛夫人讓我來的。」白羅接著說，「她很不能接受，不，一點兒也不能接受。」

「我已經聽夫人說過好幾次。」帕森斯說。

「既然，」白羅說，「我要說的事情您已經知道，嗯……那麼我們就別把時間浪費在這些小事上。能不能請您帶我到您的臥室看一看，告訴我案發當晚您聽到了什麼。」

管家的房間在一樓，和僕人們用的門廳相連。房間裡有鐵窗，一個角落裡擺放著保險櫃。帕森斯指著那張窄床。

「十一點時，我已經準備休息了，先生。瑪雷夫小姐上床睡了，奧斯衛夫人和羅本先生在塔屋裡。」

「奧斯衛夫人和羅本先生在一起？啊，說下去。」

「先生，塔屋就在這房間的正上方。如果裡面有人說話，這兒會聽到的，但聽不清楚。我應該是在十一點半睡著的。但後來我被前門砰一聲關上的聲音驚醒，當時才十二點。我知道是雷佛森先生回來了。接著我聽到了樓上的腳步聲，一兩分鐘後，又聽見雷佛森先生和羅本先生的聲音。

「那時我也迷迷糊糊，先生，我恍惚聽出——是雷佛森先生的聲音——不能說是喝醉，而是有點吵鬧。他大聲對他舅舅咆哮。偶爾能聽到一兩個字，但聽不清楚發生什麼事，接著又傳出一聲淒厲的叫喊聲和重擊聲。」帕森斯頓了頓，又重複了最後一句。「重擊聲。」他記憶猶新地說。

「如果我沒弄錯，那是很多小說裡會形容的『沉悶的重擊聲』。」白羅咕噥著。

「也許是吧，先生。」帕森斯嚴肅地說，「我聽到的是重重的重擊聲。」

「非常抱歉。」白羅說。

「沒關係，先生。重擊聲之後是一陣沉寂，我清清楚楚聽到雷佛森先生大叫：『天啊！』他說：『天啊！』就這樣，先生。」

帕森斯剛開始還不願說什麼，但現在已經講得欲罷不能。他把自己想像成是旁白者。白羅配合著他。

「天啊，」他咕噥道，「您當時是什麼樣的心情啊！」

「是的，的確是這樣，先生。」帕森斯說，「正像您說的，先生。當時我沒想那麼多，但我確實有過『是不是發生了什麼事、該不該上去看看』的念頭。我急忙去開燈，不幸的是，我把椅子撞倒了。

「我打開門，穿過僕人用的門廳，打開那扇通向走廊的門。後面的樓梯從那兒通向樓上，當我猶豫地站在樓梯下不知該不該上去時，又聽到上面傳來雷佛森先生的聲音，他發自內心高興地說了聲：『還好，沒出什麼事。』又說：『晚安。』然後我聽到他吹著口哨順著走廊走進自己的房間。

「既是如此，我當然馬上就回去睡覺了。可能只是有什麼東西被撞倒了，我當時是這麼認為。先生，我請問您，既然都聽到雷佛森先生道了晚安，我怎麼想得到羅本先生遭到謀殺了呢？」

「您確信聽到的是雷佛森先生的聲音嗎？」

從帕森斯略帶歉意的目光中，白羅清楚地知道，不管對錯，帕森斯都已存有定見。

「您還有什麼問題要問我嗎，先生？」

「還有一件事，」白羅說，「您喜歡雷佛森先生嗎？」

「您……您說什麼，先生？」

「這問題很簡單：您喜歡雷佛森先生嗎？」

帕森斯一開始很驚訝，而後似乎尷尬起來。

「您是指僕人的普遍印象嗎，先生？」

「隨便，」白羅說，「如果您喜歡這麼說也可以。」

「先生，大家的印象是，雷佛森先生是一個慷慨的年輕紳士，但……請容我這麼說，他不是很有頭腦，先生。」

「啊！」白羅說，「帕森斯，你知道嗎？雖沒見過他，但這也正是我對他的印象。」

「是呀，先生。」

「你認為——對不起——僕人們對那個祕書的看法如何？」

「他是個很安靜又有耐性的紳士，先生，小心謹慎，不惹麻煩。」

「真的啊！」白羅說。

管家咳了一聲。

「先生，夫人她……」他低聲說，「判斷得過於草率。」

「那麼，僕人們都認為兇手是雷佛森先生？」

「我們都不希望是雷佛森先生。」帕森斯說，「我們，嗯……坦白地說，我們認為他不可能，先生。」

「但他脾氣有點暴躁，不是嗎？」白羅說。

帕森斯走近他。

「如果您問我家裡誰的脾氣最暴躁……」

白羅揮了揮手。

「啊！那不是我的問題。」他柔聲說，「我的問題是：誰的脾氣最好？」

帕森斯目瞪口呆地盯著他。

§

白羅不想在他身上再浪費時間。他和藹地欠了欠身——他總是那麼平易近人——離開房間，信步走進閒居的大廳，站在那兒沉思片刻，接著，他聽到一個細微的聲音，於是像隻活潑的知更鳥那樣側耳傾聽，最後再悄無聲息地向廳裡的一扇門走去。

他站在門口向房間裡張望，是個小書房。在房間另一端一張大書桌旁坐了一個清瘦蒼白的年輕人，正在書寫。他下巴內縮，戴著夾鼻眼鏡。

白羅觀察了他幾分鐘，然後乾咳了一聲打破了沉寂。

「啊哼！」赫丘勒．白羅咳了一聲。

桌邊的年輕人停下筆，抬起頭。他看到白羅並不感到驚訝，只是露出迷惑不解的表情。

白羅向前欠了欠身。

「有榮幸能和崔富西斯先生談話嗎？您就是，對吧？啊！我是赫丘勒．白羅，您也許聽說過我。」

「哦，呃……是的，當然。」年輕人說。

白羅盯著他。

歐文．崔富西斯三十三歲左右。白羅看一眼就明白為何沒人把奧斯衛夫人的指控當真。歐文．崔富西斯看起來規矩正派，舉止得體，逆來順受，是那種容易被人欺侮、也常被人欺侮的人，可以看出他從來不曾流露出憤恨。

「奧斯衛夫人請您來的，當然。」這個祕書說，「我聽她說過，我能幫您什麼忙嗎？」

他舉止合乎禮節，不顯得過分殷勤，恭敬適度。

白羅坐下後輕聲說：「奧斯衛夫人曾跟您說過她對這個案件的看法嗎？」

歐文・崔富西斯笑了笑。

「照目前情況看來，」他說，「我相信她懷疑是我殺了羅本先生。這很荒唐，但有什麼辦法？自從羅本先生死後，她幾乎沒對我說過一句好話，我從她身邊走過時，她都會躲靠在牆邊發抖。」

他的談吐非常自然，語氣裡包含的多半是調侃而非不滿。白羅同情地點點頭。

「她對我說過同樣的事，」他解釋說，「我沒和她爭論……我，我的原則是，從不和過於武斷的女士爭論。您也明白，這是浪費時間。」

「哦，對極了。」

「我只是說：『是的，夫人……哦，非常正確，夫人……分毫不差，夫人。』雖然這些話沒有意義，但具有安慰作用。我做了調查，儘管除了雷佛森先生之外，幾乎沒人可能做案，然而……嗯，以前也發生過不可能變成可能的案例。」

「我非常了解您的立場。」祕書說，「請儘管吩咐。」

「好，」白羅說，「這表示我們相互理解。現在來談談那晚發生的事吧，最好從晚餐時說起。」

「吃飯時雷佛森不在。這您應該已經知道，」祕書說，「他和他舅舅爭吵得很厲害，所以出門到高爾夫俱樂部吃飯去了，羅本先生因此氣得不得了。」

「這位先生不太和藹？」白羅巧妙地暗示。

崔富西斯哈哈笑了。

「噢，他是個脾氣暴躁的人！我替他工作九年，他會使出的小動作我都很熟悉。他是個極難相處的人，白羅先生。他會孩子氣地發怒，不管誰靠近他，都會被他大罵一頓。我對此早已習以為常。每當這個時候，我就對他說的話不聞不睬。他其實心腸不壞，但他常勃然大怒，愚蠢至極，最明智的做法就是別理他。」

「在這方面，其他人也和你一樣明智嗎？」

崔富西斯聳了聳肩。

「奧斯衛夫人喜歡吵架。」他說，「她根本不怕羅本先生，總是頂撞他，而且一定會徹底反擊，之後他們總會和解，羅本先生非常愛她。」

「那晚他們爭吵過嗎？」

祕書斜眼看了看他，猶豫片刻說：「我想大概有吧，您怎麼會問這個問題呢？」

「突發奇想，就這樣。」

「確實如何我不知道，」祕書說，「但從種種事實看來，他們似乎當時爭吵過。」

白羅沒有再追問。

「晚餐桌上還有誰呢？」

「瑪雷夫小姐、維多．奧斯衛先生和我。」

「那之後呢？」

「我們去了客廳。羅本先生沒去，大約十分鐘後他走進來，為了和一封信有關的芝麻小事狠狠責備了我一番，我和他一起上去塔屋，把事情處理好。接著維多．奧斯衛先生走進來，說要和他哥哥談一談，於是我下了樓，回到客廳陪伴兩位女士。

「大約一刻鐘後，我聽到羅本先生的呼叫鈴猛烈響個不停，接著帕森斯過來要我馬上上樓去見羅本先生。當我走進房間時，維多．奧斯衛先生正從裡面走出來，差點把我撞倒。顯然有事惹火了他，他當時怒氣沖沖。我想他沒看到我。」

「羅本先生說了什麼嗎？」

「他說：『維多是個瘋子，總有一天他會殺人的。』」

「啊！」白羅說，「您知道他們為了什麼事爭吵嗎？」

「我不能說。」

白羅慢慢轉過臉看著祕書，從那脫口而出的最後一句話，他斷定崔富西斯知道的比這還要多。但白羅仍未追問。

「然後呢？繼續說。」

「我和羅本先生工作了將近一個半小時。十一點奧斯衛夫人進房來，羅本先生便讓我回去睡覺。」

「那您就走了？」

「是的。」

「您知不知道她和他待在裡面多久？」

「完全不知道。她的房間在一樓，我的在二樓，因此我不可能知道她何時上床睡覺。」

「我明白了。」白羅不時點點頭，隨即站起身。「現在，先生，請帶我去塔屋看看。」

他跟隨祕書上了寬大的樓梯，來到第一個樓梯口，崔富西斯領他沿著走廊穿過盡頭的一扇毛呢門，這兒可通向僕人用的樓梯間，那裡也有一小段走道通向另一扇門。他們穿過這扇門來到了案發現場。

這個房間的天花板很高，比其他房間高出一倍，面積大約是三十平方英尺，牆上掛著刀、劍、木槍之類的裝飾品，幾張桌子上擺著民俗古董。在房間的另一頭，窗子的斜面窗台邊，有一張巨大的書桌。白羅直接走到書桌前。

「羅本先生的屍體是在這兒發現的嗎？」

崔富西斯點點頭。

「他是從後面被擊中的，我想？」

祕書又點點頭。

「凶器是土著用的木棒。」他解釋道，「非常重的東西，應該是當場死亡。」

「這證明凶案是沒有預謀的。在激烈的爭吵中凶手隨手抓起凶器。」

「是的，看來情況對可憐的雷佛森很不利。」

「屍體被發現時是伏在桌子上？」

「不，屍體側滑到地上。」

「啊！」白羅說，「這可怪了。」

「為什麼怪？」祕書問。

「因為這個。」白羅用手指了指光亮桌面上一塊不規則的汙漬。「那是血跡，我的朋友。」

「可能是濺到那兒的。」崔富西斯說，「或者是搬屍體時弄到的。」

「很有可能，很有可能。」小個子白羅說，「這個房間只有一扇門嗎？」

「這兒有個樓梯間。」

崔富西斯把角落靠近門邊的天鵝絨窗簾拉開，只見一個小螺旋形樓梯通向樓上。

「這個地方原來是一位天文學家設計的，這個樓梯通向裝有天文望遠鏡的塔頂。羅本先生把這個地方改成了臥室，有時如果工作到深夜，就睡在那兒。」

白羅敏捷地攀上樓梯。樓上圓形的房間布置得十分簡單，只看見一張行軍床、一把椅子，還有一個梳妝台。白羅欣慰地發現這兒沒有別的出口，於是又走下來。崔富西斯站在那兒等他。

「您當時聽見雷佛森先生走進來了嗎？」他問。

崔富西斯搖搖頭。

「那時我睡得正熟。」

白羅點點頭。他慢慢打量著這個房間。

「很好！」他終於說，「我不認為這兒值得進一步調查，除非……麻煩您拉上窗簾。」

崔富西斯順從地把那厚重的黑窗簾拉到另一頭。白羅打開燈……一盞罩著雪花石燈罩的吊燈。

「有檯燈嗎？」他問。

祕書點亮了桌上一盞帶綠罩的檯燈，白羅關了吊燈，開了，再關。

「很好！就到此為止吧。」

「七點半吃晚餐。」祕書輕聲說。

「謝謝您，崔富西斯先生。謝謝您這麼親切。」

「不客氣。」

白羅若有所思地沿著走廊走向安排給他的客房，莫測高深的喬治正在那兒擺放著主人的東西。

「我的好喬治。」他馬上叫道，「我告訴你，我希望在晚餐時見到那位開始激起我興趣的先生，一個剛剛從熱帶地區回鄉的人，喬治，這人有熱帶人的脾氣……據說是這樣，是管家帕森斯想說給我聽而莉莉．瑪雷夫沒提及的人。喬治，死去的羅本先生脾氣暴躁，想想這樣一個人碰上另一個比他更暴躁的人……你想會出現什麼樣的情況，一定會吵飛天，嗯？」

「正確的用詞是『吵翻天』，主人。事實並非總是如此，主人，不總是。」

「不是？」

「不，主人。我那伶牙俐齒的姨媽潔咪瑪常欺負和她住在一起的可憐妹妹。她做出的事簡直令人無法想像，還差點害她送了命。不過如果有人挺身出面與她針鋒相對，嗯，就又是另一番景象。她不能忍受的是軟弱。」

「哈！」白羅說，「這點很具啟發性。」

喬治抱歉地咳了一聲。

「我能做些什麼嗎？」他小心地問，「能……呃……幫忙您嗎，主人？」

「當然。」白羅馬上答道，「你幫我查一下那天晚上莉莉．瑪雷夫小姐穿的晚禮服是什麼顏色，是哪個女傭幫她穿的。」

喬治像平常一樣照單全收地接受了命令。

「好的，主人。明天早晨我向您報告！」

白羅從椅子上站起來，站在那兒盯著壁爐裡的火苗發呆。

「你對我的幫助很大，喬治。」他輕聲說，「你知道嗎？我不會忘記你的潔咪瑪姨媽。」

§

那晚白羅沒有看到維多．奧斯衛，他從倫敦打來電話，說他有事不回來了。

「他掌管您丈夫的生意，是嗎？」白羅問奧斯衛夫人。

「維多是合夥人。」她解釋說，「他曾到非洲去替公司交涉一個礦場開採權的問題。是個礦場吧，莉莉？」

「是的，奧斯衛夫人。」

「我想是金礦，或者是銅礦，還是錫礦？你應該知道，莉莉，你最愛向羅本追根究柢。哦，小心，親愛的，你會把花瓶弄倒！」

「這兒生著火可真熱，」這個女孩說，「要不要我……要不要我稍微開一下窗戶？」

「隨便你，親愛的。」奧斯衛夫人溫和地說。

女孩走到窗前把窗戶打開，白羅不動聲色地觀察著她。她倚窗而立，呼吸著夜晚涼爽的空氣。過了一會兒，她回到原來的座位上坐下，白羅禮貌地說：「這麼說，小姐對礦場感興趣？」

「哦，不是的。」她淡淡地說，「我常聽羅本先生談起，但我對此一竅不通。」

「但你當時裝得很內行啊。」奧斯衛夫人說，「可憐的羅本以為你問這些問題是有什麼不可告人的目的呢。」

白羅的目光沒有從火堆移開，還在定定地看著，但他將莉莉・瑪雷夫臉上一陣慍怒的表情看在眼裡。他巧妙地換了話題。

到了道晚安的時間，白羅對女主人說：「我能和您聊兩句嗎，夫人？」

莉莉・瑪雷夫知趣地走開了。奧斯衛夫人疑惑地看著白羅。

「那晚您是最後一個看到羅本先生的人嗎？」

她點點頭，頓時淚水湧上眼眶，她急忙拿出塊黑邊手帕擦拭著。

「啊，請節哀順變，請節哀順變。」

「我沒事，白羅先生，我只是忍不住。」

「惹您心煩，我真是個超級大傻瓜。」

「不，不。說吧，您想問什麼？」

「我想大約在十一點，當您走進塔屋時，羅本先生已把崔富西斯先生打發走了，是這樣的嗎？」

「應該是。」

「您和他待了多久？」

「我出來回到我的房間時，是十一點四十五分，我記得當時看了鐘。」

「奧斯衛夫人，能告訴我您和您丈夫談了些什麼嗎？」

奧斯衛夫人癱在沙發裡失聲痛哭起來，她劇烈地抽泣著。

「我們……吵……吵……吵了一架！」她嗚咽著。

「吵些什麼？」白羅近乎溫柔地哄勸著她。

「很……很……很多事情。事情是由莉……莉莉引……引起的。羅本無緣無故不喜歡她……說他發現她翻過他的文件，想把她打發走。我說她是個可愛的女孩，我不同意讓她走。然後他就……就……就開始怒吼著要我下去。我氣不過，乾脆說出我對他的看法。

「我說的都是氣話，白羅先生。他說他把我從下層社會拉了出來，並娶了我。我說……啊！現在說這個有什麼用呢？我永遠也不能原諒自己。您應該明白怎麼回事，白羅先生，我一向認為大吵之後就會雨過天青。誰知道那晚他就被謀害了，可憐的羅本。」

白羅同情地聽著奧斯衛夫人發洩。

「我勾起了您的傷心事。」他說，「非常抱歉。現在我們言歸正傳，要非常實際，非常明確。您還堅持是崔富西斯殺了您丈夫嗎？」

奧斯衛夫人挺直身子。

「女人的直覺，白羅先生！」她嚴肅地說，「永遠是真的。」

「的確，的確！」白羅說，「但他什麼時候做案的呢？」

「什麼時候？當然是在我走後。」

「您在十一點四十五分離開羅本先生，十一點五十五分雷佛森先生走進來，您是說，他在這十分鐘內從臥室走來下了毒手。」

「這非常有可能。」
「很多事情都是有可能。」白羅說，「十分鐘內做案，哦，是的，但這是事實嗎？」
「當然他說他當時已經躺在床上進入了夢鄉。」奧斯衛夫人說，「但誰知道他是睡了還是沒睡呢？」
「沒人看到他。」白羅提醒她。
「大家都在床上睡得正熟，」奧斯衛夫人理直氣壯地說，「當然沒人看到他。」
「這我很懷疑……」白羅自言自語道。
他停頓一會兒。
「好了，奧斯衛夫人，祝你有個好夢。」

§

喬治把一盤早餐端到主人身旁。
「主人，瑪雷夫小姐在案發當晚穿一件淡綠色的雪紡紗禮服。」
「謝謝你，喬治，你太可靠了。」
「服侍瑪雷夫小姐的第三級女傭叫格拉蒂絲，主人。」
「謝謝你，喬治。你是無價之寶！」

「不客氣，主人。」

「晴朗的早晨！」白羅看著窗外說，「沒有人會一大清早就起床。我想，喬治，我們應該親自到塔屋裡去探查探查。」

「您需要我，主人？」

「探查，」白羅說，「並不是苦差事。」

當他們到達塔屋的時候，窗簾還拉著。喬治正要拉開，白羅適時制止。

「讓房間維持原狀。只開檯燈就好。」

管家依言而行。

「現在，親愛的喬治，坐在那把椅子上，假裝你在寫字。很好。我呢，我抓起一根木棍，溜到你後面，像這樣，然後擊中你的後腦。」

「好的，主人。」喬治說。

「啊！」白羅說，「但當我擊中你時，不要繼續寫。你知道我不能做得太確實，我不能像殺羅本先生的凶手那樣使那麼大的力。真要達到那樣的效果，我們得表演一下。我擊中了你的頭，你倒了下去，就像這樣……手臂垮下，身體軟弱無力。我來調整你的姿勢……不對，肌肉不要放鬆。」

他懊惱地嘆了口氣。

「你燙褲子的功夫一流，喬治。」他說，「但你的想像力可不行。起來，換我。」

白羅在書桌邊坐下。

「我在寫，」他說，「我在忙著寫東西，你溜到我後面，用木棍打在我頭上，啪！鋼筆從我手中滑落，我向前倒，但不是很遠，因為椅子低，桌子高，還有我的兩臂也支撐著我。天哪，喬治，快回到門口，站在那兒，告訴我你看到了什麼。」

「哎呀！」

「嗯，喬治？」白羅催促道。

「主人，我看見您，坐在桌邊。」

「坐在桌邊？」

「很難看清楚，主人，」喬治解釋說，「距離很遠，燈罩很低。我可以把這燈打開嗎，主人？」

他把手伸向開關。

「千萬別打開。」白羅犀利地說，「這樣就可以。我在這兒趴在桌上，你在那兒站在門邊。現在向前走，喬治，繼續走，把手放在我肩上。」

喬治聽命行事。

「輕輕靠著我，喬治，腳站穩，就是這樣……啊！對了。」

赫丘勒．白羅軟趴趴的身體優美地向旁邊滑去。

「我倒下去……這樣！」他觀察道，「是的，這番假設很有道理。接下來我們要做一件很重要的事。」

「真的嗎，主人？」管家說。

「是的，我要吃頓豐盛的早餐。」這個小個子為自己的幽默開懷大笑。「喬治，人的胃絕不能被冷落。」

喬治不贊同地緘默著。白羅笑著下了樓。他對案情漸漸水落石出感到欣喜。早餐後，他找到了格拉蒂絲，那個女傭。她會說出什麼內情，白羅甚感興趣。

她很同情查爾斯，儘管她毫不懷疑他犯下罪行。

「可憐的青年，先生，很難想像他當時竟失去了理智。」

「他和瑪雷夫小姐應該相處得很好，」白羅暗示說，「因為家裡就只有他們兩個是年輕人。」

格拉蒂絲搖了搖頭。

「莉莉小姐對他很冷淡。她的態度表明了不想和他有所瓜葛。」

「他很喜歡她，是嗎？」

「哦，只是因為近水樓台罷了，可以這麼說。沒什麼太過頭的，先生。倒是維多・奧斯衛先生正在追求莉莉小姐。」

她咯咯咯地笑了。

「啊，真的！」

格拉蒂絲又咯咯咯地笑。

「他對她一見鍾情。莉莉小姐就像朵百合，不是嗎？先生，高䠷的身材，一頭惹人喜愛的金髮。」

「她很適合穿綠色的晚禮服。」白羅沉思道，「她有一件綠色的……」

「是的，先生，她有一件。」格拉蒂絲說，「當然她現在不能穿，現在是喪期。但羅本先生死去的那晚她正好穿著它。」

「應該是淺綠色，而不是深綠色的吧？」白羅說。

「是淺綠色的，先生。如果您能等一會兒，我就拿來給您看。莉莉小姐出去溜狗了。」

白羅點點頭，這事他和格拉蒂絲一樣清楚。因為他是看到莉莉小姐出去後才來找她的。

格拉蒂絲急忙去取衣服，幾分鐘後她把那件綠色晚禮服和衣架一起拿了來。

「相當精緻！」白羅讚賞地伸出手喃喃低語道，「請允許我拿到亮處看一看。」

他從格拉蒂絲手中把衣服接過來，背對著她，快步走到窗前，俯下身瞧了瞧，再拉遠看了看。

「很完美！」他說，「美極了。非常非常感謝你拿給我看。」

「不客氣，先生。」格拉蒂絲說，「我們都知道法國男人對仕女的禮服很感興趣。」

「你人太好了。」白羅輕聲說。

他看她匆忙拿著衣服走後，便低頭看了看他的一雙手，禁不住笑了。他的右手中是一把剪指甲的小刀，左手則是一片綠色雪紡紗。

「現在，」他輕聲說，「大英雄上場了。」

他回到他的休息處，並把喬治叫來。

「喬治，在梳妝台上有一枚金領針。」

「是的，主人。」

「洗手台有酚溶液，請把領針頭浸在酚溶液中。」

喬治照著做了。他早已對主人稀奇古怪的做法習以為常。

「做好了，主人。」

「很好。現在過來，把針頭插進我的大拇指裡。」

「對不起，主人，您是要我刺您？」

「啊，是的，你猜對了。你必須刺出血，明白嗎？但不要太多。」

喬治托住主人的手指，白羅閉上眼睛。

管家用領針刺了一下手指，白羅尖叫了一聲。

「謝謝你，喬治。」他說，「你幫了我一個大忙。」

他從口袋裡掏出一小塊綠色雪紡紗，小心謹慎地讓手指在上面擦拭了一下。

「事情的發展超級順利。」他盯著碎布說，「你不覺得好奇嗎，喬治？太好了！」

§

管家正小心地向窗外看了看。

「對不起，先生。」他輕聲說，「一位先生開著一輛大車過來了。」

「啊！啊！」白羅說，急忙站起來。「難得一見的維多．奧斯衛先生，我下去見他。」

白羅未見其人先聞其聲。大廳裡傳來一陣怒吼聲。

「小心點，你這個該死的白癡！箱子裡有玻璃，該死，帕森斯，滾開！放下，你這個笨蛋！」

白羅悄無聲息地下了樓，維多．奧斯衛身材魁梧，白羅禮貌地向他躬了躬身。

「你他媽的是誰？」他咆哮著。

白羅再次欠身。

「我是赫丘勒．白羅。」

「天啊！」維多．奧斯衛說，「南希還是把你找來了，是吧？」

他拍了拍白羅的肩，把他摟進了書房。

「你就是那個他們崇拜的傢伙。」他上下打量著白羅說，「我剛才說的話請您見諒，我的司機是頭笨驢，帕森斯又總是惹我生氣，這個大白癡。」

「你知道，我受不了笨蛋。」他半帶著歉意說，「但你絕不是笨蛋，啊，白羅先生？」

他快活地大笑著。

「如果有人那麼想，那他就是大錯特錯了。」白羅溫和地說。

「是嗎？嗯，那麼南希把你請了來……她咬定是祕書。他沒什麼好懷疑的，崔富西斯像牛奶一樣溫和……也喝牛奶。我想，這個傢伙滴酒不沾。我在浪費你的時間吧？」

「如果有機會去透視人性，就不能說是浪費時間。」白羅平靜地說。

「人性，哦？」

維多．奧斯衛盯著他，然後大剌剌地坐到一把椅子上。

「我可以幫你什麼？」

「是的，您可以談談那晚您和您哥哥吵架的事。」

維多．奧斯衛搖了搖頭。

「與案件一點關係也沒有！」他斷然說。

「這可說不定。」白羅說。

「那和查爾斯．雷佛森有關係。」

「奧斯衛夫人認為查爾斯與案件一點關係也沒有。」

「哦，南希！」

「帕森斯說那晚查爾斯．雷佛森先生去過案發現場，但他沒看到他。記住，沒人看到。」

「很簡單。羅本之前把年輕的查爾斯臭罵了一頓……平白無故的，我得這麼說。之後他又想欺負我。我把家裡的現況抖了出來，然後為了惹惱他，我下定決心支持那個男孩，我那晚本來就約好要見他，為了告訴他現在的情況。我回房後沒有上床睡覺，我半開著門，坐在椅子上抽菸。我的房間在二樓，白羅先生，查爾斯的房間就在我隔壁。」

「請容我打岔……崔富西斯先生的房間也在二樓？」

奧斯衛點點頭。

「是的，他的房間在我的房間後方。」

「在樓梯旁邊？」

「不，另一方向。」

白羅面露奇異之色，但對方沒有發現，接著說：「那時我在等查爾斯。我聽到大門開動的聲音，我想大約是十一點五十五分吧，但過了十分鐘左右查爾斯沒出現。最後當他上樓來時，我發現和他是談不了事情了。」

他煞有其事地舉起雙手。

「我明白。」白羅輕聲說。

「那可憐的小鬼跌跌撞撞的，」奧斯衛說，「看起來很蒼白。當時我也不疑有他。當然，現在我明白當時他剛剛殺了人。」

白羅馬上追問：「您沒聽到塔屋有什麼動靜嗎？」

「沒有。但是你要記住，我是在這棟房子的另一邊。牆壁很厚，我想就算有槍聲也聽不到。」

白羅點點頭。

「我問他，需不需要幫忙他上床。」奧斯衛接著說，「但他說他沒事，就直接走進他的房間，『砰』地把門關上了。於是我也換了衣服上床睡覺。」

白羅盯著地毯陷入了沉思。

「您知道，奧斯衛先生，」他最後終於說，「您的證據非常重要。」

「我想是的，至少……你是什麼意思？」

「您的證據指出，從大門關上發出聲音到雷佛森出現在樓上為止，其間有十分鐘之久。據我所知，他本人說，他回到家後立刻上床睡覺。但事情不只如此。我承認奧斯衛夫人對祕書的指控很荒唐，但至今也不能證明那是不可能。而您的證詞已證明他不在做案現場。」

「這怎麼說？」

「奧斯衛夫人說，她是在十一點四十五分離開她的丈夫，而祕書是在十一點去睡覺，他能做案的時間是在十一點四十五分到查爾斯・雷佛森回來之間。那麼，如果像您說的那樣，您開著門坐在房裡，他不可能從他自己房裡出來而不被您看到。」

「沒錯。」對方同意道。

「沒有別的樓梯？」

「沒有，去塔屋必須從我們前經過，而他沒有，這一點我敢確定。而且，白羅先生，我剛才說過，這個人溫順得像個牧師。我向你保證。」

「是的，是的。」他安撫道，「我明白。」他頓了頓。「您不想告訴我您和羅本先生爭吵的原因？」

對方的臉頓時變得通紅。

「你在我這兒問不出東西的。」

白羅看著天花板。

「我的態度一向很謹慎，」他咕噥著，「如果牽扯到女性。」

維多．奧斯衛跳了起來。

「該死！你，你怎……你是什麼意思？」

「我想的是，」白羅說，「莉莉．瑪雷夫小姐。」

維多．奧斯衛遲疑地站了一會兒，之後怒氣稍有平息，便又坐了下來。

「你很聰明，白羅先生。是的，我們吵架是為了莉莉。羅本對她有敵意，他查出那個女孩的某些底細……偽造文書之類的，但我根本就不相信。

「然後他又說了一些他無權說的話。說她晚上偷偷下樓到外面與某個男人約會，天啊！我罵了他一頓，我告訴他，很多比他好的人都因為話多而被殺了。他便住了口。只要我一發火，羅本總是有些怕我。」

「我一點也不懷疑！」白羅禮貌地輕聲說。

「我挺喜歡莉莉．瑪雷夫，」維多換了一種口氣說，「她是一個完美的好女孩。」

白羅未出聲，他直視著前方，似乎想出了神。突然間他回過神來。

「我想，我必須獨自散散步。這附近有家旅館，是嗎？」

「有兩家。」維多．奧斯衛說，「高爾夫球場旁有一個高爾夫旅館，火車站附近有個米特旅館。」

「謝謝您！」白羅說，「是的，我必須出去散散步。」

§

高爾夫旅館，果如其名，它坐落在一座高爾夫球場旁，與俱樂部比鄰。這個旅館是白羅稱為「散步」路線的第一站。這個小個子有他自己獨特的行事方式。他走進高爾夫旅館三分鐘後，就和這兒的女經理蘭登小姐私下談起來。

「小姐，很抱歉打擾您，」白羅說，「但您知道，我是偵探。」

他向來喜歡直接乾脆。這種情況下，這個方法顯然立即生效。

「偵探！」蘭登小姐驚嘆道，半信半疑地看著他。

「不是從蘇格蘭警場來的。」白羅向她保證。「實際上……您可能注意到了吧，我不是英國人，不是。我是私下來調查羅本．奧斯衛先生的死亡案件。」

「真的嗎？」蘭登小姐期待地瞪眼看了看他。

「千真萬確。」白羅微笑著說，「我只向您這種謹慎的人透露事實。我想，小姐，也許您能幫忙我。您能告訴我，案發當天晚上，有哪位住在這兒的先生人不在旅館，隨後在大約十二點或十二點半回來嗎？」

蘭登小姐雙眼瞪得更大。

「您不是以為……」她屏住了呼吸。

「凶手曾住在這兒？不，但我研判曾住過這兒的一位客人，那晚曾往閒居的方向散步而去。如果確有其事，那麼他可能不經意看到一些對他毫無意義但對我很有幫助的事。」

女經理明智地點了點頭，一副徹底了解偵探思考邏輯的樣子。

「我完全明白。那麼，讓我看看，當晚我們這兒有哪些客人。」

她皺了皺眉頭，顯然在腦海裡回憶著這些名字，並偶爾查看住宿登記簿來幫助記憶。

「司旺上尉，埃爾金斯先生，布萊昂特少校，老本森先生。不，真的，先生，我想那晚沒人出去。」

「如果他們出去了，您會注意到的，是嗎？」

「哦，是的，先生，這很不尋常，您知道。我是說客人可能出去吃晚餐，但他們不會在晚餐後出去，因為……嗯，這兒沒地方去，不是嗎？艾博十字街的功能除了高爾夫球還是高爾夫球。」

「確實如此。」白羅贊同道，「那麼，小姐，依您記憶所及，那晚沒客人出去過？」

「英格蘭上尉和他的妻子出去吃飯。」

白羅搖搖頭。

「我問的不是這個。我去看看另一家旅館好了。米特旅館，是這個名字吧？」

「哦，米特。」蘭登小姐說，「當然，住在那兒誰都想出去散步。」

她語氣含糊，其中的輕蔑意味卻很明顯，白羅藉機開溜。

§

十分鐘後，剛才那一幕又重新上演。這次是和柯爾小姐，魯莽的米特旅館女經理。這是一家價格稍低的簡樸旅館，就在車站附近。

「如果我沒記錯，那天晚上是有一位先生出去了，回來時大約是十二點半。他有那個時間出去散步的習慣，之前曾經出去散步過一兩次。讓我想一想，他叫什麼名字來著？我現在想不起來。」

她抓了一本大大的登記簿，一頁一頁翻查著。

「十九日、二十日、二十一日、二十二日。啊，找到了。雷勒，韓福瑞・雷勒上尉。」

「他以前住過這兒嗎？您和他熟嗎？」

「曾住過一次。」柯爾小姐說，「大約在兩星期前。我記得，他那時也在晚上出去過。」

「他是來打高爾夫球的嗎？」

「我想是的。」柯爾小姐說，「大多數客人來這兒都是為了這個原因。」

「那當然。」白羅說，「小姐，感激不盡，祝您愉快。」

他若有所思地回到閒居。他從口袋裡掏出一樣東西看了一兩次。

「得完成這件事，」他喃喃自語道，「只要有機會，愈快愈好。」

他回去後第一件事，就是問帕森斯哪裡能找到瑪雷夫小姐。帕森斯告訴他，她正在小書房裡處理奧斯衛夫人的信件。這個訊息似乎很合他的意。

他毫不費力就找到了小書房。莉莉．瑪雷夫小姐正坐在窗旁的桌邊寫東西。房裡沒別人。白羅小心翼翼地隨手把門關上，走到女孩跟前。

「小姐，打擾您幾分鐘，可以嗎？」

「當然可以。」

莉莉．瑪雷夫把文件放到一邊，轉向他。

「有什麼事嗎？」

「悲劇發生當晚，小姐，我知道當奧斯衛夫人去找她丈夫時，您直接回房休息去了，是這樣嗎？」

莉莉．瑪雷夫點了點頭。

「您沒有再下過樓嗎？」

女孩搖了搖頭。

「我想您曾說過，小姐，那晚您沒去過塔屋？」

「我不記得這樣說過，但事實也是如此，我那晚沒去塔屋。」

白羅揚了揚眉毛。

「奇怪！」他咕噥著。

「您是什麼意思？」

「很奇怪！」赫丘勒．白羅又咕噥道，「那麼您怎麼解釋這個呢？」

他從口袋裡掏出一小塊染有汙跡的綠色雪紡紗碎布，舉起來讓女孩查看。

她的表情沒有一絲變化，但他感覺到女孩沉重的呼吸。

「我不明白您的意思，白羅先生。」

「我知道您那晚穿了一件綠色的雪紡紗禮服，小姐。這……」他彈了彈手裡拿的碎布。

「是從上面撕下來的。」

「那麼您是在塔屋發現的？」女孩厲聲問道，「還是在哪裡？」

赫丘勒．白羅看著天花板。

「就說是在……塔屋！」

第一次，女孩的雙眼掠過一絲恐懼。她開始辯解，然後又修正自己，白羅看到那雙白皙的小手緊抓著桌緣。

「我那天晚上去了塔屋沒有？」她沉思道，「我是說，晚餐前……我不認為……我幾乎肯定我沒去過……如果這塊碎布這幾天都在塔屋裡，那麼警方為何沒立刻發現，這實在非常奇怪！」

「警方……」小個子說，「無法想到赫丘勒．白羅想到的事。」

「晚餐前我可能到那兒待了一會兒，」莉莉．瑪雷夫沉思道，「或者可能是前一天晚上。那天我也穿了那套禮服。是的，我幾乎能肯定是前一天晚上。」

「我想不是。」白羅不動聲色地說。

「為什麼？」

他只是緩緩地搖了搖頭。

「您是什麼意思？」

女孩輕聲問，她的身體微微向前傾，盯著他，臉色蒼白。

「小姐，您沒有注意到這片碎布有汙跡嗎？毫無疑問，那汙跡是人血。」

「您是說……」

「我是說，小姐，您在案發後去過塔屋，而不是之前。我想，您最好乖乖告訴我整個過程，否則情況會愈來愈糟。」

他站了起來，用食指指著女孩嚴厲地說道，瘦小的身影讓人不寒而慄。

「您是怎麼發現的？」莉莉喘息道。

「這不重要。小姐，我告訴過您，赫丘勒．白羅無所不知。我知道韓福瑞．雷勒上尉的一切，還有您那晚出去和他會面。」

莉莉突然頭伏在手臂上失聲痛哭起來。白羅立刻轉變了嚴厲的態度。

「好了，好了，我的孩子。」他說著拍了拍女孩的肩頭。「不要折磨自己，誰也不可能騙得了赫丘勒．白羅。一旦你明白這一點，你所有的煩惱都會煙消雲散。現在告訴我一切，好嗎？你會告訴白羅老爹吧？」

「事情不像您想的那樣，不是的，真的。韓福瑞，我哥哥……連他的一根頭髮都沒動。」

「你哥哥，呃？」白羅說，「原來如此。嗯，如果你想澄清他的嫌疑，你現在必須毫無保留地把一切告訴我。」

莉莉坐了起來，她把額前頭髮向後撥了撥。一兩分鐘後，她開始低聲但很清晰地說話。

「我會說實話的，白羅先生。我現在明白做任何掙扎都是徒然。我的真名叫莉莉．雷勒，韓福瑞是我唯一的哥哥。幾年前他在非洲發現了一座金礦，或者說是發現了金子。我無法準確地告訴您這方面的情況，因為我不懂得那些技術細節。

「這件事似乎是個很大的工程。韓福瑞回到家裡，寫信給羅本．奧斯衛先生，希望引起他的興趣。到現在我也不明白這件事的利害關係，不過我想，羅本先生曾經派了一名專家去勘查，之後他告訴我哥哥，專家的報告很令人失望，說韓福瑞犯了一個大錯誤。於是我哥哥返回非洲，組織了一支考察隊，深入內地考察，從此便失去了音信。人人都認為他和考察隊都遇難了。

「不久，有一家新公司成立，專門勘探姆帕拉金礦。這時我哥哥回到英國，立刻發現這金礦好像是他曾經發現的那座。羅本先生似乎和這家公司沒有任何關係，他們看來是自己發現的。但我哥哥並未就此罷休，他認為是羅本先生巧計騙了他。

「這事讓他變得愈來愈凶暴、愈來愈不快樂。我們兄妹在這世上孤零零的，一個親人也沒有，白羅先生。因此我必須出去找份工作維持生計。我設法到這個家謀個職位，藉機調查羅本先生和姆帕拉金礦之間的關係。當然我要隱姓埋名，我承認我使用了偽造的文件。

「這個職位有很多競爭者，他們的條件都比我好，於是，嗯，白羅先生，我寫了一封落款是佩思郡公爵夫人的熱誠介紹信。當時我知道這位公爵夫人去了美洲，我想抬出公爵夫人，會影響奧斯衛夫人的選擇。事實正如我所料，她當場錄用了我。

「自從那時起，我就成了一位討厭的間諜，但直到最近，我的調查才有收穫。羅本先生對他的公司機密守口如瓶。但維多．奧斯衛從非洲回來了，他在談話中放鬆了警惕，我便開始相信，韓福瑞沒弄錯。案發前兩週，我哥哥來了這裡。我晚上偷偷出去和他會面，把維多．奧斯衛說過的事情告訴了他，他聽了很興奮，並向我保證，我的方向一定對。

「但那之後，事情開始不順利，一定有人看到我偷偷溜出去，並向羅本先生通報。他開始懷疑並查看我的履歷證明，不久就發現是偽造的。危機在案發當天發生。我想他以為我看上了他妻子的珠寶。不管他懷疑什麼，他都不想讓我再在閒居待下去，但他答應不起訴我偽造文書。奧斯衛夫人完全站在我這一邊，她站起來勇敢地和羅本先生理論。」

她住了口。白羅面色凝重。

「現在，小姐，」他說，「我們談談事發當晚。」

莉莉困難地噓了口氣，點點頭。

「首先，白羅先生，我必須告訴您，我哥哥那天晚上又來了，我必須再一次溜出去和他碰面。我上樓回到我的房間……這我已經說過，但我沒有上床睡覺。等到我認為所有人都睡著後，便又偷偷下了樓，從側門出去。我見到韓福瑞，匆匆忙忙把發生的事向他簡單說了。我告訴他，他想獲取的文件就在塔屋羅本先生的保險櫃裡，我們商量好冒最後一次險，由我在那晚取出文件。

「我在前面探路。當我從側門進去時，聽到教堂的鐘敲了十二下。我走在通向塔屋的一半樓梯時，聽到某樣東西掉到地上的重擊聲，接著聽到一聲驚叫：『我的天哪！』不一會兒，塔屋的門開了，查爾斯・雷佛森走了出來。月光下他的臉我看得很清楚，但我在樓梯的暗處蹲伏著，他沒看到我。

「他站在那兒，搖搖晃晃，臉色蒼白。他似乎側耳聽著什麼，然後努力地控制自己，又進了塔屋，喊叫著什麼『還好沒事』似的。他的聲音輕鬆自然，但表情不是這樣。他又等了一會兒，才慢慢地上了樓，不見了。

「他走後，我等了一兩分鐘，見周圍寂靜無聲便偷偷走進塔屋。我感覺一定發生了什麼不好的事。裡面的吊燈沒開，但檯燈亮著。藉著燈光，我看到羅本先生躺在桌邊的地板上。我不知道自己是怎麼辦到的，總之，我鼓起勇氣走過去蹲在他身旁，我立即明白他死了，被人從後面擊中。而且還沒死去很久，我摸了摸他的手，還很溫熱。太可怕了，白羅先生，太可怕了！」

她想著，又感到一陣寒意襲來。

「然後呢？」白羅說著用犀利的目光看著她。

莉莉．瑪雷夫點點頭。

「是的，白羅先生，我知道您在想什麼：為什麼我不喊醒家裡的人？我本應該這麼做，我知道，但我蹲在那兒，腦中閃過一個念頭。我和羅本先生發生過爭吵、我偷偷出去見韓福瑞、他打算第二天把我趕走……這些事情加起來後果不堪設想。他們會說是我讓韓福瑞進來，然後韓福瑞為了報仇而殺了羅本先生。而且如果我說我曾看到查爾斯．雷佛森從塔屋裡走出來，沒人會相信。

「太可怕了，白羅先生！我跪在那兒，一想再想，愈想愈害怕。不一會兒，我便看到羅本先生倒在地上時從他衣袋裡滑落出來的鑰匙，其中有保險櫃的鑰匙。我早就知道保險櫃的密碼，因為我曾經聽奧斯衛夫人說過。於是我走到保險櫃前，打開保險櫃門，翻找著裡面的文件。

「最後我找到了我要的東西。韓福瑞猜得沒錯。羅本先生是姆帕拉金礦事件的幕後黑手，他奸巧地擺了韓福瑞一道。這就更糟糕了，因為別人會把這個當作是韓福瑞做案的動機。我把文件放回保險櫃，鑰匙留在保險櫃門上，直接上樓回到我房間。第二天早晨，當女傭發現屍體的時候，我裝得既驚訝又恐懼，就像其他人一樣。」

她站起來，可憐兮兮地看著白羅。

「您會相信我吧？白羅先生，哦，請說您相信我。」

「我相信你，孩子。」白羅說，「你解開了許多令我迷惑的謎團。一個是你確定是查爾斯·雷佛森做的案，另一個是你極力阻撓我來這兒。」

莉莉點了點頭。

「我很怕您。」她坦承說，「我知道奧斯衛夫人不曉得查爾斯有罪，但我卻什麼也不能說。我很矛盾。我希望又不希望您接受這個案件。」

「如果我處於你這種不安的狀態，也會這樣。」白羅一本正經地說。

莉莉飛快地看了他一眼，她的嘴唇動了動。

「那麼現在，白羅先生，您下一步要做什麼呢？」

「不要擔心，小姐。我相信你的說法，也接受它。我下一步要去倫敦找米勒警官。」

「然後呢？」莉莉問。

「然後，」白羅說，「再說吧。」

走出書房，他又看了看手裡那片染有汙跡的綠色雪紡紗碎布。

「妙極！」他自鳴得意地喃喃自語著，「赫丘勒．白羅簡直是天才。」

米勒警官不怎麼喜歡白羅。他不屬於蘇格蘭警場那批喜歡和這個小比利時人合作的人，他覺得赫丘勒．白羅名過其實。從這個案件來看，他對自己這項看法非常有把握，因此始終以看好戲的態度接待白羅。

「你是代表奧斯衛夫人來的吧？你聽信了那套海市蜃樓般的假想。」

「難道這個案件沒有疑點嗎？」

米勒眨眨眼。

「再沒有比這更清楚的，就差沒當場捉住凶手。」

「雷佛森先生陳述了案情，不是嗎？」

「他最好閉嘴！」警官說。「他一而再、再而三地說他直接回房了，根本就沒見著他舅舅。這顯然是騙傻瓜的把戲。」

「這當然與證據不符！」白羅咕噥說，「你認為這個年輕的雷佛森先生是怎樣的人？」

「一個該死的小蠢蛋。」

「性情軟弱，呃？」

警官點點頭。

「一般人很難相信那種年輕人會……怎麼說呢，有殺人的膽量。」

「表面上看，是沒有。」警官贊同道，「但是，拜託，這種事我碰到過好多次。把那些文弱、浪蕩的傢伙拉到角落裡灌醉，不一會兒就能讓他脾氣暴躁起來。這種文弱的人走投無路時，比一個強壯的人都危險。」

「沒錯，是的，你說得對極了。」

米勒放鬆了些。

「當然，對你來說沒關係。白羅先生，」他說，「你照樣拿得到錢，自然你得假裝查證，以滿足奧斯衛夫人，這我完全能理解。」

「你挺能了解這類複雜的事情嘛。」白羅咕噥著便起身走了。

他下一個拜訪的人是查爾斯．雷佛森的律師。梅修先生是個乾瘦、纖弱、小心謹慎的人。他客氣地接待了白羅。然而白羅自有辦法博得別人的信任。十分鐘之後兩人便親切地交談起來。

「您知道，」白羅說，「我是代表雷佛森先生來處理這個案子。這是奧斯衛夫人的意思，她相信他沒罪。」

「是的，是的，確實是這樣。」梅修先生不感興趣地說。

白羅眨了眨眼。

「您對奧斯衛夫人的看法不大同意？」他試探著說。

「說不定明天就相信他是有罪的了。」律師一本正經地說。

「她的直覺當然不能證明什麼。」白羅同意道，「而且表面上看，這個案件對這個可憐的年輕人很不利。」

「遺憾的是，他在警方面前還是那麼固執。」律師說，「堅持那個說法，對他毫無益處。」

「他對你也堅持他的說法？」白羅問。

梅修點點頭。

「從頭到尾一句話也沒變，簡直像隻鸚鵡一樣不斷重複。」

「這就是您對他失去信心的原因。」白羅說，「啊，不要否認這一點。」他伸出手急忙阻止道，「我只是說出事實。你內心裡相信他有罪。但現在聽我，我，赫丘勒・白羅，把情況說給您聽。

「這個年輕人回到家中，他之前喝了不少雞尾酒，當然無疑也喝了很多英國威士忌加蘇打水，他滿腹都是……你們怎麼說的？荷蘭人的勇氣[13]。喝了酒、壯了膽的他，用鑰匙開了門，跌跌撞撞地進了塔屋。他朝房間裡看了看，在昏暗的燈光下看到他的舅舅伏在桌上。

「就像我們剛才說的。雷佛森先生充滿了酒後的勇氣。他豁出去了，向他舅舅說出他對他的看法。他公然蔑視他、侮辱他，他的舅舅愈不吭聲，他就愈說愈起勁，不斷重複同樣的話，嗓門也愈來愈大。最後他看到舅舅一直沒反應，便有些醒悟。他靠近他，一隻手放在他舅舅的肩膀上，他舅舅的身體因此倒了下去，在地上癱成一團。

「雷佛森先生的酒一下子就醒了。椅子翻了，他俯身看了看羅本先生，這才意識到發生了什麼事。他看到他的手沾滿熱呼呼的紅色液體，立即大驚失色，發出一聲驚叫，響徹整個屋子，我想這聲驚叫他一輩子也不願意回想。他呆呆地扶好椅子，然後急忙跑出房門，仔細傾聽著。他以為他聽到聲音，立刻假裝正透過開著的門和他舅舅說話。

「聲音沒再出現，他相信自己之前聽錯了。現在四下寂靜無聲，他悄悄上樓回到房間，之後立刻想到，如果假裝當天晚上沒見過舅舅會比較好，於是他編造了一套謊言。那時，請記得，帕森斯沒說他聽到了什麼，後來他說出之後，雷佛森先生已來不及改變說法了。他很笨，而且很固執，他堅持他那套說法。您說，先生，這有可能吧？」

「可能。」律師說，「我想您這樣的推理有可能。」

白羅站起身。

「您有會見雷佛森先生的特權。」他說，「把我剛才講的話告訴他，問問他是不是這麼一回事。」

在律師事務所門外，白羅叫了輛計程車。

「哈利大街三四八號。」他對司機輕聲說。

13　荷蘭人的勇氣（Dutch courage），又叫作「酒後的勇氣」。

§

白羅動身去了倫敦。奧斯衛夫人很驚訝，因為這個小個子提也沒提他要做些什麼。二十四小時之後，他回來了，帕森斯通知他奧斯衛夫人想立刻見他。白羅在奧斯衛夫人的房間見到了她。她躺在長沙發上，枕著靠墊，面容令人吃驚地憔悴，比白羅到達第一天時更形瘦削。

「白羅先生，您終於回來了。」

「我回來了，夫人。」

「您去了倫敦？」

白羅點點頭。

「您沒告訴我您要去。」奧斯衛夫人嚴厲地說道。

「非常抱歉，夫人，我錯了，我應該事先通知您。下一次……」

「您還是會一樣。」奧斯衛夫人敏捷地開心說道，「先斬後奏是您的座右銘。」

「或許也是夫人的？」

他眨了眨眼睛。

「偶爾吧，也許。」對方坦承道，「白羅先生，您去倫敦做什麼？我想您現在可以告訴我吧？」

「我和那個優秀的警官米勒會談，還見了優秀的梅修先生。」

奧斯衛夫人在他臉上搜尋著。

「那麼現在您認為……」她緩慢地說。

白羅盯著她。

「有可能查爾斯・雷佛森無罪。」他嚴肅地說。

「啊！」奧斯衛夫人幾乎跳了起來，兩個靠墊滾到了地上。「我是對的，那麼我是對的！」

「夫人，我說的只是有可能，如此而已。」

他的語氣使她心中一動，她撐著手肘坐起來，用銳利的目光看著他。

「我能做什麼嗎？」她問。

「是的，」他點了點頭。「奧斯衛夫人，您能告訴我為什麼懷疑歐文・崔富西斯嗎？」

「我告訴過你，我就是知道，就這樣。」

「不幸的，這還不夠。」白羅嚴肅地說，「回想一下命案發生當晚的情況，夫人，不要漏掉每個細節，每件小事。您注意到或觀察到祕書有什麼異常舉動？我，赫丘勒・白羅，告訴您，一定有不對勁的地方。」

奧斯衛夫人搖了搖頭。

「那天晚上我幾乎沒注意他。」她說，「當然我也沒想到他。」

「您當時在想別的事嗎？」

「是的。」

「是有關您丈夫對莉莉．瑪雷夫小姐的敵意？」

「是的。」奧斯衛夫人點點頭說，「您好像都知道，白羅先生。」

「我……我什麼都知道，」這個小個子帶著令人發笑的浮誇語氣說。

「我很喜歡莉莉，白羅先生，您也親眼見到了。羅本為她什麼履歷之類的事開始大吵大鬧。我並不是說她沒作假，她作了假。但是，我年輕時做過更多比這還糟的壞事，那時你必須使出各種手段和劇院經理周旋。我這輩子什麼沒寫過、說過、做過呀。

「莉莉想得到這份工作，她花了許多工夫，那些方法不怎麼……嗯，不怎麼對，您知道。男人對那種事很笨。他這樣吵鬧，莉莉也許真有可能像銀行員一樣捲走鉅款潛逃。整個晚上我都非常擔心。儘管我通常最後都可以說服羅本，但他有時卻固執得要命，可憐的人兒。因此我當然沒時間注意祕書，而且平時也不會有人特別注意崔富西斯。他在或不在沒什麼兩樣。」

「我也注意到崔富西斯先生的這個特點。」白羅說，「他不是那種愛表現、耀眼、情緒起伏不定的人。」

「不，」奧斯衛夫人說，「他不像維多。」

「維多．奧斯衛先生，依我看，脾氣很火爆。」

「這個詞用得真好。」奧斯衛夫人說，「他在家裡到處點火，像那種什麼煙火似的。」

「他是個急性子，我想。」白羅暗示道。

「哦，他被惹火了會像個惡魔。」奧斯衛夫人說，「可是，我才不怕他。維多只會亂喊亂叫，但不會把人怎樣。」

白羅看著天花板。

「您無法告訴我祕書那晚的舉動？」他柔聲問。

「我告訴您，白羅先生，我知道是他，是憑直覺，一個女人的直覺……」

「但不可能讓一個人上絞架。」白羅說，「而且更重要的是，它不可能從絞刑架上救下一個人。奧斯衛夫人，如果您真的相信雷佛森先生是無辜的，而您對祕書的懷疑又十分根深柢固，您願意做個小試驗嗎？」

「什麼樣的試驗？」奧斯衛夫人問道。

「您允許我們給您催眠嗎？」

「為什麼？」

白羅向前傾了傾。

「如果我告訴您，夫人，您的直覺是建立在潛意識裡記住的某些事實上，您可能不相信。那麼我只能說，我建議的這個試驗，對那個不幸的年輕人查爾斯·雷佛森非常重要，這您該不會拒絕吧？」

「誰要為我催眠呢？」奧斯衛夫人半信半疑地問，「您嗎？」

「我的一個朋友，夫人。如果沒有耽擱的話，這時候他應該到了。我聽到了外面的車輪聲。」

「他是誰？」

「來自哈利大街的卡察博士。」

「他……沒問題吧？」奧斯衛夫人擔心地問。

「他不是騙子，夫人……如果您擔心的是這個，您可以完全放心。」

「好吧。」奧斯衛夫人嘆了口氣。「我認為催眠術是胡說八道，但如果您想試，那就試試吧。這樣別人才不會說我阻撓你辦案。」

「謝謝你，夫人。」

白羅匆忙走了出去。幾分鐘後他帶來一個開朗、圓臉、戴眼鏡的矮個子男人。他的長相使奧斯衛夫人很失望，因為她想像中的催眠師不該是這樣。白羅給兩人做了介紹。

「好了。」奧斯衛夫人開心地說，「我們怎麼開始這件蠢玩意呢？」

「很簡單，奧斯衛夫人，很簡單。」矮醫生說，「向後仰靠，嗯，就這樣，很好，不需要緊張。」

「我一點兒也沒緊張。」奧斯衛夫人說，「我倒要看看別人怎樣違背我的意願催眠我。」

卡察博士不置可否地笑了笑。

「啊，但如果您同意，這就不算違背您的意願，不是嗎？」他開心地說，「好。把那盞燈打開，好嗎，白羅先生？安心睡吧，奧斯衛夫人。」

他變換了一下位置。

「天漸漸黑了。您睏了，很睏。您的眼皮有些沉重，它們閉上了……閉上了……閉上了。不久您就會睡著……」

他的聲音漸漸弱下去，低沉，漸漸單調了。他向前探身看了看，輕輕扒開奧斯衛夫人的右眼皮。然後他轉向白羅，滿意地點點頭。

「很好。」他低聲說，「繼續嗎？」

「如果你願意。」

醫生厲聲而威嚴地說：「您睡著了，夫人。但您聽我說，您能回答我幾個問題嗎？」

她眼皮動也沒動，沙發上靜止不動的身體用一種低沉單調的語氣回答：「我聽見了，我能回答你的問題。」

「奧斯衛夫人，我想讓您回到您丈夫被害的那個夜晚。您還記得那個夜晚嗎？」

「記得。」

「您在吃晚餐。向我描述您看到了什麼，有什麼感覺。」

奧斯衛夫人仰躺的身體略微不安地動了動。

「我的心情糟糕透了，我替莉莉擔心。」

「我們知道這個。告訴我們您看到了什麼？」

「維多正狼吞虎嚥地吃著鹹杏仁，他很貪吃。明天我要告訴帕森斯，不要把那道菜放在他那邊。」

「繼續說，夫人。」

「羅本今天晚上脾氣壞透了。我認為不只是因為莉莉。可能還有生意上的事。維多奇怪地看著他。」

「講講崔富西斯先生，奧斯衛夫人。」

「他的左邊襯衫袖口磨破了。頭上抹了好多髮油。我討厭男人這樣，因為會把臥室的床弄髒。」

卡察看了看白羅，白羅搖搖頭。

「晚餐結束後，夫人，你們在喝咖啡。請描述現場景象。」

「今晚的咖啡很好喝，味道不同。廚師煮的咖啡時好時壞。莉莉不停地看著窗外，我不知道為什麼。羅本走了進來。今晚他脾氣壞得不得了，破口大罵起可憐的崔富西斯先生。崔富西斯先生的手拿起了拆信刀，那把像刀一樣鋒利的大拆信刀。他把刀抓得緊緊的，手指慘白。他把刀猛地戳在桌子上，刀尖都折斷了。他拿它的姿勢就像拿一把匕首殺人的樣子。哦，他們一塊兒出去了。莉莉穿上她那件綠色的晚禮服，她穿綠色很漂亮，就像百合花。下週我必須讓傭人把床單洗一下。」

「等一下，夫人。」

醫生湊到白羅跟前。

「我們得到了答案。我認為，」他低聲說，「那個拿拆信刀的動作，使她認定就是祕書幹的。」

「我們現在再談一下塔屋的事。」

醫生點了點頭，然後又用宏亮、威嚴的語調向奧斯衛夫人提起問題來。

「已是深夜了，您和丈夫在塔屋。您和他吵得很凶，是吧？」

奧斯衛夫人又不安地動了動。

「是的，很可怕……非常可怕。我們都說了些嚇人的話……我們兩個人。」

「別太在意。您可以看清整個房間。窗簾拉上，燈開著。」

「吊燈沒開，只有檯燈是開著的。」

「您離開了丈夫，您向他道了聲晚安。」

「不，沒有，我太生氣了。」

「這是您最後一次見到他，不久後他就被謀殺了。您知道是誰殺了他嗎，夫人？」

「知道，是崔富西斯先生。」

「為什麼這樣說呢？」

「因為我看到窗簾凸出一塊。」

「窗簾凸出一塊？」
「是的。」
「您親眼看到的嗎？」
「是的，我差點碰到。」
「那兒藏著一個人……崔富西斯先生？」
「是的。」
「您是怎麼知道的？」
突然，她平淡的聲音猶豫了片刻，失去了信心。
「我……我……因為那把拆信刀。」
白羅和醫生飛快地交換了眼色。
「我不明白，夫人。您說窗簾凸出了一塊？有人藏在那兒，而您沒看到那個人？」
「不，沒有。」
「因為您早些時候看到崔富西斯握刀的姿勢，所以認為是崔富西斯先生？」
「是的。」
「但崔富西斯先生上床睡覺了，不是嗎？」
「是的……是的，對，他回去自己的房間。」
「那麼他就不可能在窗簾後面吧？」

「不，不，當然不可能，他不在那兒。」

「那之前他向您丈夫道了晚安，是吧？」

「是的。」

「然後您再也沒看到他？」

「沒有。」

她動了動，翻轉著，用微弱的聲音哼著。

「她要醒過來了。」醫生說，「我想我們也有所斬獲，不是嗎？」

白羅點點頭。醫生俯下身去看看奧斯衛夫人。

「您就要醒了。」他柔聲說，「您現在要醒過來了，不一會兒您就會睜開眼睛。」

他們倆等了一會兒，只見奧斯衛夫人坐起來，直視著他們兩人。

「我剛才睡了一覺嗎？」

「是的，奧斯衛夫人，小睡了一會兒。」醫生說。

她看了看他。

「你們在搞騙人的把戲，呃？」

「我希望您沒感覺不舒服。」他問。

奧斯衛夫人打了個哈欠。

「我感到很疲勞。」

醫生站了起來。

「我會吩咐他們給您端杯咖啡，我們現在告退了。」

他說完和白羅走向門口。

「我說了什麼嗎？」當他們走到門口時，她叫住他們。

白羅回頭笑著看看她。

「沒什麼太重要的，夫人。您告訴我們客廳的桌巾該清洗了。」

「是的。」奧斯衛夫人說，「你們弄這套把戲，不就是為了要我告訴你們這件事。」她開心地笑了笑。「還有什麼嗎？」

「您還記得崔富西斯先生那天晚上在餐桌上拿起了一把拆信刀嗎？」白羅說。

「我不知道，一點兒也想不起來了。」奧斯衛夫人說，「可能有吧。」

「窗簾凸起一塊使你想到了什麼嗎？」

奧斯衛夫人皺了皺眉頭。

「我似乎記得，」她慢慢地說，「不，忘了，但……」

「不要勉強自己，夫人。」白羅急忙說，「這事不重要，一點也不重要。」

醫生和白羅去了白羅的房間。

「好了。」卡察說，「我認為這清楚地解釋了一切。毫無疑問，羅本先生責罵祕書時，祕書抓起一把拆信刀緊緊握著，卻不得不強抑動手的衝動。奧斯衛夫人腦中只想著莉莉・瑪雷夫的問題，但她在潛意識裡注意到並曲解了崔富西斯的這一舉動。

「崔富西斯要殺害羅本先生的想法已深植在她腦海中。現在我們來談談窗簾凸出一塊的問題，這很有趣。聽你說，塔屋裡的桌子就在窗邊，窗簾拉上了，是吧？」

「是的，朋友，黑色天鵝絨窗簾。」

「窗戶的斜面窗台有足夠的空間藏個人嗎？」

「應該有，我想。」

「那麼至少有一種可能性，」醫生慢吞吞地說，「就是有人藏在屋內，但如果是這樣，也不可能是祕書，因為他們兩個都看到他離開了房間。也不可能是維多．奧斯衛，因為崔富西斯在他出門時碰到他。也不是莉莉．瑪雷夫。不管是誰，那人一定是在羅本先生進入房間之前就藏在那兒了。你已經很清楚地告訴過我所有情況。那麼雷勒上尉呢？會不會是他藏在那兒？」

「也有可能。」白羅坦承。「他是在旅館吃了飯，但他多久之後出去的很難確定。他大約是十二點半回去的。」

「那麼也許就是他！」醫生說，「假如是這樣，那就是他下的手。他有動機，還有隨手可拿的凶器……你似乎對我這推斷不滿意？」

「我……我有其他看法。」白羅承認。「告訴我，醫生，假設是奧斯衛夫人本人下的手，她會在催眠狀態下洩漏事實嗎？」

醫生吹了聲口哨。

「這就是你的看法？奧斯衛夫人是凶手，啊？當然……有可能，但我還沒想過這種可能。她是最後一個和他在一起的，之後沒人再看見活著的他……至於你剛才的問題，我的答案是，不會。奧斯衛夫人會強制頭腦在昏睡狀態中對她的罪行不透半點風聲。她會誠實回答我的問題，但在這一點上她會保持沉默。然而我不應該期待她執著地指控崔富西斯。」

「我了解。」白羅說，「但我沒說我相信奧斯衛夫人是凶手。這只是個猜想而已。」

「這個案件很有意思。」一兩分鐘後醫生說，「假設查爾斯・雷佛森是無罪的，那就還有許多可能人選，像是韓福瑞・雷勒、奧斯衛夫人，甚至莉莉・瑪雷夫。」

「你還忘了一個人，」白羅不露聲色地說，「維多・奧斯衛。根據他自己的說法，他坐在房間裡，開著門在等候查爾斯・雷佛森回來。但這是他的一面之詞，你明白嗎？」

「那個脾氣暴躁的傢伙，對吧？」醫生問，「你剛才告訴我的。」

「是的。」白羅贊同道。

醫生站起身。

「好吧，我必須趕回城裡。你會告訴我結果的，對吧？」

醫生走後，白羅按鈴把喬治叫了來。

「給我一杯花草茶，喬治。我的精神不大安定。」

「好的，主人。」喬治說，「我馬上去準備。」

十分鐘後，他端來熱騰騰的茶杯給他的主人。白羅愜意地吸了一口那種有害的熱氣。他邊喝邊大聲的自言自語說：「追捕獵物的方法無所不有。追捕狐狸，你必須帶幾隻狗，騎著馬沒命地追趕。你喊著、跑著，這要講求速度。我沒射過牡鹿，但我想那必須趴在地上匍伏幾小時……我的朋友海斯汀講過。但我們的方法，我親愛的喬治，截然不同於這兩種。我們拿家貓打個比方。牠不眠不休地守著老鼠洞，動也不動，不浪費精力，但……也不走開。」

他喝了最後一口茶，滿意地舒了口氣，把空杯子放回盤裡。

「你去準備幾天用的行李。明天，好喬治，你去趟倫敦，帶過來兩週用的必需品。」

「好的，主人。」喬治答道。像往常一樣，面無表情。

§

赫丘勒・白羅在閒居住了這麼長時間，令眾人感到不安。維多・奧斯衛向他嫂嫂抱怨這件事。

「情況很明顯，南希，你不了解這種人。他發現這是個安樂窩，顯然要在這裡舒舒服服地長住一個月，同樣一天照收你幾塊錢。」

奧斯衛夫人說她心裡有數，不需要別人插手。

莉莉・瑪雷夫極力隱藏她的不安。她原來確信白羅信任她，但現在她有些擔心了。

白羅不玩不動聲色的遊戲。在他停留的第五天，晚餐時他帶了個袖珍相本，以便自然地弄到大家的指紋。這似乎是個相當笨拙的方法，但也不像想像的那麼笨，因為用這種方法沒人敢拒絕留下指紋。等到這小個子回房休息後，維多．奧斯衛才發表他的看法。

「南希，你知道這是什麼意思嗎？他在追查我們其中的一個人。」

「不要胡說，維多。」

「那他拿出那個閃閃發亮的小冊子有什麼作用呢？」

「白羅先生明白他在做什麼。」南希．奧斯衛得意地說著，並別有含義地看著歐文．崔富西斯。

另一次，白羅又用一張紙玩了個踩腳印的遊戲。第二天早晨，白羅躡手躡腳走進書房，把歐文．崔富西斯嚇得從椅子上一把跳起來，彷彿被槍擊中了似的。

「白羅先生，真的請您見諒。」他拘謹地說，「但您的確弄得我們雞飛狗跳。」

「是嗎？怎麼說呢？」小個子天真地問。

「我想，」祕書說，「對查爾斯．雷佛森不利的線索已排山倒海而來。但您顯然不這麼認為。」

白羅站在那兒向窗外望著，他突然轉向崔富西斯。

「我要偷偷告訴你一件事，崔富西斯先生。」

「什麼事？」

白羅似乎不急著說，他頓了頓，猶豫著。突然他開了口，聲音恰好與一陣開門關門聲混成了一片。就一個要說出祕密的人而言，他的聲音顯然過大了一點，甚至壓過了外面門廳的一個腳步聲。他說：「我偷偷的告訴您這件事，崔富西斯先生。有了新的證據，證明查爾斯·雷佛森案發當晚走進塔屋時，羅本先生已經死了。」

祕書盯著他。

「但證據是什麼？為什麼我們沒聽說？」

「您會聽說的。」小個子神祕地說，「而且只有你、我知道這個祕密。」

他靜悄悄地走出了房間，並且在外面的門廳和維多·奧斯衛幾乎撞了個滿懷。

「您剛回來，呃，先生？」

奧斯衛點點頭。

「這鬼天氣。」他氣喘吁吁地說，「風很大，冷得要命。」

「啊，」白羅說，「今天我不出去散步了。我，我要像隻貓一樣坐在火爐邊取暖。」

§

「有進展，喬治。」那晚他邊搓著手邊對他忠誠的管家說，「他們開始提心吊膽，開始慌了。喬治，玩貓抓老鼠這種等待的遊戲真不容易，不過有回應了，是的，相當棒的回應。」

明天我們將會更有進展。」

隔天，崔富西斯被叫到城裡去了。他和維多．奧斯衛搭乘同一班火車。他們一動身，白羅便興奮地開始活動。

「來吧，喬治，我們趕緊動手。如果女傭要進來這些房間的話，設法拖住她，隨便說些甜言蜜語。喬治，把她堵在走廊裡。」

他首先進了祕書的房間，開始徹底搜查，抽屜、架子，無一遺漏。然後又匆匆忙忙物歸原位，告訴喬治搜完了。在走廊站崗的喬治恭敬地乾咳了一聲。

「對不起，主人。」

「什麼事，喬治。」

「鞋，主人。這兩雙棕色的鞋子是在第二層架子上，而那雙亮光皮鞋是在底層。您放顛倒了。」

「妙極了！」白羅舉起手叫道，「但不要擔心這個問題，這無關緊要。我向你保證，喬治，崔富西斯先生不會注意這樣的小事。」

「您說得對，主人。」喬治說。

「注意這類事情是你的工作。」白羅鼓勵地拍了拍他的肩頭。「而你這點做得很好。」

管家沒出聲。當天稍晚，白羅在維多的房間搜了一遍。當他看到白羅沒把奧斯衛的內衣放回原來的抽屜時，並未吭聲。然而，這次證明管家對，白羅錯。維多．奧斯衛那晚咆哮著走進客廳。

「現在，聽著，你這個該死的比利時猴子，你搜查我的房間是什麼意思？你到底以為你會在我那兒找到什麼？我受夠了，你聽到了嗎？這就是把一個小白鼬間諜引進門的後果。」

白羅攤開雙手，一而再、再而三地道歉，他的態度笨拙、刻板、不知所措。他做了未經許可的事。最後這個怒氣沖沖的紳士被制止住了，但仍憤憤不平。

那天晚上，白羅喝著花草茶，再度向喬治咕噥道：「有進展，喬治，是的……有進展。」

§

「星期五，」白羅若有所思地說，「是我的幸運日。」

「是的，主人。」

「你應該不迷信吧，我的好喬治？」

「主人，我不願坐在桌邊的十三號位置，我反對走過梯子底下。但我對星期五沒什麼迷信，主人。」

「那好，」白羅說，「等著瞧，今天我們要進行滑鐵盧之戰。」

「好的，主人。」

「你這麼支持我，我的好喬治，你甚至不問我打算做什麼。」

「您打算做什麼，主人？」

「今天，喬治，我對塔屋進行了徹底的搜查。」

事實的確如此，早餐後，白羅經奧斯衛夫人同意，去了案發現場，在那兒待了一整個上午。全家人都看到他爬來爬去，仔細檢查著黑天鵝絨窗簾，然後站在稍高的椅子上查看牆上的畫框。奧斯衛夫人開始顯露出不安。

「我不得不承認，」她說，「他終於使我神經緊張了。他心中早有打算，我不知道是什麼。他像條狗似的在地板上亂爬使我渾身發抖。我想知道他在找什麼。莉莉，親愛的，我希望你上去看看他在幹什麼。不，你還是陪著我吧。」

「要我去嗎，奧斯衛夫人？」祕書從桌邊站起問。

「如果你願意，崔富西斯先生。」

歐文・崔富西斯離開房間上樓梯到了塔屋。他朝房裡看了一眼，以為裡面沒人。他沒看到白羅在。他正要轉身下樓，這時聽到一聲響動，他看到白羅矮小的身影在通向上面臥室的螺旋形樓梯上。

他趴在地上，左手拿著一個微型放大鏡，正在仔細查看著樓梯地毯邊的木板。

祕書看著他，他咕噥了一聲，隨手把放大鏡裝進口袋裡，然後站起身來，大拇指和食指夾著某樣東西。這時他才看到了祕書。

「啊哈！崔富西斯先生！我沒聽到您進來。」

這時候他簡直變成了另外一個人，臉上洋溢著勝利與喜悅。崔富西斯驚訝地盯著他。

「怎麼回事，白羅先生？您看起來很高興。」

小個子挺了挺胸。

「是的，沒錯。我終於找到一直在尋找的東西。我手中夾著的是能查出凶手的物證。」

「那麼，」祕書揚了揚眉毛。「不是查爾斯．雷佛森？」

「不是查爾斯．雷佛森。」白羅說，「到現在為止，儘管我知道罪犯是誰，但我還不能確定證據，但真相終會水落石出。」

他走下樓梯，拍了拍祕書的肩。

「我得馬上去趟倫敦。請轉告奧斯衛夫人一聲。再告訴她今晚九點把大家都聚集到塔屋來，好嗎？我要揭露事實。啊，我，我很滿意。」

接著，他突然跳起舞來，從塔屋一路跳了出去。留下崔富西斯盯著他的背影。

幾分鐘後白羅出現在書房，詢問是否有人能給他一個小紙盒。

「不巧，我沒帶。」他解釋，「我這兒有極珍貴的東西需要裝起來。」

崔富西斯從書桌的一個抽屜裡拿出一個小盒子，白羅顯得很高興。

他帶著他的重大發現上了樓，在樓梯口遇到了喬治，把盒子給了他。

「裡面的東西極為重要。」他解釋，「放好，我的好喬治，放到我梳妝台的第二個抽屜裡，放在珍珠領針的珠寶盒旁邊。」

「好的，主人。」喬治說。

「不要打壞了。」白羅說，「小心，盒子裡的東西能讓一個罪犯走上絞刑架！」

「是的，主人。」喬治說。

白羅又急忙跑下樓，抓起禮帽，匆忙離開。

§

他的歸返並未驚動全家大小。忠實的喬治奉命在側門等著他。

「他們都在塔屋？」白羅問。

「是的，主人。」

他們倆悄悄說了幾句話，接著白羅邁著勝利者的步伐，向不到一個月前發生凶案的塔屋走去。他掃了一眼房間，他們都在那兒。奧斯衛夫人、維多．奧斯衛、莉莉．瑪雷夫、祕書、管家帕森斯，後者在門旁不安地走來走去。

「先生，喬治說您需要我在這兒。」當白羅走進房間時帕森斯說，「是這樣嗎，先生？」

「沒錯！」白羅說，「請你留下來。」

他走到屋子中央。

「這是個非常有趣的案子。」他若有所思地緩緩說道，「說有趣，是指所有人都有可能是殺害羅本先生的兇手。誰繼承他的遺產？查爾斯．雷佛森和奧斯衛夫人，那晚誰最後和他在一起？奧斯衛夫人。誰和他激烈地爭吵過？還是奧斯衛夫人。」

「你在說什麼？」奧斯衛夫人叫道，「我不明白，我……」

「但還有人與羅本先生爭吵過。」白羅帶著沉思的語氣說，「那晚有人讓他氣得火冒三丈。假設奧斯衛夫人在那晚十一點四十五分離開她丈夫，那剛好離查爾斯．雷佛森先生進來之前有十分鐘的時間。十分鐘之間可能有人從二樓悄悄下來做了案，然後再返回房間。」

維多．奧斯衛叫著跳起來。

「你到底……」他氣得張口結舌。

「一怒之下，奧斯衛先生，您曾在西非殺過一個人。」

「我不相信！」莉莉．瑪雷夫叫道。

她向前邁了一步，手握得緊緊的，臉頰現出一片紅暈。

「我不相信！」這個女孩重複道。

她站在維多．奧斯衛旁邊。

「這是真的，莉莉。」奧斯衛說，「但還有一些內情他並不知道，我殺死的那個傢伙是個屠殺了十五個孩子的巫醫，我認為我是伸張正義。」

莉莉走到白羅跟前。

「白羅先生，」她急切地說，「您錯了。一個人脾氣暴躁、大喊大叫、口不擇言，並不證明他會殺人。我知道，我真的知道，我告訴您，奧斯衛先生做不出這樣的事。」

白羅看了看她，臉上浮現出奇怪的微笑。然後他握起她的手，慈愛地拍了拍。

「您看，小姐，」他柔聲說，「您也有直覺。您信任奧斯衛先生，不是嗎？」

莉莉平靜地說：「奧斯衛先生是個好人。他很誠實，他和姆帕拉金礦的醜惡內幕一點關係也沒有。他是個徹頭徹尾的好人，而且……我答應嫁給他。」

維多．奧斯衛走到她身邊，握起她的另一隻手。

「我可以向上帝起誓，白羅先生，」他說，「我沒殺我哥哥。」

「我知道你沒有。」白羅說。

他的目光掃了大家一眼。

「聽著，朋友們，在某次催眠試驗中，奧斯衛夫人提到，她那晚看到窗簾凸出一塊。」

大家的目光刷地都掃向窗戶。

「你是說，有個竊賊藏在那兒？」維多．奧斯衛叫道，「好個破案的解釋！」

「啊，」白羅柔聲說，「但不是那個窗簾。」

他轉過身，指向擋住小樓梯的窗簾。

「羅本先生在被殺的前一天晚上，用過這間臥室。他在床上用了早餐，然後把崔富西斯叫到上面，給了他指示。我不知道崔富西斯先生在那間臥室裡掉了什麼東西，不過他確實掉了東西。當他和羅本先生、奧斯衛夫人道晚安時，他想起這個東西，便跑到樓上去找。我想奧斯衛夫婦都沒有注意到他，因為他們已經開始激烈爭吵。當崔富西斯下樓時，他們正吵得不可開交。

「他們互相指責，挖出各自的隱私，崔富西斯先生感到進退兩難。顯然他們認為他已離開多時了，由於害怕羅本先生把怒火轉移到他頭上，他決定留在原地，稍後再溜出去。他留在窗簾後面，當奧斯衛夫人離開房間時，她潛意識裡注意到他藏在窗簾後的輪廓。

「當奧斯衛夫人走後，崔富西斯試圖溜走。但羅本先生正好轉過頭，並意識到祕書在場。本已火冒三丈的羅本先生破口辱罵他的祕書，指控他蓄意偷聽監視。

「各位先生女士，我是學過心理學的。在調查這個案件的過程中，我尋找的對象不是脾氣暴躁的男人或女人。因為壞脾氣本身是個安全活瓣，大喊大叫的人不會傷人。不，我所尋找的是有耐心、脾氣溫和、有自制力、九年來一直扮演著弱者角色的人。忍受了多年的壓力已使他無法忍受，再也沒有什麼比這一點一點逐漸積累的怨恨更可怕了。

「九年來，羅本先生不斷欺負恫嚇他的祕書，九年來，這個人默默忍受，但終於有一天，壓力到達崩潰點，某個東西折斷了！當天晚上就是這種情形，當羅本先生再度坐下後，這個祕書沒有卑躬屈節地走到門口，而是拿起一根沉重的木棍把這個欺人太甚的惡魔擊倒。」

他轉向崔富西斯，崔富西斯像個石雕一樣直視著他。

「你不在現場的藉口很簡單。奧斯衛先生認為你在房間裡，但沒人親眼看到你回到房間。你擊倒羅本先生後正要悄悄溜走，這時你聽到某個聲響，便又急忙藏回到窗簾後。當查爾斯・雷佛森走進來時，你在那兒；當莉莉・瑪雷夫走進來時，你也在那兒。後來你才在四下寂靜中悄悄地溜回房間。你否認嗎？」

崔富西斯結結巴巴地說：「我……我從來……」

「啊！我們先不說這個。兩週以來，我一直在演喜劇，讓你看出網子正慢慢地罩住你。指紋，腳印，搜查你的房間後故意留下一些痕跡。所有這些都使你心驚肉跳，徹夜難眠。你一直苦苦思慮，是不是在房間裡留下了指紋或在哪裡留下了腳印？

「你反反覆覆回憶著那天晚上的情景，極力回憶著你做過的一切，回憶著是否有疏忽之處。因此我就試探了一下，你又中了圈套。當我從你那晚的藏身處撿起一樣東西時，我看到你眼裡充滿了恐懼。然後我又進一步，要了小盒子，把它交給喬治，便走了。」

白羅轉身走到門邊。

「喬治？」

「我在這兒，主人。」

他的管家走了過去。

「你能告訴這些先生和女士，我當時對你說了些什麼嗎？」

「主人，把紙盒放到您說的地方之後，我人就藏進您的衣櫥裡。今天下午三點半，崔富西斯先生進入您的房間，他走到抽屜那兒，把那個盒子取了出來。」

「其實那個盒子裡，」白羅說，「是一枚普通的別針。我一向說實話，那天早晨我確實在樓梯上撿到了東西。你們英國是不是有句諺語：『看到別針撿起來，好運整天跟著來。』我，我的運氣很好，我找到了凶手。」他轉向祕書。「你明白嗎？」他柔聲說，「你出賣了你自己。」

突然，崔富西斯崩潰了，他縮到一把椅子上抱頭抽泣起來。

「我瘋了，」他嗚咽著說，「我瘋了！可是，哦，我的天啊，他歧視、侮辱我到了令人無法忍受的地步。多年來，我始終討厭他、怨恨他。」

「我就知道！」奧斯衛女士叫道，她跳了起來，臉上露出洋洋得意的神色。「我就知道是他幹的。」她站在那兒，恨恨地、得意地說。

「是的，您是對的。」白羅說，「人們會賦予同一事物不同的名稱，但事實卻只有一個。您的直覺，夫人，證明是對的。我恭喜您！」

第四部

二十四隻黑畫眉

The Adventure of the Christmas Pudding

赫丘勒．白羅正在切爾西區國王大街的「格倫茵多芙」餐館，和朋友亨利．博寧頓吃著晚餐。

博寧頓先生很喜歡這家餐館。他喜歡這兒悠閒的氣氛，還有這兒的「簡單、不加一堆亂七八糟的東西、英國式」的料理。他喜歡為和他共餐的人指出藝術家奧古斯塔斯．約翰曾經坐過的位置，並請他們留意嘉賓留言簿上著名藝術家的簽名。博寧頓先生本人毫無藝術細胞，但他對其他人的藝術活動感到某種程度的驕傲。

茉莉，親切的女侍者，像個老朋友似的和博寧頓先生打了聲招呼。她頗自豪自己對每一位主顧的飲食愛好都瞭如指掌。

「晚安！先生。」她看到兩人在角落裡的一張餐桌入座後便走過來。「您今天運氣不錯，有栗子火雞，那是您最喜歡吃的，不是嗎？還有上好的斯提爾頓乳酪[14]！您要先來湯還是魚呢？」

博寧頓先生認真思考了一陣，然後警告正在研究菜單的白羅說：「不要點你們法國那些華而不實的東西，要點精心烹製的英國菜。」

「我的朋友，」赫丘勒．白羅揮了揮手。「這再好不過了！一切聽從你的安排。」

「啊，呃，嗯。」博寧頓先生說著便認真地點起菜來。

費力點好菜之後，博寧頓靠在椅背上舒了口氣，攤開餐巾。茉莉迅速地離開。

「好女孩。」他讚嘆道，「曾是個美人，做過藝術家的模特兒。她也精通餐飲……這點更重要。一般來說，女人對食物並沒有多大興趣。許多女人和她傾慕的男人出去用餐時，連自己該吃什麼也不留意，第一眼看到什麼就點什麼。」

赫丘勒．白羅搖了搖頭。

「這太可怕了。」

「感謝上帝，男人並非如此！」博寧頓洋洋得意地說。

「男人沒有這種情形嗎？」

赫丘勒．白羅眨了眨眼睛。

「嗯，也許很年輕的時候會。」博寧頓不得不承認道，「膚淺自大的年輕人！現在的年輕人都是一個樣子，缺乏勇氣，沒有耐心。我討厭年輕人，而他們哪，」他不偏不倚地補充說，「也討厭我。也許他們是對的！但聽有些年輕人說話的口氣，你會覺得沒人有權利活過六十歲！從他們的行為方式來看，大多數人不會去照顧病弱的長輩。」

「事到臨頭，」白羅說，「他們應該會吧。」

「你的心地真善良，白羅。偵探工作已削弱了你的想像力。」

赫丘勒．白羅笑了笑。

14 斯提爾頓乳酪（Stilton），英國一種有青黴的高級白乳酪。

「不過，」他說，「統計一下年齡在六十歲以上突然死亡的人數絕對很有意思。我猜，你的腦海中肯定會出現一些好奇的推測。」

「你的問題在於你總是自動尋找犯罪，而不是等犯罪上門。」

「對不起，」白羅說，「我扯到工作上去了。我的朋友，說些你的事情給我聽，你過得好嗎？」

「一團糟！」博寧頓說，「今天的世界就是這個問題。太多垃圾，太多的漂亮言詞；漂亮言詞掩飾了垃圾，就像美味的調味醬掩飾了難以下嚥的魚肉！給我一片貨真價實的比目魚排，別給我加一堆亂七八糟的醬汁。」

這時茉莉端來了比目魚，他咕噥了一聲表示贊同。

「你就是知道我喜歡什麼，孩子。」他說。

「嗯，您常來這兒，不是嗎，先生？我是應該知道您喜歡什麼。」

白羅說：「難道有人總是吃同一道菜？他們不會換換口味嗎？」

「男士們不會，先生。女士們喜歡不同的菜色，而男士們總是喜歡吃同樣的菜。」

「我剛才怎麼跟你說的？」博寧頓咕噥道，「女人對食物根本就不在意！」

他看了看周圍用餐的人。

「這個地方很有趣。看到角落那個留著落腮鬍、長相奇特的老傢伙了嗎？茉莉會告訴你，他每個星期二和星期四晚上都來這兒用餐。他這習慣已維持了將近十年。他算是這兒的一個地標。但誰也不知道他叫什麼名字、住什麼地方、做什麼工作。想想還真有點奇怪。」

茉莉端了火雞來時，他問：「定時老爹又來啦？」

「是的，先生。星期二和星期四，他固定會來。但他上個禮拜一來了，讓我心中很不安！我以為我記錯了日期，以為那天是星期二！但第二天晚上他又來了……因此星期一可能是一次例外吧。」

「有趣的習慣偏執。」白羅喃喃自語，「我想知道是什麼原因？」

「嗯，先生，如果您問我，我想他一定有什麼煩惱或焦慮。」

「你為什麼這麼想呢？是從他的舉止看出來嗎？」

「不，先生，倒不是他的舉止。他總是很安靜，除了來、走時的招呼，從不多說一句話。不，問題出在他點的菜。」

「他點的菜？」

「我敢說你們一定會笑我。」茉莉臉紅了。「但如果有一位先生來這兒用餐十年，你一定會了解他的喜好。他無法忍受羊脂布丁或者黑莓，我也從沒看過他喝濃湯。但星期一晚上他要了一碗濃濃的番茄湯、牛排、羊脂布丁、黑莓派！好像根本沒注意自己點了些什麼！」

「你知道嗎？」白羅說，「我發現這有趣透了。」

茉莉心滿意足地離去。

「那麼白羅，」亨利．博寧頓笑著說，「讓我聽聽你的推測，使出你的看家本領吧。」

「我想先聽聽你的。」

「把我當成了華生，啊？好吧，依我看，那個老傢伙去了醫院，醫生改變了他的飲食菜單。」

「要他改吃番茄湯、牛排、羊脂布丁、黑莓？我想沒有哪個醫生會這麼做吧。」

「別傻了，朋友。醫生什麼事都做得出來。」

「你就只有這一種想法？」

亨利．博寧頓說：「嗯，說真的，我想只有一種可能。我們這個不知名的朋友受到一股強烈情緒的控制，因此焦慮不安，以至於根本就沒注意自己點了些什麼、吃了些什麼。」

他停頓了一會兒又說：「接下來你會告訴我，你知道他當時腦子裡在想些什麼。你會說他痛下決心殺人。」

說完他不禁笑了起來。

白羅沒吭聲。看得出來他很焦慮。他說隱隱約約感到有什麼事要發生。

他的朋友馬上反駁他，說這想法太荒誕離奇。

§

大約三星期後，白羅和博寧頓再度會面，這次見面的地點在一節擁擠的地鐵車廂裡。

他們看到對方，彼此點了點頭，各自抓住扶手隨車搖擺著。車到了皮卡地里廣場站，大量乘客都湧下了車廂。兩人在車廂前部找到了座位。沒人從那兒進進出出，是安靜的地方。

「現在舒服多了，」博寧頓先生說，「人真是自私！不管你說了多少次要他們讓路，他們就是動也不動！」

白羅聳了聳肩。

「你能怎麼辦？」他說，「人生太沒保障。」

「正是，今天來，明天去。」博寧頓略顯悲哀地說，「說到這兒，我倒想起一件事，你還記得我們在格倫茵多芙餐館談論的那個老傢伙嗎？該不會是蒙主寵召了吧？他一整個禮拜沒去那兒了。茉莉好像很不安。」

赫丘勒．白羅坐直身子，綠色的眼睛閃了閃。

「真的？」他連忙問，「真的嗎？」

博寧頓說：「你還記得我說他可能去看了醫生在調整飲食？這純粹是胡扯。我認為，可能是他向醫生諮詢了健康方面的問題，結果醫生的解答使他萬分震驚。這或許是他毫無意識地亂點菜的原因。很有可能他受了太大刺激而提前離開人世。醫生對人說話真應該謹慎些。」

「他們通常如此。」白羅說。

「我到站了。」博寧頓先生說，「再見。說得好像我們知道這個老傢伙是誰，其實我們連他的名字也無從得知呢。有趣的世界！」

他匆忙下了車。白羅眉頭深鎖的坐在那兒，似乎並不認為這世界很有趣。

他回到家中，立即給他忠實的管家喬治下了幾個指示。

§

白羅伸著手指查看一張名單，該名單是某個地區的死亡紀錄。

白羅的手指在一個名字旁停住了。

「亨利．蓋士孔，六十九歲。我先從這人著手。」

當天稍晚，白羅坐在國王大街底麥克安卓大夫的診所裡。麥克安卓是蘇格蘭人，高高的個子，紅頭髮，看上去博學多才。

「蓋士孔？」他說，「是的，沒錯。這個行徑古怪的老鳥，一個人住在那排即將改建為現代公寓的廢棄老屋。我沒給他看過病，但見過他，知道他是誰。是送牛奶的人先發現、引起騷動的，他門外的奶瓶堆成了小山，最後隔壁鄰居通報警方。警方破門而入發現了他，他從樓梯上摔下來弄斷了頸子。當時他穿著舊睡袍，上面的腰帶已經破舊不堪……這腰帶很容易把他絆倒的。」

「我明白了。」白羅說，「很簡單，意外死亡。」

「是的。」

「他還有親人嗎？」
「有個外甥。過去每個月來一次。他的名字叫羅里默，喬治．羅里默是個醫生，住在溫布敦。」
「這個老人死了，他感到很悲傷嗎？」
「我不知道他悲傷與否。我是說，他喜歡那老頭，但他不大了解他。」
「您看到蓋士孔先生時，他已經死了多久？」
「啊，」麥克安卓醫生說，「終於談到正題了。大約在四十八小時到七十二小時之間。屍體是在六日早晨發現的。死亡時間比那要早些。他的睡袍口袋裡有一封信，三號寫的，是那天下午從溫布敦寄出來的，可能是在晚上九點二十分左右送到。這就是說，死亡時間是在三日晚上九點二十分之後。這和他胃裡食物的消化程度吻合。他在死前兩小時吃了一頓飯。我是在六號早晨驗的屍，結果證明，死亡時間在六十小時之前……大約在三號晚上十點。」
「看來前後順序一致。告訴我，最後一次有人見到他是什麼時候？」
「那天晚上七點左右，有人在國王大街看過他。三號，星期四，他七點半在格倫茵多芙餐館吃飯。他似乎每個星期四都去那兒吃飯。他算是個藝術家，非常糟糕的那種。」
「他沒有別的親戚，只有一個外甥？」
「有一個雙胞胎哥哥。他們兄弟倆的故事聽起來很奇特。兩人多年來彼此互不來往。好像是他的哥哥安東尼．蓋士孔娶了一位富有的女人後便放棄了藝術，兩兄弟為此而鬧翻，從此不相往來，我想。然而很奇怪的是，他們都在同一天死亡。他的哥哥在三日下午三點死去。這還是我頭一次聽到雙胞胎在同一天死亡，而且是在不同的地點！也許這只是巧合，不過確有其事。」

「他哥哥的太太還活著？」

「不，她幾年前就死了。」

「安東尼·蓋士孔住在哪兒？」

「他在金斯頓山丘有棟房子。根據羅里默醫生告訴我的情況，我想他一定很孤僻。」

白羅若有所思地點點頭。

這個蘇格蘭人用銳利的目光看了看他。

「白羅先生，您到底在想什麼？」他直率地問，「我回答了您所有的問題……看到您的證件，我有義務回答，但我不明白您來此的真正目的。」

白羅緩緩說：「您說這是再簡單不過的意外死亡事件。我的推斷也很簡單——外力推落致死。」

麥克安卓醫生吃了一驚。

「換句話說，是謀殺！您有什麼證據嗎？」

「沒有，」白羅說，「只是一種猜測。」

「是不是有什麼不對勁？」醫生堅持道。

白羅沒出聲。麥克安卓說：「如果您懷疑是他外甥羅里默殺的，那麼我可以直言不諱地告訴您，您錯了。調查結果證明，羅里默在當晚八點半到十二點之間在溫布敦玩橋牌。」

白羅喃喃自語道：「這點可能查證過了。警方很謹慎。」

「也許您掌握了一些對他不利的證據？」醫生問。

「剛才聽您提起我才知道有這麼個人。」

「那您懷疑另有其人？」

「不，不，完全不是這麼回事。這是一件與人的飲食習慣有關的案件。飲食習慣非常重要。死去的蓋士孔先生並不適應那種習慣。完全錯了，您知道。」

赫丘勒．白羅喃喃自語說：「麻煩的是，壞魚上加了太多醬汁。」

「我不太明白。」

「您的意思是？」

白羅笑了笑。

「您等會兒可能會把我當作瘋子鎖在房間裡，醫生，但我腦子並沒出問題，我只是一個喜歡有條不紊的人，如果碰上與常理不符的事情，我就會焦慮不安。請原諒我給您添了這麼多麻煩。」

他站了起來，醫生也隨即站起。

「您知道，」麥克安卓說，「老實說，我一點也看不出亨利．蓋士孔的死有他殺的可能。我認為是他自己滾下樓的，而您說是有人把他推下樓……這應該只是謠傳。」

白羅嘆了口氣。

「沒錯。」他說，「看起來是內行人幹的，手法俐落！」

「您還是認為……」

這個小男人攤開雙手。

「我這人很固執，只是有個小小的看法，但毫無任何證據！對了，亨利．蓋士孔有戴假牙嗎？」

「沒有，沒有。他的牙齒好得很，他這種年齡牙齒還這麼好，實在值得稱許。」

「他牙齒保養得很好，潔白如玉？」

「是的。我特別看了看他的牙齒。人老了牙會變黃，但他的牙齒狀況良好。」

「沒有一點變色？」

「沒有。我想他不抽菸，假如您的問題是這個的話。」

「確切地說，我不是那個意思。這只是大膽假設……也許不會成功！再見，麥克安卓醫生，謝謝您的幫忙！」

他握了握醫生的手便走了。

「現在，」他說，「先從大膽假設著手。」

進了格倫茵多芙餐館，他又在上次和博寧頓共同進餐的桌旁坐下。服務生不是茉莉，她告訴他，茉莉休假去了。

此刻才七點，白羅輕易地和這個女孩聊起了老蓋士孔先生。

「對。」她說，「他固定來這兒用餐已經很多年了。但我們這些女侍誰也不知道他的姓名。我們是看了報紙上的相關調查才知道的，那上面有他的照片。『快看哪，』我當時對茉莉說，『這不是我們的定時老爹嗎？』我們以前常這樣叫他。」

「他死去的當晚還在這兒用餐，對吧？」

「是的，星期四，三日。他每星期四都會來。星期二和星期四，像時鐘一樣準確無誤。」

「我想你不記得他吃什麼了吧？」

「讓我想想……咖哩肉湯，是的。牛排布丁或者是羊脂布丁？沒吃布丁。對，還吃了黑莓、蘋果派和乳酪。想想他就在那晚回到家裡後從樓梯上摔下來。多可怕啊！據說是被睡袍上的舊腰帶絆倒的緣故。當然，他的衣服總是那麼邋遢……老式又可笑，全都十分破舊，但他依然感覺自己是個重要人物！哦，我們這兒什麼樣的顧客都有。」

她走了。

白羅吃著比目魚片，眼睛閃著綠光。

「奇怪了。」他自言自語說，「一個聰明絕頂的人怎會忽視這樣的細節。博寧頓一定會感興趣。」

然而，時間並不容許他和博寧頓坐下來閒聊。

§

因為某個重要單位替他打過招呼，因此白羅毫不費力地找到了當地的驗屍官。

「已故的蓋士孔是個怪人。」他想了想說，「一個孤僻的老傢伙。可是他的死似乎引起了不尋常的騷動。」

他一邊說，一邊有些好奇地看了看他的訪客。

赫丘勒．白羅謹慎地說：「先生，有些事和他的死有關聯，因此值得調查。」

「好吧，我能幫您什麼嗎？」

「我相信，您有權讓文件繳至法庭銷毀或沒收。亨利．蓋士孔的睡袍口袋裡有一封信，對吧？」

「沒錯。」

「一封他外甥喬治．羅里默醫生寫給他的信？」

「正是。這封信證明了死亡的確切時間。」

「有驗屍報告支持嗎？」

「當然。」

「那封信還在嗎？」

赫丘勒．白羅緊張地等待著回答。

當他聽說這封信還在時，不禁大大地鬆了口氣。

他終於拿到信後，仔細地看了看。信是用鋼筆寫的，字寫得很潦草。

內容是這樣的：

亨利舅舅：

很抱歉，我沒辦好安東尼舅舅的那件事。他對您要去拜訪他沒有絲毫感覺，對於您要求他盡釋前嫌，他並未回答我。當然，他已病入膏肓，而且他精神渙散。我想他不久將離開人世。他似乎記不清您是誰了。

很遺憾沒幫上忙，但我保證已盡了全力。

愛您的外甥　喬治·羅里默

落款是十一月三日，白羅掃了一眼郵戳，十一月三日下午四點半。

他喃喃低語說：「一切銜接得如此完美，不是嗎？」

§

金斯頓山丘是他的下一個目標。利用賴皮的方式稍微費了些周折後，他得到了會見艾梅莉亞．希爾，已故安東尼．蓋士孔的廚師兼女傭的機會。

希爾太太起初很冷淡，存有疑心。但這個長相奇特的外國人十分和藹可親，連石頭都會感動。艾梅莉亞開始放鬆下來。

和她之前的許多女人一樣，她把滿腹苦水全倒給了一個和善親切的人。

她料理蓋士孔先生的家務已有十四年了，這可不是件容易的工作！不，的確不容易！換了別人早就承受不了壓力而退縮了！這位可憐的先生性情古怪，眾所皆知，他嗜財如命，已到病態的程度，而他可是家財萬貫！但希爾太太依然忠實地服侍他，容忍著他古怪的生活習慣。她想，按理說，他無論如何也會給她留點什麼做紀念，但沒有，什麼也沒有！只留下一張老舊的遺囑，表示他把財產全部遺贈給他的妻子，如果她先他而去，就把一切留給他的弟弟亨利。這是好幾年前寫的遺囑。太不公平了！

白羅逐漸把話題從她那貪心的憤慨上引開。的確是不公平，沒良心！希爾太太感到傷心、震驚，怪不得她。蓋士孔先生嗜財如命人盡皆知。據說他拒絕幫助他唯一的兄弟。希爾太太可能知道事情的來龍去脈。

「羅里默醫生來找他就是為了那件事嗎？」希爾太太問，「我知道是有關他弟弟的事。不過我以為他弟弟想和好。幾年前他們大吵了一架。」

「我想。」白羅說，「蓋士孔先生一口回絕了？」

「對極了，」希爾太太點點頭說，「『亨利？』他虛弱地說，『亨利要做什麼？我好多年沒見他了，也不想見他。亨利，一個愛吵架的傢伙。』就說了這些。」

接著她又談起自己的不滿，以及蓋士孔的律師對她的冷淡態度。

白羅費勁想了個辦法，不顯唐突地打斷了她，然後離開了。

接下來，吃過晚餐後，他立刻去了溫布敦多塞特街的「榆樹峰」，那是喬治．羅里默醫生的住宅。

醫生在家。赫丘勒．白羅被領進外科診室。喬治．羅里默醫生親自出來迎接，顯然剛才正在用晚餐。

「醫生，我不是病人。」白羅說，「而且我到這兒來也許有些唐突……但我年紀大了，喜歡直來直往，律師那套拐彎抹角的方法我不喜歡。」

這一番開場白果然引起了羅里默的興趣。這位醫生身材中等，長得白淨，棕色的頭髮，但眼睫毛幾乎是白色的，因此眼睛看起來明亮有神。他的舉止大方沉穩。

「律師？」他揚了揚眉毛說，「他們是很討厭！您的話勾起我的好奇心。先生請坐。」

白羅坐了下來，拿出他的工作證遞給醫生。

喬治．羅里默的白睫毛動了動。

白羅身體向前傾，故作神祕地說：「我的許多委託人都是女人。」

「這十分自然。」喬治．羅里默醫生眨了眨眼睛說。

「正如您說的，十分自然。」白羅點點頭。「女人不信任警方，她們比較信任私家偵探。她們不希望問題鬧開來。幾天前，有位上了年紀的女人去我那兒找我諮詢。她對多年前和她吵翻的丈夫突然死亡感到很難過。她丈夫就是您的舅舅——死去的蓋士孔先生。」

喬治．羅里默臉脹得發紫。

「我舅舅？胡說！他太太許多年前就死了。」

「不是你舅舅安東尼．蓋士孔先生，而是您的亨利．蓋士孔舅舅。」

「亨利舅舅？但他沒結過婚啊！」

「哦，不，他結過婚。」赫丘勒．白羅不動聲色地扯著謊。「千真萬確，這位女士還帶來她的結婚證書。」

「一派胡言！」喬治．羅里默叫道，臉色紫得像李子。「我不信。你這放肆的騙徒。」

「這對你而言太不幸了，對吧？」白羅說，「殺了人卻什麼也得不到。」

「殺人？」羅里默的聲音顫抖，慘白的眼睛充滿了恐懼。

「對，」白羅說，「我又看到你吃黑莓派了。不智的習慣。據說黑莓富含維生素，但有時它會致命。我想這次它幫了忙，把繩子套上一個人的脖子……你的脖子，羅里默醫生。」

§

「我的朋友，你知道嗎？你的錯誤出在你的基本假設。」赫丘勒．白羅誇張地揮了揮手，溫和地對著桌子對面的那個人微笑。「一個處於嚴重壓力下的人，不會去嘗試他從未做過的事情，他只會機械地遵循以往的習慣。一個有心事的人可能會穿著睡衣下樓吃飯……但睡衣還是他自己的，而不是別人的；一個不喜歡濃湯、羊脂布丁、黑莓的人，突然有一天晚上一口氣點了這幾樣菜……你會說那是因為他當時心不在焉。但我認為，有心事的人才會機械性地點他以往常點的食物。

「好了，那麼，還有什麼其他解釋嗎？我實在想不出來了。當時我很焦慮！整件事情都不太對勁，不符合常規！我喜歡井井有條，喜歡凡事都符合常理。蓋士孔點晚餐的事使我坐立難安。

「接著聽你說這人失蹤了，多年來頭一次星期二、星期四沒去用餐。我更不喜歡這點。我心中閃過一絲奇怪的念頭……如果我沒猜錯，那人一定是死了。我做了調查，證實他已死亡。他死時衣著整潔，換句話說，是壞魚上加了太多醬汁！

「三日那天有人七點在國王大街看到了他，他七點半在餐館吃飯，兩小時後死亡。沒有任何他殺的疑點，胃裡的食物化驗也證明了死亡時間，還有那封再湊巧不過的信件……太多的醬汁，讓人根本看不到魚！

「他親愛的外甥寫了這封信，那親愛的外甥有完美的不在場證明。他的死因很簡單，是從樓梯上摔下來致死的。究竟是簡單的意外事故還是不費吹灰之力的謀殺？人們必定說是前者。

「那位外甥是他唯一在世的親人，這外甥會繼承財產……但有什麼可以繼承的嗎？他舅舅的窮是出了名。

「但舅舅有個兄弟，這個兄弟娶了個有錢的女人。他住在金斯頓山丘一棟豪宅。而他那有錢的妻子死後，似乎留給他全部的財產。看看這一連串的順序：富有的妻子把錢留給安東尼，安東尼再留給亨利，亨利最後留給喬治……一個完美的鏈條。」

「理論上毫無破綻可言。」博寧頓說，「但你做了什麼呢？」

「一旦你理解了事實，就可以達到目的。亨利用餐後兩小時死去，這就是問題所在。但假設這頓飯不是晚餐而是午餐呢？站在喬治的角度想一想，喬治需要錢，迫切地需要。安東尼·蓋士孔已經奄奄一息，但他的死對喬治沒什麼好處，他的財產要留給亨利，而亨利·蓋士孔不知會再活上多少年，因此亨利也必須死，愈早愈好，但必須死在安東尼之後。同時喬治必須有不在場證明。亨利每週兩晚去一家餐館用餐的習慣，替喬治找到了不在場證明。由於個性謹慎，他首先演練了一下計畫。他喬裝成他的舅舅於星期一出現在餐館。計畫進行得很順利，每個人都把他當成他舅舅，他滿意了。接著，他只要等著安東尼舅舅死去。時機到了，他在十一月二日下午給他舅舅寫了封信，但日期寫成三日。三日下午他去市區拜訪他舅舅，開始進行他的計畫。他猛地一推，亨利舅舅便咚咚滾下樓梯。喬治接著又翻遍房間，找出他寫的那封信，塞到舅舅的睡袍口袋裡。七點半他出現在格倫茵多芙餐館，落腮鬍鬚，濃濃的眉毛，一應俱全，人們都認為亨利·蓋士孔先生七點三十分時還活著。然後他在洗手間魔術般快速換了裝，火速開著車趕回溫布敦，玩了一晚上橋牌，有了完美的不在場證明。」

博寧頓先生看著他。

「但如何解釋信封上的郵戳呢？」

「哦，這很簡單，郵戳模糊不清，為什麼？有人用燈煙把十一月二日改成了十一月三日，除非特別去看，否則不會發現的。最後還有黑畫眉。」

「黑畫眉？」

「甜派裡的二十四隻黑畫眉……正統說法是黑莓！你明白嗎？喬治終究不是個優秀的演員。你還記得那個渾身塗得黝黑扮演奧賽羅的傢伙嗎？像那樣的演員才叫棒。喬治長得像他舅舅，走路姿勢像他舅舅，說起話來像他舅舅，臉上還有他舅舅那樣的鬍鬚和眉毛，但他卻忘記了，吃，也要像他舅舅。他點了自己喜歡吃的菜，黑莓染黑了他的牙齒……而屍體的牙齒沒有變色。亨利．蓋士孔不是當天晚上在格倫茵多芙吃了黑莓嗎？但屍體的胃裡面也沒有黑莓，我今天早上問出來的。而且喬治很愚蠢，還留著鬍鬚和所有那天用過的化妝品。哦，如果你仔細尋找，會發現到很多證據。我拜訪了喬治，他亂了手腳，就這樣結案了。對了，當時他也在吃黑莓，貪吃的傢伙，對食物極其講究。嗯，如果這樣說可以的話，我要說，是貪吃讓他上了絞刑台。」

一個女侍者端上黑莓派和蘋果派。

「把它端走！」博寧頓說，「還是謹慎點好。來一小份西米布丁。」

第五部

夢境

The Adventure of the Christmas Pudding

赫丘勒・白羅欣賞著這棟房子，接著又環顧了一下四周，右邊是一排琳琅滿目的商店和一家大工廠，對面是簡陋的公寓。

他的目光又轉回這棟叫作「北方家園」的私人住宅，這是棟早期的歷史建築，初建時占地龐大，綠草如茵，氣勢宏偉。但如今風光不再，已被現代化倫敦的喧囂嘈雜所淹沒、遺忘了，五十歲上下的老倫敦人也說不清這幢房子以前的確切位置。

而且，鮮少人知道屋主是誰，儘管他是知名的世界首富。不過金錢可以用來大肆宣揚知名度，也可以抑制知名度。本尼第・法利，這幢房子的主人，一個行徑古怪的百萬富翁，用金錢選擇了後者。他本人很少在公共場合露面，偶爾，他會出現在董事會上。他那瘦削的身材、鷹勾鼻、刺耳的聲音，能使所有的董事會成員都俯首帖耳。除此之外，他也是出了名的傳奇人物。人們知道他卑劣得出奇，但令人難以置信的慷慨，甚而還知道他私人生活的細節……譬如他那件已有二十八年歷史的補丁睡袍、每頓必吃甘藍菜湯和魚子醬、對貓討厭至極。這些事人人皆知。

赫丘勒・白羅也知道這些事，這是他對這位會見者的全部所知。裝在他衣袋裡的那封信，並未使他對此人物了解得更多。

他默默審視著這充滿浪漫傷感色彩的舊時代標誌一兩分鐘，便步上前門的台階，按了門鈴，同時掃了一眼他的漂亮新手錶，它最近終於取代了他最喜愛的那支舊式大頭錶。沒錯，正好九點三十分。和往常一樣，赫丘勒・白羅準時到達。

片刻間門開了，一個畢恭畢敬的男管家出現在他面前，其身後是燈火輝煌的門廳。
「本尼第．法利先生在家嗎？」白羅問。
管家面無表情地從頭到腳打量了白羅，態度不顯失禮也頗具效率。
「觀察得巨細靡遺啊！」白羅暗自讚嘆道。
「您預約了嗎，先生？」語氣溫文儒雅。
「是的。」
「您的姓名，先生？」
「赫丘勒．白羅。」
管家鞠了一躬，站到一邊。白羅進了屋裡，管家在他身後輕輕把門關上。
在管家嫻熟地從訪客手中接過禮帽和手杖之前，還有一道正式程序。
「對不起，先生。主人吩咐我看一下給您的邀請函。」
白羅小心謹慎地從衣袋裡拿出那封摺疊的信函遞給管家，後者掃了一眼便又鞠躬還給白羅。白羅把信放回口袋裡。信的內容簡單。

西區八號北方家園

致赫丘勒．白羅先生

親愛的先生：

本尼第・法利先生需要聆聽您的建議。如果方便的話，請於明（星期四）晚九點三十分按上面地址來訪。

祕書　雨果・康沃西上

附註：來訪請攜帶此信。

管家熟練地接過白羅的禮帽、手杖及大衣，然後他說：「請您上樓到康沃西先生的房間好嗎？」

他領著白羅上了寬敞的樓梯，白羅跟在後面欣賞周圍豐富華麗的藝術品。他的藝術品味有點布爾喬亞的味道。

到了二樓，管家敲敲一扇門。

白羅的眉毛輕輕地揚了揚，感到有些驚訝。因為一流的管家不敲門……然而毫無疑問，這是位一流管家！

或許這是和這個古怪的百萬富翁接觸的第一個訊號。

裡面傳出不知在嚷什麼的聲音。管家推開了門，大聲說（白羅又一次感到與傳統表現的微妙偏差）：「先生，您約的人來了。」

白羅走進房間，房間面積很大，布置卻很簡樸，有點像普通工作人員的房間。屋內有檔案櫃，參考書，幾把安樂椅，一張醒目的特大號書桌，上面擺放著一疊附著標籤的整齊文件。房間的角落昏暗，屋內只開了一盞放在安樂椅旁一張小桌上的綠罩檯燈，雪亮的燈頭擰向門口，這樣進來的人會被照得格外清晰。白羅眨了眨眼睛，意識到燈泡至少有一百五十瓦。安樂椅上坐著一個穿著補丁睡袍、瘦削的人，他正是本尼第·法利本人。他的頭以獨特的方式向前傾著，他的鷹勾鼻投影看似鳥喙；一縷白髮像白鸚鵡的羽冠從前額竄起。他不信任地審視著他的客人，眼睛在厚厚的鏡片下閃閃發光。

「嘿，」他終於開口說，聲音尖厲得有點刺耳。「你就是赫丘勒·白羅，嘿？」

「請多指教。」白羅禮貌地鞠了一躬，一隻手放在椅背上。

「坐，坐。」老頭試探性地說。

白羅就座……坐在強烈的燈光下，檯燈後的那個老人似乎在聚精會神地觀察著他。

「我怎麼知道你是赫丘勒·白羅，嘿？」他粗聲粗氣地質問，「告訴我，嘿？」

白羅又一次從口袋裡掏出那封信遞給法利。

「是的。」百萬富翁不情不願地坦承，「沒錯，這是我請康沃西寫的。」他把信疊起來丟還給白羅。「那麼你就是那個傢伙，是吧？」

白羅揮了揮手說：「我向您保證我沒欺騙！」

本尼第·法利突然呵呵笑了起來。

「魔術師從帽子裡變出金魚時也這麼說！這麼說實質上就是欺騙，你要知道！」

白羅沒回答。法利突然說：「你可能認為我是個疑神疑鬼的老傢伙，嘿？我是的。不要相信任何人！這是我人生的座右銘。你有了錢就不能相信任何人。不，不，絕不能。」

「您想……」白羅稍微的暗示，「向我諮詢？」

老人點點頭。

「我找專家，絕對不計代價。白羅先生，你會注意到我沒有讓你開價，我也不會這樣做！事後給我寄張帳單，我一毛也不會少給。農場那些該死的笨蛋以為市價才二十七便士的雞蛋可以收我二十九便士……一群騙子！我可不會受騙。不過遇到頂尖人物時，情況就不同了，他們有那個價值。我本人就是頂尖人物，所以知道。」

白羅沒出聲，他歪著頭認真地聽著。

他無動於衷的表情下隱藏著失望，無法確切明白自己失望的原因何在。截至目前為止，本尼第．法利先生完全呈現了性格本色，也就是說，他證實了大眾對他的印象，然而，白羅感到失望。

「這個人，」他心裡厭惡地想，「是個江湖郎中，徹頭徹尾的江湖郎中！」

他結識過許多百萬富翁，其中也不乏冥頑之士，但在他們面前，他都會感到一種威懾力，他們自身散發出的那種內在力量使他萌生敬意。如果他們穿補丁睡袍，那是因為他們有這種癖好。但本尼第．法利的睡袍在白羅看來簡直就像舞台上的戲服，而且這人也像是舞台上的演員。他說出的每一句話，白羅確信，純粹是為了達到某種效果。

他又毫無表情地問：「您是要向我諮詢嗎，法利先生？」

百萬富翁的態度突然改變。

他身體向前探了探，聲音低了八度，嘶啞地說：「是的，是的，我想聽聽你的看法，你的意見……什麼都要最好的！這是我做事的原則！一流的醫生，一流的偵探，我擇優而行。」

「我不明白，先生。」

「那當然，」法利厲聲說，「我還沒開始告訴你呢。」

他身體又向前傾了傾，突然蹦出一個問題：「白羅先生，你對夢有研究嗎？」

白羅揚了揚眉毛，他萬萬沒想到會是這樣的問題。

「這個嘛，法利先生，我建議您讀一讀拿破崙寫的《夢》這本書，或者向住在哈利大街的應用心理學醫師諮詢一下。」

本尼第嚴肅地說：「我兩種方法都試過了……」

百萬富翁頓了頓，過了一會兒又開了口，起先是低語，而後聲調愈來愈高。

「同樣的夢，夜夜相同。告訴你，我擔心，我擔心……老是做同樣的夢：我坐在隔壁的那間房間，坐在書桌前寫字。房間裡有個鐘，我看了鐘一眼，看到時間是三點二十八分。一直是那個時間，你知道。當我看到這個時刻，白羅先生，我就知道我要動手了，我不想那麼做……我討厭那麼做，但我得……」

他的聲音變得極其刺耳。

白羅泰然自若地問：「那麼您要做的是什麼事呢？」

「三點二十八分，」本尼第．法利聲音嘶啞地說，「我拉開書桌右邊第二個抽屜，拿出放在那兒的左輪手槍，把子彈推上膛，走到窗前，然後……然後……」

「如何？」

本尼第．法利低聲說：「然後我就開槍打死了自己……」

頓時屋內一片沉寂。

接著白羅說：「這就是您做的夢？」

「是的。」

「夜夜如此？」

「是的。」

「您打死自己之後發生了什麼？」

「我就醒了。」

白羅若有所思地緩緩點了點頭。

「純粹出於興趣……請問您在那個抽屜裡放了左輪手槍嗎？」

「是的。」

「為什麼？」

「我一向這麼做，以防萬一。」

「防什麼？」

法利惱怒地說：「處在我這種地位的人都得提高警覺。所有的富人都有敵人。」

白羅沒再追問下去。他沉默了一會後說：「那麼您找我來究竟是為什麼？」

「我會告訴你。首先我向一個醫生……其實是三個醫生，諮詢了這個奇怪的夢。」

「然後呢？」

「第一位醫生告訴我，這是飲食上的問題。他是個頗有年紀的人。第二位醫生是現代學派的年輕人，他說這是由於我童年時代某一天的這個時間——三點二十八分——發生了某件事。他說，我斷然地決定不去記得這件事，因此我藉著毀滅自己來暗示這個意念。這是他的解釋。」

「第三個醫生呢？」白羅問。

本尼第．法利的聲音又變得尖厲且充滿憤慨。

「他也是個年輕人。他的理論很荒謬！他斷定我本人厭倦了生活，說我無法忍受我的生活，並處心積慮地想結束它！但如果承認這一事實，就等於承認我是個生活的失敗者。我清醒時拒絕面對現實，但在睡夢中卻除掉了所有的顧慮，動手做了我想做的事，結束了自己的生命。」

「他的看法是，你下意識地想自殺？」白羅問。

本尼第．法利尖銳地叫道：「但那是不可能的，絕對不可能！我快樂得很！我擁有一切，金錢能買到的一切！這真是無稽之談……這樣的說法簡直令人不可思議！」

白羅興致勃勃地看著他，也許是那雙顫抖的手、那些顫動刺耳的聲音警告他這個否定太猛烈，這種看法值得質疑。

「我的作用在哪裡，先生？」

本尼第·法利突然鎮靜下來，手指重重地敲著旁邊的桌子。

「還有一種可能。而且如果我們沒弄錯的話，你就是知道這個可能性的人！你大名鼎鼎，曾經辦過幾百件怪誕難解的案子！除了你之外，沒有別人能知道。」

「知道什麼？」

法利壓低了聲音。

「假設有人想殺我……他們能這麼做嗎？他們能讓我夜夜都做這種夢嗎？」

「催眠術，您是說？」

「是的。」

赫丘勒·白羅想了想這個問題。

「不排除這種可能。」他終於開口，「但這樣的問題由醫生來解釋更合適。」

「你沒有辦過類似的案件？」

「確切地說，沒有。」

「你明白我的意思嗎？有人讓我日復一日、夜復一夜做同樣的夢，然後，有一天我實在無法忍受這暗示，我就依夢而行，照我常常夢見的情形做了，殺死了我自己！」

白羅緩慢地搖了搖頭。

「你認為這可不可能？」法利問。

「可能？」白羅搖了搖頭。「我可不會使用這個字眼。」

「你認為這不可能？」

「極不可能。」

本尼第．法利咕噥道：「醫生也這麼說……」接著又尖厲地喊道：「不過為什麼我會做這樣的夢？為什麼？為什麼？」

白羅搖了搖頭。

本尼第．法利突然說：「你真的從沒碰過這樣的案子？」

「從來沒有。」

「這就是我想知道的。」

白羅略微清了清嗓子說：「請允許我提個問題，好嗎？」

「什麼問題？什麼問題？儘管說吧。」

「您懷疑誰想殺你呢？」

法利厲聲說：「沒人，沒懷疑什麼人。」

「但你的腦袋裡卻有這樣的想法？」白羅堅持說。

「我想知道，這是不是有可能。」

「以我的經驗，我應該說沒有。對了，您曾被催眠過嗎？」

「當然沒有。你認為我會做這種蠢事嗎？」

「那麼我認為您的理論絕不可能。」

「但問題是那個夢……你這個傻瓜，那個夢！」

「那個夢當然很奇特。」白羅若有所思地頓了頓。「我想看看這齣戲的場景——書桌、鐘、左輪手槍。」

「沒問題，我帶你去隔壁。」

老人理了理他睡袍的皺褶便要起身，但他好像突然想起了什麼又坐回到椅子上。

「不。」他說，「那兒沒什麼可看的。我該說的都說了。」

「但我想親自去看一看……」

「沒這必要。」法利粗聲粗氣地說，「你談了你的看法，就這樣吧。」

白羅聳了聳肩。

「隨您便。」他站起來。「對不起，法利先生，我沒能幫上您的忙。」

本尼第·法利直視著前方。

「別耍什麼花招。」他咆哮道，「我把事實都告訴了你，你卻說什麼也查不出來。這件事就到此為止。你回去以後，給我寄份這次諮詢的帳單。」

「我會的。」白羅一本正經地說完，起身向門口走去。

「等一下。」富翁叫住他。「那封信……我要索回。」

「您的祕書寫的那封信？」

「對。」

白羅的眉毛揚了起來。他把手伸進衣袋裡掏出一張摺疊的紙遞給老人。老人審視了一番後，點點頭把信放在身旁的桌子上。

白羅又轉身走向門口。他感到一陣迷惑。腦海中不停反覆思考剛才聽見的事情，隱約感到有不對勁的地方，和他有關……和本尼第．法利無關。

當他把手放在門的環形把手上時，猛然醒悟過來。他，赫丘勒．白羅，犯了個錯誤！他又一次轉身走了回去。

「非常抱歉！由於剛才對您的問題過於專心，害我做了件蠢事！我遞給您的那封信……不巧我把手伸進右邊的口袋，而不是左邊的……」

「這是怎麼回事？這是怎麼回事？」

「我剛才遞給您的，是洗衣工弄壞我的襯衫領子後，寫給我的道歉信。」白羅歉意地笑了笑，把手伸進左邊口袋。「這才是您的信。」

本尼第．法利一把抓了過來吼道：「為什麼你他媽的不會注意自己做了些什麼事！」

白羅拿回洗衣工寫給他的紙條，又一次優雅地道了歉，然後離開房間。

他在外面樓梯平台上停住腳步。平台很大，迎面而來的是一把古老而笨重的橡木高背長椅，旁邊擺有一張狹長的餐桌，桌上散放著幾本雜誌。旁邊還有兩把安樂椅和一張小桌子，上面放著插有鮮花的花瓶。這使他感到有點像在牙醫的候診室裡。

管家正在下面的門廳等著他。

「先生，要我給您叫輛計程車嗎？」

「不，謝謝！今晚夜色不錯，我還是慢慢走回去吧。」

街道邊霓虹燈閃爍，街道上車水馬龍難以穿越，白羅只好在人行道上停住了腳步。

他微微皺起了眉頭。

「不，」他自言自語說，「我一點兒也不明白，沒道理。很遺憾，我不得不承認這一點……赫丘勒・白羅完完全全給弄糊塗了。」

這可以說是一場戲碼的第一幕。第二幕發生在一週之後。是約翰・史蒂林弗利醫生打來的一通電話開啟了這一幕。

只聽他滿不在乎地說：「你是白羅老兄吧？我是史蒂林弗利。」

「是的，朋友，什麼事？」

「我在北方家園，本尼第・法利家。」

「啊，是嗎？」白羅興匆匆地說，「法利先生怎麼……」

「法利死了。今天下午開槍自殺的。」

電話裡一陣沉默，之後白羅說：「哦……」

「你竟然不感到驚訝。你知道些什麼情況嗎，老兄？」

「你怎麼會這麼想？」

「嗯，不是我神機妙算，也不是心靈感應。我們發現了一封一星期前法利約你見面的信。」

「我明白了。」

「我們這兒有個沉悶的警官……他得十分小心謹慎，你知道，因為一個百萬富翁把自己給幹掉了。我想知道你是否有線索可以提供。如果有，也許你能過來一趟。」

「我馬上過去。」

「你真好，老兄。這事有些棘手吧，嗯？」

白羅只是重複說他馬上過去。

「不想在電話上洩漏祕密？很好，那再見囉。」

一刻鐘之後，白羅已經坐在北方家園一樓後面低矮狹長的書房裡。書房裡坐著五個人：巴尼特警官、史蒂林弗利醫師、法利夫人（百萬富翁的遺孀）、喬安娜・法利（他的獨生女）、雨果・康沃西（他的私人祕書）。

巴尼特警官一副謹慎的軍人模樣，專業態度與講電話的風格截然不同，史蒂林弗利醫師，高個子，長臉，三十歲上下；法利太太顯然比她丈夫年輕得多，她留著一頭黑髮，很漂亮，嘴唇緊閉，黑色的眼睛不流露一絲情感；喬安娜・法利有一頭金髮，滿臉雀斑，她突出的鼻子和下巴顯然遺傳自她父親，目光聰慧狡黠；雨果．康沃西是個英俊的青年，穿著得體，看起來聰明能幹。

一陣寒暄之後，白羅簡單但清晰地講述了他那次來訪的大致情況，以及本尼第．法利給他講述的故事。他當然無法抱怨當時他感到十分無聊。

「這是我聽過最離奇的故事！」警官說，「一場夢，啊？法利太太，您知道這件事嗎？」

她點點頭。

「我丈夫跟我提過。這讓他很焦慮不安，我……我告訴他這是由於消化不良引起的。您知道，他的飲食習慣與一般人不一樣。然後我建議他找史蒂林弗利醫生來。」

年輕的醫生搖了搖頭。

「他並沒向我諮詢。根據白羅的陳述，我想他是去了哈利大街。」

「醫生，我想聽聽你的看法。」白羅說，「法利先生告訴我，他曾向三位專家諮詢過，你對他們的診斷有什麼想法？」

史蒂林弗利皺了皺眉頭。

「這很難說。他轉述的並不一定是醫生的診斷，而只是外行人自己的理解。」

「你是說措辭上會有些出入？」

「不完全是。我是說，可能法利先生會曲解醫生使用的某些術語，然後按照自己的理解進行轉述。」

「因此他告訴我的，並不一定就是醫生的確切診斷？」

「是的，或許完全理解錯了，如果你明白我的意思。」

白羅若有所思地點點頭。

「您知道他向誰諮詢了嗎？」他問。

法利太太搖了搖頭。喬安娜開口說：「我們沒人知道他找過什麼人諮詢。」

「他向您提過他做的夢嗎？」白羅問。

女孩搖搖頭。

「那您呢？康沃西先生。」

「不，他什麼也沒對我說。他只讓我給您寫了那封信，但是我不知道他為什麼想向您諮詢。我當時想，可能是和非法的生意有關。」

白羅說：「那麼法利先生的死因呢？」

巴尼特警官用探詢的目光看看法利太太、史蒂林弗利醫生，然後便充當了發言人。

「法利先生習慣每天下午在一樓自己的房間裡辦公。他那幾天正忙於公司合併……」

他看著雨果·康沃西。這時康沃西補充說：「遊覽車業務合併的事。」

「與此有關，」巴尼特警官接著說，「法利先生同意接受兩位記者的採訪。我想他很少這樣做，大概五年才有一次吧？兩位分別來自聯合報系和綜合報社的記者依約於三點十五分到達，然後在一樓法利先生的房間門外等候……與他有約的人依慣例都在這兒等。三點二十分遊覽車公司來了位聯絡人，帶著一些緊急文件。他馬上被引進法利的房間，把文件交給了法利。法利送他到房門口，在那兒和兩位記者說話，他說：『非常抱歉，先生們，讓你們久等了。但我必須先處理一份緊急商務文件，我會盡快處理完畢。』這兩位先生，亞當斯和斯托達特先生表示兩人會等他。法利先生便走回房間，關上門……這是他最後一次露面！」

「說下去。」白羅說。

「四點剛過，」警官接著說，「這位康沃西先生從位於法利先生隔壁的房間走了出來，他驚訝地發現兩位記者還在外面等候。恰好他也要讓法利先生在幾份文件上簽字，他想最好提醒法利先生有兩位記者仍在等候，便推門走進法利先生的房間。令他驚訝的是，起初他沒有看見法利先生，以為房間裡沒人，接著他看到窗前的桌子後面露出一隻靴子。他快步走了過去，發現法利先生已倒在那兒氣絕身亡，旁邊放著一把左輪手槍。康沃西先生慌慌張張地從房裡跑出來，要管家給史蒂林弗利醫生打個電話。根據醫生的建議，康沃西先生也通知了警方。」

「聽到槍聲了嗎？」白羅問。

「沒有。這兒交通非常嘈雜，而樓梯平台的窗戶通常都會開著。如果有卡車經過和喇叭聲響起，槍聲是絕對聽不到的。」

白羅若有所思地點點頭。

「死亡時間大約是幾點？」他問。

史蒂林弗利說：「我到這兒後馬上驗了屍體，當時是四點三十二分，而法利先生已死了至少有一個小時。」

白羅的面色凝重起來。

「因此，他的死亡時間和他向我提到的時間是相同的，也就是三點二十八分。」

「是的。」史蒂林弗利說。

「左輪手槍上有指紋嗎？」

「有，是他自己的。」

「左輪手槍呢？」

警官接過了話題。

「是他放在書桌右邊第二個抽屜裡的那把，正如他曾經對您所說的，而法利太太也確認了這一點。還有，您知道，那個房間只有一個出口，即通向樓梯平台的那扇門。兩位記者就坐在門對面，他們發誓，從法利先生和他們說話那時到四點多康沃西先生走進房間之間，沒人進入房間。」

「因此，一切都證明法利先生是自殺的。」

巴尼特警官微微笑了笑。

「只有一個疑點。」

「什麼？」

「寫給您的那封信。」

白羅也笑了。

「我明白！一旦有赫丘勒．白羅介入，馬上就會有謀殺的揣測。」

「正是如此。」警官一本正經地說，「但只有您澄清了事實之後……」

白羅打斷了他。

「請等一下。」他轉向法利太太。「您的丈夫曾被施予催眠術嗎？」

「從來沒有。」

「他研究過催眠術嗎？他對這方面感興趣嗎？」

她搖了搖頭說：「我不認為。」突然間她似乎失去控制。「那個可怕的夢，太離奇了！他夜復一夜做著那個夢，然後他就好像……被糾纏至死！」

白羅想起本尼第．法利說過的話：「動手做了我想做的事，結束了自己的生命。」

他問：「您知道您丈夫有自殺傾向嗎？」

「沒有，至少……有時他很怪……」

喬安娜．法利輕蔑地打斷了她的話。

「父親絕不會自殺的。他對自己的健康謹慎得很。」

史蒂林弗利說：「但是，法利小姐，你要知道，口口聲聲說要自殺的人通常不會自殺。這就是為什麼有些自殺事件讓人難以理解。」

白羅站起來問：「能允許我看一下悲劇現場嗎？」

「當然可以。史蒂林弗利醫生……」

醫生領白羅到了樓上。

本尼第・法利的房間比隔壁祕書的房間要大得多。室內裝飾豪華，擺有高背皮質安樂椅，厚厚的大地毯，還有一張巨大華麗的書桌。

白羅走過書桌，站到窗前地毯上一大塊黑漬旁。他記起百萬富翁說過：「三點二十八分，我拉開書桌右邊第二個抽屜，拿出放在那兒的左輪手槍，把子彈推上膛，走到窗前，然後，然後……然後我就開槍打死了自己……」

他慢慢點了點頭說：「窗戶是這樣開著的？」

「是的，但沒人能從那兒進來。」

白羅探出頭，窗戶沒有窗台或欄杆，附近也沒有管子。即使是一隻貓也無法從這兒跳進來。對面是高高聳立的光禿工廠圍牆，上面也沒有窗戶及任何可攀緣之物。

史蒂林弗利說：「一個有錢人選擇這樣的房間作為書房，很有意思。向窗外望去簡直像是看著監獄的高牆。」

「是的。」白羅說。

他把頭伸回來，盯著那堵高大堅實的圍牆看了一會兒。

「我想，」他說，「那堵牆很重要。」

史蒂林弗利好奇地看了看他。

「你是說，從心理學角度？」

白羅走到桌前，無聊地……或看似無聊地拿起桌上的一把鉗子。他壓了把手，張大鉗子試了試，很好用。他小心用它夾起椅邊幾尺遠一根燃過的火柴棒，扔到廢紙簍裡。

「等你玩完了那些東西……」史蒂林弗利有些惱怒地說。

赫丘勒．白羅咕噥道：「巧妙的發明。」然後把鉗子整齊地放回書桌上。「事發時法利太太和法利小姐在哪兒？」

「法利太太在自己的房間休息，她的房間就在這房間的樓上。法利小姐在頂樓畫室裡作畫。」

赫丘勒．白羅無聊地用手指敲了桌面一會兒，接著他說：「我想見見法利小姐。你能把她叫來嗎？」

「如果您想見她的話。」

史蒂林弗利好奇地看看他，這才走出了房間。不一會兒門開了，喬安娜．法利走進來。

「小姐，你不介意我問您一些問題吧？」

她直視著他說：「請問吧。」

「您知道令尊在他的書桌裡放了一把左輪手槍嗎？」

「不知道。」

「當時您和您母親，也就是您的繼母……對吧，在哪兒？」

「是的，露易絲是我父親的第二任妻子，她只比我大八歲。您是想說……」

「上週四您和她在哪兒？我是說星期四的晚上。」

她想了想，遲疑地說：「星期四？讓我想一想……哦，是的，我們去了劇院，看《小狗笑了》。」

「令尊沒有陪你們一塊去嗎？」

「他從來不去劇院。」

「他晚上通常做什麼？」

「他就坐在這兒讀書。」

「他的交際圈並不廣泛？」

女孩直視著他。

「我父親……」她說，「性格怪僻，和他有密切關係的人沒有一個喜歡他。」

「小姐您很直言不諱。」

「我是在節省您的時間，白羅先生。我知道您在想什麼。我繼母為了我父親的錢嫁給了他。我住在這兒是因為我沒錢住其他地方。我想嫁給某個男人，一個窮小子，我父親干預了這件事，他讓他丟掉了飯碗。您知道，他想讓我嫁個有錢人，道理很簡單，因為我是他的繼承人！」

「令尊的財產留給了您？」

「是的。他留給我繼母露易絲二十五萬鎊的免稅存款，還有一些土地，但剩餘的都留給我。」她突然笑了笑。「因此您看，白羅先生，我沒有理由不希望我父親死掉！」

「我覺得，小姐，您繼承了令尊的聰明才智。」

她若有所思地說：「父親很聰明，和他在一起使人感到他有一種力量，一種驅動力。但這股力量都成了尖酸刻薄，沒有人性……」

赫丘勒・白羅突然輕聲說：「天啊，我真是愚蠢……」

喬安娜・法利這時準備向門口走去。

「還有什麼事嗎？」她問。

「還有兩個小問題。這個鉗子，」他拿起鉗子。「一直是放在桌上的嗎？」

「是的。父親常用它來撿東西。他不喜歡彎腰。」

「還有一個問題。令尊視力很好嗎？」

她盯著他。

「哦，不，他什麼也看不清……我是說，他不戴眼鏡就什麼也看不清楚。他自小視力就很差。」

「但如果戴上眼鏡呢？」

「哦，那他當然看得清楚。」

「他能看報紙上那種小號印刷字嗎？」

「哦，是的。」

「沒事了，小姐。」

她走出了房間。

白羅咕噥道：「我真蠢。它在那兒，一直在我面前，但因為太近我竟看不清楚。」

他又把頭探出窗外。下面，在這棟樓房和工廠之間的一條狹窄路上，他看到一個小小的黑色物體。

赫丘勒．白羅滿意的點了點頭，然後走下樓去。

其他人都在書房裡。白羅對祕書說：「康沃西先生，我想請您詳細地告訴我當時法利先生邀請我來的情況。例如，法利先生什麼時候要您寫那封信。」

「星期三下午，記得是在五點三十分。」

「他有告訴您寄信的方式嗎？」

「他要我自己寄出去。」

「而您就這麼做？」

「是的。」

「他有特別交代過管家我要來的事嗎？」

「是的，他讓我轉告霍姆斯，有位先生要在九點三十分來訪，要他問一下來人的姓名，再查看那封信。」

「不尋常的謹慎，您不認為嗎？」

康沃西聳了聳肩。

「法利先生……」他小心地說，「是相當古怪的人。」

「他還有其他的吩咐嗎？」

「是的，他要我晚上休假。」

「您這樣做了？」

「是的，吃過晚餐我馬上去看了電影。」

「您什麼時候回來的？」

「我回來時大約是十一點一刻。」

「您回來後看見法利先生了嗎？」

「沒有。」

「他第二天早晨沒有向您提起這件事？」

「沒有。」

白羅頓了頓說：「我來這裡時，法利先生沒讓人帶我去他自己的房間。」

「是的。他吩咐我告訴霍姆斯，要帶您去我的房間。」

「這是為什麼，您知道嗎？」

康沃西搖了搖頭。

「我從不對法利先生的命令提出質疑。」他嚴肅地說，「假如我質疑，他會生氣。」

「他通常在自己的房間接待客人嗎？」

「通常是這樣，但也有例外，有時他也在我的房間接待客人。」

「有什麼原因嗎？」

雨果．康沃西想了想。

「沒有，我想沒什麼原因……我從未想過這個問題。」

白羅又轉向法利太太問道：「能允許我叫管家來嗎？」

「當然可以，白羅先生。」

霍姆斯舉止得宜地應聲而到。

「您有事吩咐，夫人？」

法利太太指著白羅。霍姆斯禮貌地問：「什麼事，先生？」

「霍姆斯，星期四晚上，就是我來的那天，你接到的吩咐是什麼？」

霍姆斯清了清嗓子說：「晚餐後，康沃西先生告訴我，九點三十分法利先生要見一個叫作赫丘勒．白羅的先生，讓我到時確認一下先生的名字以及那封信，然後把他領到康沃西先生的房間。」

「也要求你帶我進房間前先敲一下門嗎？」

管家的臉閃過一絲不悅。

「這是法利先生的命令。引見客人時……生意上的客人時，我總是要先敲一下門。」

「啊，這就令人不解了！關於我的到來，你還得到其他的吩咐嗎？」

「沒有，先生。康沃西先生告訴我這些指示後，便出去了。」

「那是幾點鐘的事？」

「八點五十，先生。」

「那之後你看到法利先生了嗎？」

「是的，先生。我像往常一樣，在九點鐘給他端上一杯開水。」

「他那時在自己的房間還是在康沃西先生的房間？」

「他在自己的房間，先生。」

「你有沒有注意到當時房間裡有什麼異常？」

「異常？沒有，先生。」

「法利太太和法利小姐當時在哪兒？」

「她們去了劇院，先生。」

「謝謝你，霍姆斯，這就夠了。」

霍姆斯欠了欠身便離開了房間。白羅轉向百萬富翁的遺孀。

「我還有個問題，法利太太。您丈夫的視力怎麼樣？」

「很糟糕，除非戴上眼鏡。」

「他的近視很深嗎？」

「哦，是的。他不戴眼鏡就什麼也做不成。」

「他配有多副眼鏡嗎？」

「是的。」

「啊，」白羅似乎從中得到了結論，他向後靠了靠，滿意地說，「我想這個案子就快要了結了……」

頓時房間裡一片沉寂。大家都呆呆地盯著這個坐在那兒得意洋洋搓著鬍鬚的小矮子。警官一臉迷惑，史蒂林弗利皺著眉頭，康沃西只是不解地盯著他，法利太太目瞪口呆，喬安娜·法利則是急切地看著他。

法利太太打破沉寂。

「我不明白，白羅先生，」她煩躁地說，「那個夢……」

「是的。」白羅說，「那個夢很重要。」

法利太太顫抖著說：「我以前從來都不相信超自然的東西，可是現在……夜夜在夢中預演著……」

「太邪門，」史蒂林弗利說，「太詭異了！如果沒有你的告知，白羅，如果不是你提供這條確實的訊息……」他尷尬地咳嗽著，然後重新以專業的口吻說，「對不起，法利太太，如果法利先生本人沒講過這件事……」

「正是如此，」白羅說，他微闔的眼睛突然睜開了，發著幽暗的綠光。「如果本尼第．法利沒告訴我……」

他頓了頓，看看周圍一張張茫然的面孔。

「要知道，那天晚上發生的幾件事令我百思不得其解。首先，為什麼他要讓我帶著那封邀請函。」

「一種證明。」康沃西提醒道。

「不，不，我親愛的年輕人。這種推測太荒唐可笑。應該有更充分的理由。因為法利先生不僅要看那封信，而且還要求我走時把信留下來。而且更奇怪的是，他並沒有毀掉這封信！這封信今天下午才從他的文件裡找出來。他為什麼要留這封信呢？」

喬安娜．法利突然打岔說：「因為他怕萬一發生了什麼意外，他那奇特的夢就會被公布出來。」

白羅讚許地點點頭。

「您很聰明，小姐。那一定是，也是唯一可能把信保存下來的理由。法利先生死後，這個怪夢的故事就會流傳開來！那個夢很重要。那個夢，小姐，是這個案子的關鍵！」

「我現在再談談第二個疑點。」他接著說，「聽完他的敘述之後，我要求法利先生帶我去看看他夢中那張書桌和左輪手槍。他似乎準備起身帶我去，可是又突然拒絕了這個要求。

他為什麼拒絕呢？」

這一次沒人回答。

「我換一種問法，隔壁那間房究竟有什麼法利先生不想讓我看到的東西？」

仍然是一片沉默。

「是的，」白羅說，「這問題很難。有某種原因……某種緊急的原因，使法利先生在他祕書的房間裡接待了我，並且拒絕帶我去他自己的房間。那個房間裡有某樣他不能讓我看到的東西。

「我們再看看那晚發生的第三件怪事。法利先生在我起身離開時，要我把我收到的那封信給他。由於疏忽，我遞給他洗衣工給我的致歉信。他掃了一眼便放在身旁。我走到門口時發現我弄錯了，而且我隨即換回了這封信！之後我離開了這個地方。我承認我當時完全一頭霧水。整個事件，尤其是那第三件事特別令人費解。」

他看了看每個人。

「你們還不明白？」

史蒂林弗利說：「白羅，我不明白你的洗衣工跟這件事有什麼關聯？」

「我的洗衣工，」白羅說，「很重要，那個把我衣領洗壞的笨女人平生第一次做了件有用的事。難道這還不清楚？法利先生掃了一眼那封致歉信……他一眼就應該看出那不是他要的那封信；但他當時沒看出來。為什麼？因為他看不清楚！」

巴尼特警官立刻反問：「難道他沒戴眼鏡嗎？」

赫丘勒．白羅笑了笑。

「不，他戴著眼鏡。這就是使這件事更加有趣的地方。」他向前傾了傾。「法利先生的夢很重要，他夢到他自殺了，不久他便真的自殺了。因為他獨自一人在屋子裡，發現他時左輪手槍放在屍體旁邊，事發期間完全沒人進出。這說明了什麼呢？這一切說明法利先生是自殺的！」

「是的。」史蒂林弗利說。

赫丘勒．白羅搖了搖頭。

「不，正好相反。」他沉重地說，「這是一起謀殺！不同尋常、經過周密計畫的謀殺。」他又向前傾了傾，敲了敲桌子，雙眼閃著綠幽幽的光。「那晚法利先生為什麼不讓我進入他自己的房間？究竟有什麼東西不能讓我看到？我想，朋友們，那個房間裡……坐著真正的本尼第．法利先生！」

他望向周圍那一張張空洞的面孔。

「是的，的確是這樣。我並沒有胡說八道。為什麼和我談話的法利先生分不清兩封信截然不同？因為，朋友們，他視力正常卻戴了副高度近視的眼鏡。一個視力正常的人戴上一副高度近視眼鏡，會像盲人一樣什麼也看不清。不是這樣嗎，醫生？」

史蒂林弗利咕噥道：「是這樣，當然是這樣！」

「為什麼在和法利先生談話時，我感到面前的人像個騙子，像個扮演著什麼角色的演員呢？想想當時的場景：昏暗的房間，罩著綠色燈罩的檯燈被轉了頭，沒有照在椅子上的那個身影；我看到了什麼？那個傳聞中的補丁睡袍，假鷹勾鼻，隆起的白髮，藏在高度近視眼鏡後的一雙眼睛。說法利先生做過這樣奇特的夢，是由什麼來證明的？只有我聽過的那個故事和法利太太的說法；本尼第．法利在書桌抽屜裡放有手槍又有誰能證明呢？還是我聽到的那個故事和法利太太的說法。有兩個人設計了這場騙局，法利太太和康沃西。康沃西給我寫了那封信，吩咐了管家，接著又謊稱去了電影院。但他馬上又轉了回來，用鑰匙開了門，走進自己的房間，化了裝，扮演起本尼第．法利的角色。

「然後我們再來看看今天下午的這齣戲。康沃西先生等待已久的時機終於到了。樓梯平台上有兩個證人可證明沒人從本尼第．法利的房間出入過。他在他的房間裡，把身體探出窗外，用從隔壁房間偷來的鉗子，把一個東西舉到隔壁法利先生的窗前，本尼第．法利被誘引來到窗前，康沃西用準備好的左輪手槍朝他的太陽穴開了一槍。你們還記得嗎，窗戶對面是堵光禿禿的牆，那裡當然不可能有目擊者。康沃西等了約半個多小時後，找了些文件，把鉗子隨身藏好，左輪手槍則夾在文件當中。一切準備好後，就像我們聽到的那樣，他拿著幾份要簽名的文件來到法利先生門前，看到兩位新聞記者還在門外等候，便推門走了進去。他把鉗子重新放回桌上，把槍放在房間裡那個死屍的手裡，擺出握槍的姿勢，然後慌慌張張地跑出去大聲叫喊著法利先生『自殺』的消息。

「在他的周密計畫下，那封寄給我的邀請函於是被發現。之後我會來講述我所聽到的故事……法利先生親口講述的故事，關於他那奇特之『夢』的故事，那怪誕而不可抗拒的自殺念頭！一些半信半疑的人或許會探討催眠術這令人費解的現象，不過最終的結論會是，本尼第．法利用左輪手槍殺死了自己。」

赫丘勒．白羅的目光向法利先生的遺孀看去。不出他所料，那張臉顯現出驚愕、紙灰般的蒼白、茫然的恐懼……

「幸福美滿的結局會如期而至。二十五萬英鎊，兩顆跳動如一的心……」

§

約翰．史蒂林弗利和赫丘勒．白羅在北方家園旁的街道上走著。他們的右邊是高高聳立的工廠圍牆，左邊上面是本尼第．法利和雨果．康沃西的房間。白羅停住腳步，撿起一個小東西……一個黑色的填充玩具貓。

「找到了，」他說，「這就是康沃西用鉗子舉到法利窗前的東西。你還記得他討厭貓嗎？一看到貓，他當然就衝到了窗前。」

「康沃西為什麼在他扔了貓之後，沒出去把它撿起來呢？」

「他怎麼能這麼做呢？如果這麼做，他馬上會受到懷疑。相反地，如果有人發現了它會怎麼想？只會以為是哪個孩子來這邊玩耍時隨手落下的。」

「是的。」史蒂林弗利感慨道，「一般人都會這樣想。但赫丘勒不會！你知道嗎，老兄？我還以為你要從心理學的角度大談這場早已預見的自殺。我敢打賭那兩個人也是這麼想！法利太太真是個不知羞恥的女人。感謝上帝，聽了你的推斷後，她立刻就崩潰了。如果她沒歇斯底里、張牙舞爪地撲向你的話，康沃西一定可以狡辯脫身。我當下及時攔住了她，否則真不知她會在你臉上留下什麼紀念物呢。」他頓了頓又說：「我倒是很喜歡那個女孩，你知道，才貌兼具。我想，如果我追求她，人家會認為我是為了錢吧？」

「太遲了，朋友，有人已捷足先登了。她父親的死，為兩個年輕人開啟了幸福之門。」

「話又說回來，她有除掉父親的動機，他相當專橫。」

「動機和時機還不足以構成犯罪行為，」白羅說，「還要有犯罪氣質！」

「白羅，我想知道你是否有過犯罪經驗？」史蒂林弗利說，「我打賭你一定會安然脫身。事實上，這對你來說可能太缺乏挑戰了……我是說，你會覺得太過缺乏運動精神而不屑為之。」

「這，」白羅笑了笑說，「只是你們典型英國人的想法。」

第六部

葛林蕭的笑話

The Adventure of the Christmas Pudding

01

兩個男人繞過滿是濃密灌木叢的角落。

「瞧，就在這兒。」雷蒙．魏斯說，「就是它。」

賀力斯．賓德勒長長舒了口氣。

「天哪！」他叫道，「太美了！」他讚嘆眼前的美景而且尖叫起來，然後敬畏地壓低了聲音。「真是不可思議！絕世美景！世紀之最。」

「我想你一定會喜歡。」雷蒙．魏斯自鳴得意地說。

「喜歡？天啊……」賀力斯激動得說不出話來。他解開照相機的帶子忙了起來。「這將是我收藏的珍寶之一。」他興奮地說，「我認為收集這些怪東西很有趣，你不覺得嗎？七年前的一個晚上，我在洗澡時有了這個想法。我上一次看到那個寶貝是在熱那亞的一塊墓地裡。但我想，這個勝過它。這叫什麼名字？」

「我也不知道。」雷蒙說。

「我想它應該有名字吧？」

「應該有。但事實上，這兒的人都叫它『葛林蕭的笑話』。」

「葛林蕭是出資建造它的人？」

「是的，大約是在一八六〇或七〇年代，當時曾在地方上轟動一時——赤手空拳的窮小子成了鉅富的成功故事。對於他蓋這幢房子的原因眾說紛紜，有人說他是一夜致富後建的，有人說他是想向貸方證明他的實力才建的。如果是後者，那可是白費工夫了。總之，他後來破產了或者瀕臨破產。因此，這地方得了這個名字——葛林蕭的笑話。」

賀力斯的相機「卡嚓」一下。

「嘿，」他滿意地說，「請看我的第三一〇號收藏品，一個令人難以置信的義大利大理石壁爐。」他看了看房子補充說：「很難想像葛林蕭先生怎會想到要蓋這麼一棟房子。」

「原因相當明顯。」雷蒙說，「他參觀過羅亞爾河古堡，你不認為嗎？那些塔樓似乎能證明這一點。接著不幸的是，他似乎去過東方。泰姬陵的建築風格在此也有所體現。我倒喜歡那間摩爾式的側廳。」他又補充說：「還有那威尼斯宮殿的風格。」

「不知道他如何透過一個建築師來實現這些構想。」

雷蒙聳了聳肩。

「我想這不難。」他說，「可能那個建築師撈了足夠他一生花用的鉅額費用，而可憐的老葛林蕭卻破產了。」

「我們能從另一個角度看看這棟房子嗎?」賀力斯問,「我們是不是私闖民宅?」

「我們的確是私闖民宅。」雷蒙說,「但我想沒關係。」

他向屋角走去,賀力斯急忙快步跟上。

「現在誰住在這兒啊?孤兒還是度假的遊客?這不可能是個學校,既沒有操場也沒有生氣勃勃的氛圍。」

「哦,一個叫葛林蕭的還住在這兒。」雷蒙在他身後說,「這棟房子並沒有倒塌。老葛林蕭留給了兒子。他兒子是個吝嗇鬼,以前住在這棟房子的一個角落裡,一毛不拔……可能是一毛也沒有。現在他的女兒住在這兒。一個古怪的老處女……」

能把葛林蕭的笑話當作一個取悅客人的笑料,雷蒙相當自鳴得意。這些文學批評家總是宣稱渴望到鄉下度週末,但一到鄉下又覺得太無聊。明天會有一堆星期日的報紙,雷蒙・魏斯暗喜自己出的這個主意豐富了賀力斯・賓德勒的怪物收藏。

他們轉過屋角,來到一塊廢棄的草坪上。草坪的一角聳立著一座巨大的假山,賀力斯一眼看到山腳下的一尊雕像。他興奮地抓住雷蒙德的手。

「天啊!」他驚嘆道,「你看到她穿著什麼嗎?印花洋裝。就像一個女傭,當年的女傭。我最美好的回憶之一就是我還是個小孩子時,住在鄉下的房子裡,早晨一個穿著印花洋裝、戴著花帽的女傭,沙沙作響走進來叫你起床。是的,乖乖,真的……一頂帽子,平紋細布做的，還掛著帶子。不對，也許是女管家的帽子才有帶子。總之是一個真正的女傭。她拿進來一大銅壺的熱水。啊！那時的生活多麼美好！」

穿著花洋裝的雕像突然站直了起來，並轉向他們，手裡拿著小圓鏟。她的樣貌可真是嚇人。蓬亂的鐵灰色頭髮披在肩上，那頂像在義大利給馬戴的草帽，在她頭上擠成了一團。豔麗的印花布洋裝一直垂到腳踝。那張飽經風霜、邋遢的臉上，一對狡黠的眼睛正在審視著他們。

「葛林蕭小姐，我們貿然闖入，請您見諒。」雷蒙・魏斯邊說邊向她走去。「和我一起來的賀力斯・賓德勒先生……」

賀力斯摘下帽子向她微微欠了欠身。

「我對，呃，古代史，呃，美麗的建築非常感興趣。」

雷蒙・魏斯帶著名作家特有的優越感輕鬆地說。

葛林蕭小姐抬頭看了看她身後龐大豪華的建築。

「是棟漂亮的房子。」她頗自豪地說，「我祖父建的，當然那時我還沒出生。據說，他那時說要蓋一幢震驚全國的房子。」

「他的確做到了這點，夫人。」賀力斯・賓德勒說。

「賓德勒先生是著名的文學評論家。」雷蒙・魏斯補充說。

葛林蕭小姐顯然對文學評論家並不尊敬，她的表情無動於衷。

「我想，」葛林蕭小姐當然是說這幢房子。「這證明我祖父是個天才。來這兒的傻瓜們問我，為什麼不賣掉它住到公寓去。我在公寓裡幹什麼呢？這是我的家，我就住在家裡。」她說，「葛林蕭家族一直住在這兒。」這不覺勾起她對往日的回憶。「那時父親有我們姐妹三個孩子。羅拉嫁給了助理牧師，父親氣得沒有給她一分錢不覺他認為教士不該入世。她難產死了，寶寶也死了。娜蒂和一個馬術教練私奔了，父親當然也把她排除在遺囑繼承人之外。那個小夥子叫亨利．弗瑞哲，長得一表人才，但不是什麼好人。娜蒂和他並不幸福。她也沒活多久。他們有個兒子，有時會給我寫幾封信，但當然，他不是葛林蕭家族的一員。我是葛林蕭家族最後一位傳人。」

她驕傲地挺直身子，整理她那瀟灑的草帽，然後轉過身來厲聲說：「奎斯威太太，什麼事？」

從房子那邊走過來一個人，和葛林蕭小姐一般高，但兩人的穿著天差地別。奎斯威太太衣著誇張華麗，只見她精心梳理的頭髮捲得一絲不苟、高聳如塔。她這身裝扮就像一個去參加化裝舞會而精心梳妝的法國女侯爵。但不難看出她已人到中年了。她應該穿那種華貴莊重的黑綢裙，但實際上，她卻套著閃耀刺眼亮光的廉價人造絲黑裙。儘管她的身材並不高大，但胸部豐滿挺拔。聲音出奇地低沉，用詞華麗。只是發尾音「h」時有些笨拙，並帶出誇張的送氣音，讓人不禁聯想，也許她年輕時有段時間對發這個音產生困難。

「魚，夫人。」奎斯威太太說，「鱈魚片還沒到，我讓艾弗雷德去催，他不去。」

出人意料地，葛林蕭小姐咯咯咯地笑了起來。

「他拒絕了？」

「夫人，艾弗雷德是最不聽話的人。」

葛林蕭小姐舉起兩個沾著泥土的手指放到唇邊，突然發出震耳欲聾的尖厲口哨聲，同時大叫道：「艾弗雷德，艾弗雷德，過來。」

房子的一角閃出一個年輕人，手裡拿著鐵鍬，粗獷中透著英俊。他走到跟前，明目張膽地向奎斯威太太惡狠狠地瞪了一眼。

「小姐，您叫我？」他說。

「是的，艾弗雷德。我聽說你不想出去取魚，怎麼回事，嗯？」

他毫不遲疑地說：「小姐，如果您想吃魚，我就去。您儘管吩咐。」

「我的確要，我晚餐要吃魚。」

「好的，小姐，我馬上去。」

他又傲慢地掃了奎斯威太太一眼，奎斯威太太一陣面紅耳赤，小聲說：「豈有此理！太不像話啦！」

「哦，對了，」葛林蕭小姐說，「我們正需要幾個陌生的訪客，不是嗎，奎斯威太太？」

奎斯威不解地看看她。

「對不起，夫人，您是說……」

「你知道的，」葛林蕭小姐點點頭說，「遺囑的受益人不能做遺囑的簽署人，不是嗎？」

她轉向雷蒙．魏斯。

「您說得很對。」雷蒙說。

「這些法律常識我還懂。」葛林蕭小姐說，「何況你們兩人是有名望的人。」

她把泥鏟扔到雜草籃裡。

「你們介意和我一起到書房嗎？」

「很高興。」賀力斯心中一喜，歡欣地答應著。

她在前面帶路，越過一排排的法式落地窗，穿過牆上掛滿褪色的錦緞、家具覆蓋著防塵布的一間寬敞金黃色客廳，接著又穿過光線昏暗的門廳，登上了一道樓梯，走進二樓的一個房間。

「我祖父的書房。」她說。

賀力斯帶著高昂的喜悅打量著房間。以他的眼光來看，這裡到處是珍奇異品。斯芬克斯的頭出現在與之風格迥異的家具上；巨大的青銅製品代表著，他想，保羅[15]和維吉尼亞[16]；一座碩大、刻有古典花紋的鐘。他很想拍張照片。

「藏書很多。」葛林蕭小姐說。

雷蒙的目光轉到書上，他粗略地掃了一眼，沒有什麼真正有趣的書，或者，其實這些書從未有人翻閱過。是那種九十年前裝飾紳士書房的成套古典作品。其中有些舊小說，但似乎也沒人翻閱過。

葛林蕭小姐在一張巨大的書桌抽屜裡東翻西找，終於找出一份高級用紙書寫的文件。

「我的遺囑，」她解釋，「得把錢留給某個人，他們是這麼說的。如果我死後沒留下遺囑，那麼我想那個馬販的兒子會得到這份財產。亨利・弗瑞哲是個英俊的小夥子，卻是個徹頭徹尾的無賴，絕不能讓他的兒子繼承這個地方，不能！」她接著說，似乎在反駁什麼人。「我打定了主意，把它留給奎斯威。」

「您的管家？」

「是的，我已經和她說了。我寫了份遺囑，把我所有的一切都留給她。這樣我就不必付她工資了。我省了不少錢，她也盡職盡責。從未擅離職守，時時刻刻聽候我的吩咐。她很做作吧？其實她的父親好像只是個修水管的工人，她沒什麼好吹噓的。」

她把那張紙打開，拿起一枝蘸水筆，在墨水台上蘸了蘸，簽上了名：凱瑟琳・桃樂西・葛林蕭。

「好了，」她說，「你們看到我簽了名，你們再簽上，這樣就具備法律效力了。」

15 保羅（Paul, 3-67），猶太人，曾參與迫害基督徒，後來成為向非猶太人傳教的基督教使徒。

16 羅馬神話中，維吉尼亞（Virginia）貞女為免受執政官的侮辱，而由父親殺死。

她把筆遞給了雷蒙．魏斯．他猶豫了片刻，對這事突然有些反感。他飛快地簽了那個家喻戶曉的名字……他每天早晨至少要收到六封索求簽名留念的信。

賀力斯從他手裡接過筆，也簽上自己的名字，字寫得很小。

「這就完成了。」葛林蕭小姐說。

她走到書架前，站在那兒猶疑不定地看著他們，然後拉開架上的玻璃門，拿出一本書，把疊好的遺囑插到裡面。

「我有我自己放東西的地方。」她說。

「《奧德利夫人的祕密》[17]。」當她把書放回書架時，雷蒙．魏斯掃了一眼書名。

葛林蕭小姐又咯咯咯笑了起來。

「在當時是暢銷書，」她說，「不像你寫的那些書，嗯？」

她突然老朋友似的用手肘輕輕碰碰他的手臂。雷蒙感到驚訝不已，她竟然知道他寫書。儘管雷蒙在文學界久負盛名，但他不能說是暢銷書作家。他現在的作品由於本身已步入中年而寫得柔和些，但他仍堅持把社會生活的陰暗面赤裸裸地展現在讀者面前。

「不曉得，」賀力斯緊張而興奮地說，「可否讓我給這座鐘拍張照片？」

「當然可以。」葛林蕭小姐說，「我想它是從巴黎的展覽會買來的。」

「很有可能。」賀力斯說著拍了照。

「這個房間從我祖父那時起就沒怎麼用過。」葛林蕭小姐說，「這張書桌的抽屜裡都是他的日記。我想，很有趣。我的視力不太好，不能讀這些東西，我想找人出版，但我猜這工作並不輕鬆。」

「您可以雇個人為您做這件事。」雷蒙．魏斯說。

「真的可以嗎？你知道，這是個好主意，我會考慮。」

雷蒙．魏斯看了看手錶。

「我們不能再久留耽誤您的時間了。」他說。

「很高興見到你們。」葛林蕭小姐禮貌地說，「剛才看到你們從房子那邊拐過來時，我還以為是警察呢。」

「為什麼是警察？」賀力斯問，他從不介意向人問問題。

葛林蕭小姐的回答出人意料。

「如果你想知道時間的話，去問警察。」

她愉快地吟唱起來，透出維多利亞式的睿智。她用手肘推了推賀力斯的手臂，接著放聲大笑起來。

17 《奧德利夫人的祕密》（*Lady Audley's Secret*）是英國作家瑪麗．伊莉莎白．布拉登（Mary Elizabeth Braddon）最成功也最知名的小說，於一八六二年出版。

§

「多麼美妙的一個下午啊！」賀力斯回家時感嘆道，「真的，那個書房什麼都有，唯一缺少的就是一具屍體……那些老式偵探小說裡的書房謀殺案。偵探小說家所想像的書房，一定就是我們剛才看過的那種。」

「如果你想探討謀殺的問題，」雷蒙說，「你可得和我的珍姨媽談一談。」

「你的珍姨媽？你是說瑪波小姐嗎？」他感到有些不解。

他前一天晚上才剛結識那位可愛、老派的老小姐，她似乎是最不可能扯上謀殺案的人。

「哦，是的。」雷蒙說，「謀殺案是她的專長。」

「可是，天哪！太刺激了！你究竟是什麼意思？」

「沒什麼意思。」雷蒙說，他又解釋道：「有些人製造謀殺案，有些人捲進謀殺案，有些人會有謀殺案主動找上門。我的珍姨媽屬於第三類。」

「你在開玩笑。」

「絕對沒有。我可以給你引薦前蘇格蘭警場局長，幾個高級警官，和刑事調查部一兩個工作認真的警官。」

賀力斯開心地說，新鮮事永遠層出不窮。在餐桌上，他們向瓊恩·魏斯——雷蒙的妻子，露露·奥斯利——她的姪女，還有老小姐瑪波講述了下午發生的事，尤其詳詳細細講述了葛林蕭小姐說的一切。

「但我還是認為，」賀力斯說，「整個事件有點蹊蹺。那個女公爵似的人物——管家，也許會在茶壺裡放砒霜什麼的，因為她知道女主人已立下對她有利的遺囑。」

「您說說看，珍姨媽，」雷蒙問，「那裡會不會發生謀殺案？您對這事有何看法？」

「我認為，」瑪波小姐邊纏毛線邊嚴肅地說，「你不該拿這些事開玩笑，雷蒙。砒霜，當然很有可能。這東西很容易拿到，也許已經被偽裝成除草劑放在工具棚裡。」

「哦，真的嗎，親愛的？」瓊恩・魏斯柔聲叫道，「那不是很容易被發現嗎？」

「立個遺囑挺好的，」雷蒙說，「我猜那個可憐的老東西除了那棟白象似的房子外，沒有什麼東西可以讓人繼承，誰會要那棟房子？」

「也許電影公司會要，」賀力斯說，「或者旅館、學校？」

「他們說不定會低價收購。」雷蒙說。

但瑪波小姐搖搖頭。

「要知道，親愛的雷蒙，我可不同意你這麼說。我是說在錢的方面。她的祖父顯然是個賺錢不費吹灰之力卻又揮金如土、守不住財產的人。他可能像你說的是破產了，但不可能一無所有，否則他的兒子不會繼承到這幢房子。他兒子呢，按慣例，個性與他父親截然不同，是個守財奴。一個會省下一分一文的人，我想他有生之年一定攢了一大筆錢，這個葛林蕭小姐似乎繼承了他這一特點，也就說，不喜歡花錢。我想她很可能私藏了一大筆錢。」

「如果是這樣，」瓊恩·魏斯說，「那麼，露露，你的看法如何呢？」

他們看了看露露，只見她靜靜地坐在火爐邊。

露露是瓊恩·魏斯的姪女。最近她的婚姻……據她的說法是斷了線。兩個年幼的孩子判給了她，贍養費也少得可憐，只夠三個人糊口。

「我是說，」瓊恩說，「如果這個葛林蕭小姐真想找個人整理她祖父的日記，並且出版成書……」

「很好的主意。」雷蒙說。

露露低聲說：「這份工作我能做，而且我也喜歡。」

「我給她寫封信問一下。」雷蒙說。

「我在想，」瑪波小姐若有所思地說，「那個老婦人為什麼要提到警察呢？」

「哦，那只不過是個玩笑。」

「這提醒了我。」瑪波小姐興奮地點點頭說，「是的，這使我想起芮史密斯先生。」

「芮史密斯先生是誰？」雷蒙好奇地問。

「他從前是個詩人，」瑪波小姐說，「經常在星期日的報紙上發表離合詩。而且喜歡編造故事娛樂大家，但有時卻給自己招來不少麻煩。」

大家一陣沉默，都在想著芮史密斯先生。看來葛林蕭小姐和他似乎沒有任何相似之處，於是大家以為珍姨媽也許是年紀大了，有點張冠李戴。

／02

賀力斯・賓德勒沒有收集到更多收藏品便回到了倫敦，雷蒙・魏斯給葛林蕭小姐寫了封信，告訴她他知道一個叫作露易莎・奧斯利的太太，能夠勝任整理日記的工作。事隔幾日他收到了回信，字寫得細長且是舊體字。葛林蕭小姐說她急切需要雇用奧斯利太太，並寫明了見面時間。

露露如約而至，受到熱情接待，第二天便開始了工作。

「真不知該怎樣感謝你才好。」她對雷蒙說，「所有的一切都安排得井井有條。我可以送孩子上學，然後到葛林蕭家上班，回來時再順路把孩子接回來。這一切太棒了！那個老婦人是值得信賴的。」

她工作的第一天晚上回來時，說起了那一天的經歷。

「我很難看到管家。」她說，「十一點半她把咖啡和餅乾端進來，噘著嘴，一副裝腔作勢的樣子，幾乎不怎麼和我說話。我想她非常不贊成雇用我。」她接著說：「看起來她和園丁艾弗雷德很不和。我想他是當地雇來的，很懶惰，他和管家彼此不交談。葛林蕭小姐習以為常地說：『從我有記憶起，就知道園丁和屋內的傭人總是不和。我祖父在世時也是如此。那時候花園裡有三個男人和一個男孩子，屋裡是八個女傭，他們之間總是有摩擦。』」

第二天，露露又帶了另一條新聞回來。

「很奇怪，」她說，「今天上午，葛林蕭小姐要我給她的外甥打電話。」

「葛林蕭小姐的外甥？」

「是的。他好像在劇團當演員。現在在博勒姆的海邊地區做夏季演出。我打了電話到劇院，留言要他明天來吃午餐。很有趣，真的，老小姐不想讓管家知道。我想奎斯威太太可能做了什麼事惹惱了她。」

「明天請繼續收看本齣驚悚連續劇。」雷蒙喃喃自語著。

「這的確像齣連續劇，不是嗎？和外甥和解，發現血濃於水；遺囑決定修改，舊的遺囑將被銷毀……」

「珍姑婆，您看起來很嚴肅。」

「是嗎，親愛的？你聽到她提起過警察的事嗎？」

露露迷惑不解地問：「我不知道什麼警察的事。」

「她說的那番話，親愛的，」瑪波小姐說，「其中必有蹊蹺。」

第二天，露露懷著愉快的心情去上班。她穿過敞開的前門……這棟房屋的大門和窗戶總是開著。葛林蕭小姐好像不怕小偷似的。可能也有道理，因為房子裡的大半東西都有幾噸重，拿到市場上也沒人會買。

露露在車道上看到了艾弗雷德。他正靠在一棵樹上吸菸，但一看到她，便馬上抓起一把掃帚，認真地掃起落葉。她心想，懶散的年輕人，但長相英俊。他的特點使她想起某個人。當她穿過大廳上去樓上的書房時，她向掛在壁爐上的那張納桑尼爾．葛林蕭的巨幅畫像掃了一眼，從中可看出維多利亞時代的鼎盛繁華。他坐靠在一把巨大的安樂椅上，雙手放在橫掛過肥胖腹部的金鏈上。當她把目光從腹部移到他那張稜角分明、濃眉黑鬍的臉龐時，馬上想到納桑尼爾．葛林蕭年輕時一定非常英俊瀟灑。他看起來，好像，有點像艾弗雷德……

她走進書房，隨手關上門，打開打字機，從書桌一邊的抽屜裡拿出日記。透過敞開的窗戶，她一眼瞥見葛林蕭小姐穿著紫褐色枝葉花紋的裙子，俯身在假山上賣力地除草。前兩天一直下雨，雜草又長出許多。

在城市裡長大的露露，揣想如果她有座花園，絕不會建一座只能靠人工除草的假山。接著她便坐下來工作。

十一點半，奎斯威太太端著咖啡盤走了進來，看樣子她火氣很大。她「砰」地把盤子放在桌上，發起了牢騷。

「請人吃午餐……家裡什麼也沒有！我想知道我該怎麼辦？艾弗雷德根本不見人影。」

「我來的時候，看到他在車道上打掃。」露露答道。

「當然囉，誰不會撿輕鬆的工作做。」

奎斯威太太一陣風似的又走了出去，「砰」一聲關上門。露露暗自笑了笑。這個「外甥」是個什麼樣的人，她很感好奇。

她喝完咖啡又開始做事，聚精會神於手頭的工作。不知不覺時間已飛快過去。納桑尼爾．葛林蕭一開始寫日記，便陶醉在一吐為快的愉悅中。露露讀到他與鄰近城鎮一個漂亮的酒吧女侍發生的一段韻事時，感到在措詞上需要做較大的改動。

她正想著，突然聽到花園裡傳來一聲慘叫，她跳了起來跑到窗前。只見葛林蕭小姐從假山那邊蹣跚地向這邊走來，雙手緊緊抓住胸前一根帶羽毛的箭桿。露露頭腦登時一陣麻木，她認出那是一支箭。

葛林蕭小姐戴著破舊草帽的頭低到胸前，她用極其微弱的聲音向露露喊道：「射……他射中了我，用箭……找人求救……」

露露衝到門口，轉了一下門把，但門打不開。她徒勞無功地試了一會兒，這才意識到她被反鎖在房間內。她衝到窗前。

「我被鎖在房間裡了！」

這時葛林蕭小姐背對著露露，搖搖晃晃地朝遠處管家的那扇窗戶喊道：

「叫警察……電話……」

接著，她像個醉鬼似的在樓下客廳的窗前搖搖晃晃消失了。不一會兒，露露聽到一陣瓷器落地的聲音，緊接著又是一聲重重的落地聲，之後是一片沉寂。她想一定是葛林蕭小姐迷迷糊糊撞到放有賽福勒瓷茶具的小桌上了。

露露絕望地拍打著門，叫著，喊著。窗外沒有爬藤植物和排水管，她還是出不去。她已敲得筋疲力盡了，便又回到窗前。那邊客廳的窗戶閃出管家的頭。

「奧斯利太太，快過來開門讓我出去，我被鎖在房間裡了。」

「我也是。」

「哦，天哪！太糟糕了！我給警察打了電話。這間房間裡有個分機，但我不明白，奧斯利太太，我們怎麼會被反鎖在房間裡？我根本沒聽到鑰匙轉動的聲音，你聽到了嗎？」

「沒有，我什麼也沒聽到。哦，天啊！我們該怎麼辦呢？也許艾弗雷德還在。」露露放開嗓門喊了起來。「艾弗雷德！艾弗雷德！」

「他一定是去吃午餐了。幾點了？」

露露看了看手錶。

「十二點二十五分。」

「他一般十二點半才會去，但他一有機會，就會偷偷提前開溜。」

「您認為……您認為……」

露露是想問：「您認為她死了嗎？」但話梗在喉嚨裡說不出來。

她沒有辦法，只能等人來再說。她坐在窗台上，不知等了多久，這時才見戴著頭盔的警察呆頭呆腦地從房子的拐角處轉過來。她把身子探出窗外，他看了看她，用手搭在額前擋住刺眼的陽光。一開口便質問：「這兒發生了什麼事？」

露露和奎斯威太太在高高的窗前，一口氣把這驚人的消息告訴他。

警察掏出一個筆記本和鉛筆。

「你們兩位女士跑上樓，把自己鎖在房間裡？請報一下你們的名字。」

「不，是別人把我們鎖在房間裡。快上來讓我們出去。」

警察粗聲粗氣地說：「適當的時候我們會放你們出來。」然後他就消失在下面的窗前。時間又一次顯得那麼漫長難熬，露露聽到一聲汽車聲……那似乎過了一個小時，但其實只有三分鐘。來了位警官。看起來比前一個警察機警些，他把奎斯威太太放了出來，然後又放了露露。

「葛林蕭小姐呢？」露露顫抖著聲音。「發……發生了什麼事？」

警官清了清嗓子。

「夫人，很遺憾地告訴您，」他說，「我已經告訴了奎斯威太太……葛林蕭小姐死了。」

「被謀殺的。」奎斯威太太說，「就是這樣，謀殺。」

警官含糊地說：「可能是個意外……有些小夥子會射箭。」

接著又聽到一陣車聲，警官說：「一定是醫生。」

他接著便下了樓。

但來的人不是醫生。露露和奎斯威太太跑下樓，看到一個年輕人猶豫不決地穿過前門停住了腳步，迷惑地環顧著四周。然後他用一種露露聽來有些熟悉的愉悅音調開了口……也許和葛林蕭小姐的聲音有些血緣上的相似。他問：「對不起，嗯，呃，葛……葛林蕭小姐住在這兒嗎？」

「我能問一下您的名字嗎？」警官走到他跟前說。

「弗瑞哲，」年輕人說，「納特．弗瑞哲。事實上，我是葛林蕭小姐的外甥。」

「是的，先生。嗯，對不起，恐怕……」

「發生了什麼事嗎？」納特．弗瑞哲問。

「這兒發生了意外。你的姨媽被箭射中了，刺穿了頸靜脈……」

奎斯威太太完全失去了她平日的文雅，歇斯底里地叫道：「你的姨媽被謀殺了，這就是發生的事實：你的姨媽被謀殺了！」

／03

韋爾奇警官把椅子又向桌邊拉了拉，向房間裡的四個人一個個審視了一遍。這是案發的當天晚上。他又拜訪了魏斯家，以取得露露・奧斯利的證詞。

「您確定一字一句都聽清楚了？『射……他射中了我……用箭……找人求救』？」

露露點了點頭。

「那時是幾點？」

「兩分鐘後我看了看手錶，那時是十二點二十五分。」

「您的手錶準嗎？」

「我也看了鐘。」

警官轉向雷蒙・魏斯。

「先生，您和一位叫賀力斯・賓德勒的先生，好像在一星期前做了葛林蕭小姐的遺囑見證人。」

雷蒙把那天下午他和賀力斯．賓德勒探訪「葛林蕭的笑話」一事重述了一遍。

「您的證言可能很重要。」韋爾奇說，「葛林蕭小姐清清楚楚地告訴了您，她這份遺囑的受益者是奎斯威太太，那個管家。她沒付給奎斯威太太工資，並以讓奎斯威太太繼承財產作為交換條件，對吧？」

「她是這麼說的，是的。」

「您認為奎斯威太太清楚此事？」

「我想這點毫無疑問。葛林蕭小姐當著我的面立下遺囑。因為受益人無權見證遺囑。奎斯威太太很清楚她的意思。葛林蕭小姐對我說，她親自和奎斯威太太達成了這項協議。」

「因此，奎斯威太太完全知道她是遺囑的受益人。其做案動機很明顯，我敢說，如果她不是像奧斯利太太一樣牢牢地被鎖在房間裡的話，她會是我們的主要嫌疑犯。而且葛林蕭小姐說過，是個男人射中她的……」

「她確實被鎖在房間裡了嗎？」

「哦，是的。卡利警官給她開了鎖。是那種巨大的古鎖，鑰匙也是老式的。鑰匙在鎖裡，裡面的人不可能打得開，也沒什麼其他辦法可以出去，沒有。您可以完全相信，奎斯威太太被鎖在那間房間裡。房間裡也沒有弓和箭，況且葛林蕭小姐不可能是被窗戶那邊射來的箭射中，角度不對。不，應該排除奎斯威太太做案的可能性。」

他頓了頓繼續說：「你曾說過，葛林蕭小姐是個愛開玩笑的人？」

坐在角落的瑪波小姐抬起頭，目光犀利。

「所以，遺囑的受益者可能不是奎斯威太太？」她問。

韋爾奇警官吃驚地看著她。

「夫人，您的猜測很有道理。」他說，「是的，奎斯威太太並不是遺產繼承人。」

「就像芮史密斯先生一樣。」瑪波小姐點點頭說，「葛林蕭小姐告訴奎斯威太太，她打算把她所有的財產都留給她而不付她工錢，但實際上，她卻把錢留給了別人。毫無疑問她對此自鳴得意，難怪當她把遺囑夾到《奧德利夫人的祕密》裡時，一直哈哈大笑。」

「幸運的是，奧斯利太太告訴了我們遺囑的詳細情況及存放地點，」警官說，「否則我們要費一番周折才能找到。」

「維多利亞式的幽默。」雷蒙．魏斯咕噥道。

「因此她最後把財產留給了她的外甥。」露露說。

警官搖了搖頭。

「不，」他說，「她沒有留給納特．弗瑞哲。這兒有段小插曲……當然，我對這一帶並不熟，只是聽過一些流言蜚語。好像很久以前，葛林蕭小姐和她姐姐同時愛上一個年輕英俊的馬術教練，最後姐姐如願以償得到了心上人。所以，她絕不會把財產留給她的外甥……」

他頓了頓，摸摸下巴說：「她留給了艾弗雷德。」

「艾弗雷德？那個園丁？」瓊恩驚訝地反問。

「是的，魏斯太太。艾弗雷德．波洛克。」

「但為什麼？」露露叫道。

瑪波小姐咳嗽一聲，咕噥道：「我想……雖然我可能想錯，他們之間一定有血緣關係。」

「您可以這麼說。」警官贊同道，「村裡的人都傳說，艾弗雷德的祖父湯瑪斯．波洛克，是老葛林蕭的一個私生子。」

「是的。」露露叫道，「他們像極了！我今天早上才發現。」

她提起早晨在車道上看到艾弗雷德，再走進大廳看到老葛林蕭的畫像時那種似曾相識的感覺。

「我敢說，」瑪波小姐說，「她認為艾弗雷德．波洛克會以這棟房子為榮，以後必定會住進去；而她的外甥卻不會，如果給他，他很有可能會馬上賣掉它。他是個演員，對吧？現在他正在演什麼戲呢？」

韋爾奇警官覺得老婦人離題太遠了，但他還是彬彬有禮地答道：「夫人，他們在上演詹姆斯．馬修．巴瑞[18]的作品，正在巡迴演出。」

18　詹姆斯．馬修．巴瑞（James Matthew Barrie, 1860-1937），英國作家，《彼得潘》（*Peter Pan*）的作者。

「巴瑞。」瑪波若有所思地說。

「《女人皆知的事》。」韋爾奇警官說著，臉紅了。他急忙解釋道：「這是劇名。我不常看戲，但我妻子常去，她上個星期看過這齣劇，聽說很成功。」

「巴瑞寫過一些動人的劇本。」瑪波小姐說，「但有一次我和老朋友伊斯特利將軍去看巴瑞的《小瑪麗》，」她搖了搖頭，嘆了口氣。「我們都覺得不知往哪裡瞧才好。」

警官對《小瑪麗》的劇情一無所知，不禁面露迷惑之色。

瑪波小姐解釋道：「警官，當我還是個少女時，沒人會說『肚子』這樣不雅的詞語。」

警官看起來更加迷惑不解。

瑪波小姐自言自語道：「《正派的克萊奇頓》構思精巧；《瑪麗．羅斯》情節動人，我還記得當時我感動得流下了眼淚；《模範大街》沒有什麼意思。哦，當然還有《灰姑娘之吻》。」

韋爾奇警官沒有時間閒聊戲劇，他把話題又轉到案子上。

「問題是，」他說，「艾弗雷德．波拉克知不知道老婦人把財產留給了他？她告訴他了嗎？」他又補充說：「要知道，在貝姆拉弗爾有個箭術俱樂部，艾弗雷德．波洛克是俱樂部成員，他是個好射手。」

「照這麼看來，案件不是很清楚了嗎？」雷蒙．魏斯反問，「這和兩個婦女被鎖在房裡的事實相吻合……他知道她們在哪個房間。」

警官看著他，憂鬱低沉地說：「他有不在場證明。」

「我一向認為不在場證明最值得懷疑。」

「也許吧，先生。」韋爾奇警官說，「您的口氣像個作家。」

「我不寫偵探小說。」雷蒙．魏斯說，隨即被這個想法嚇壞了。

「不在場證明值得懷疑。說是這麼說，」韋爾奇警官說，「但不幸的是，我們必須有證據。」

他嘆了口氣。

「我們有三個嫌疑犯。」他說，「當時三個人都在案發現場附近，但奇怪的是，似乎三個人都不具備做案的可能性。管家剛才已經排除在外；外甥納特．弗瑞哲在葛林蕭小姐被殺的時候，正在幾英里外的加油站加油並問路；至於艾弗雷德．波洛克，有六個人發誓證明，他在十二點二十分走進『狗鴨餐館』，在那兒待了一小時，像往常一樣吃了麵包、奶酪，喝了啤酒。」

「刻意編造的不在場證明。」雷蒙．魏斯心頭浮現出一絲希望，不禁喊道。

「也許是。」韋爾奇警官說，「事實無可辯駁。」

接著是長時間的沉默。然後雷蒙把頭轉向一動不動坐在那兒陷入沉思的瑪波小姐。

「該您了，珍姨媽。」他說，「警官被弄糊塗了，他、我、瓊恩、露露都弄糊塗了。但對您來說，珍姨媽，這件案子一定一目了然，我說得對吧？」

「我不敢這麼說，親愛的。」瑪波小姐說，「並不是一目了然。謀殺，親愛的雷蒙，可不是遊戲。我想可憐的葛林蕭小姐並不想死，而且這是個手法殘忍的謀殺案，計畫周密而且狠毒。這不是開玩笑！」

「對不起。」雷蒙羞愧地說，「我倒不是那樣無情，我只是想以輕鬆的態度驅走，嗯，恐懼。」

「我明白，這是現代世界的一種心理趨勢。」瑪波小姐說，「戰爭時，人們也拿葬禮開玩笑。是的，我說你冷漠無情是太過草率了。」

「其實，」瓊恩說，「我們似乎對她並不了解。」

「說得很對。」瑪波小姐說，「親愛的瓊恩，你根本就不認識她，我也不認識她，雷蒙只是從一個下午的交談中對她有些印象，露露也才認識她兩天。」

「珍姑媽，別兜圈子了，」雷蒙說，「談談您的看法。您不介意吧，警官。」

「一點也不。」警官禮貌地說。

「嗯，親愛的。看起來我們有三個嫌犯，這三個人有——或者我們認為他們有——做案動機，但我們又有三個很簡單的理由，排除這三人做案的可能性。管家不可能動手，因為她被鎖在房間裡，而且葛林蕭小姐說是一個男人殺了她；園丁也不可能，因為案發當時他在狗鴨餐館吃飯。外甥也沒有可能，因為案發時他還在距離案發現場很遠的車子裡。」

「說得很清楚，夫人。」警官說。

「而且外人也不可能有機會下手。那麼，我們從何處著手呢？」

「這也是警官想弄清楚的。」雷蒙．魏斯說。

「人們的思維常常會被眼前的事實限制住。」瑪波小姐帶有歉意地說道，「如果我們不能改變這三個人在案發時的空間、地點，那麼我們能不能改變一下發生謀殺的時間呢？」

「您是說，我的手錶和鐘都不準嗎？」露露問。

「不是的，親愛的。」瑪波小姐說，「我不是這個意思。我是說，當你以為謀殺發生時，其實它並沒有發生。」

「但我看到了。」露露叫道。

「嗯，親愛的，我一直在想，是不是凶手故意讓你看見的。你知道，我一直問自己，這是否就是你被聘雇的真正原因。」

「珍姑婆，您的意思是……」

「嗯，親愛的，這似乎很奇怪。葛林蕭小姐不喜歡花錢，她卻聘請了你，而且爽快地答應了你的條件。在我看來，她或許是想讓你在二樓書房裡做個主要的目擊證人，找個忠實可靠的外人確定謀殺的時間、地點。」

「但您不會是說……」露露不相信地問，「葛林蕭小姐是蓄意要被謀殺吧？」

「親愛的，我的意思是，」瑪波小姐說，「你其實並不認識葛林蕭小姐。沒有真實可信的理由，不是嗎？你去那兒見到的葛林蕭小姐，就一定是雷蒙幾天前看到的葛林蕭小姐嗎？

哦，是的，我明白了。」她制止了露露接著說：「案發時，她穿著奇特的老式印花洋裝和一頂奇怪的草帽，頭髮凌亂。這和上週末雷蒙描述的葛林蕭小姐吻合。但要知道，那兩個女人年紀相仿，身高體重都相似……我是說管家和葛林蕭小姐。」

「但管家很胖！」露露叫道，「她的胸部很豐滿。」

瑪波小姐咳了一聲。

「親愛的，現在這個年代，我看到，呃，商店裡擺了很多……胸罩，任何形狀、尺寸應有盡有，很容易買到。」

「您是說……」雷蒙問。

「親愛的，我在想，露露在那兒工作的兩天或者說三天裡，有個女人可能扮演了兩個角色。露露，你說你很少看到管家，只有上午她給你端咖啡時才能見到。舞台上的演員也是這樣的，走下舞台不出一兩分鐘便會換張面孔重新登場，我想換裝很容易。女侯爵的頭飾也許只是個可隨摘隨戴的假髮。」

「珍姑婆，您是說，在我開始來這裡工作前，葛林蕭小姐就死了？」

「沒有死，我判斷她是被下了藥。這對管家這種不擇手段的人來說是輕而易舉。之後她安排你打電話給葛林蕭小姐的外甥，要他來吃午餐。唯一知道這個葛林蕭小姐不是真正葛林蕭小姐的人是艾弗雷德。你還記得嗎，你在那兒工作的頭兩天都在下雨，葛林蕭小姐一直待在房裡。艾弗雷德因為和管家不和，從不走進屋裡來。而那天上午，艾弗雷德在車道上，葛林蕭小姐在假山上除草……我倒想看看那座假山。」

「您是說，奎斯威夫人殺了葛林蕭小姐？」

「是的，在給你送咖啡之後，這個女人出去時故意把門鎖上了，然後把昏迷不醒的葛林蕭小姐搬到客廳，接著又裝成葛林蕭小姐的模樣在假山上除草，以便你能在窗前看到她。到了計畫好的時間，她就尖叫起來，蹣跚地向屋子走去，抓著箭桿，好像它已穿透喉嚨。她喊著救命時，慎重地說了句：『他射中了我』，這樣就排除了管家的嫌疑。她還對著管家的窗戶喊叫，彷彿她看到管家在房間裡。接著她走進客廳，推倒了擺有瓷器的桌子，然後快步跑到樓上，戴上她的女侯爵假髮，不一會兒就從窗口探出頭，告訴你她也被鎖在房裡了。」

「但她的確被鎖在房裡了。」露露說。

「我知道，那就是和那個警察有關了。」

「什麼警察？」

「對了，什麼警察？警官，請您談談您到達現場的前後經過好嗎？」

警官看起來有些不解。

「十二點二十九分，我們接到奎斯威太太、即葛林蕭小姐的管家打來的電話，說她的主人被箭射傷了。卡利警官和我便立刻開車，於十二點三十五分到達事發現場。接下來，我們發現葛林蕭小姐死了，兩位女士被鎖在各自的房間裡。」

「親愛的，你明白了吧。」瑪波對露露說，「你看到的警察並不是真正的警察。你也沒有多想，一般人大都不會，一般人看到多出現一個穿制服的人都會認為很正常。」

「但那是誰呢？為什麼……」

「如果問是誰……嗯，如果他們在上演《灰姑娘之吻》的話，警察正是其中的主角。納特・弗瑞哲只需換上舞台上穿的戲服就行。他在加油站問了時間，以便讓人有十二點二十五分他人在那裡的概念，然後他飛速行駛，把車停在拐角處，穿上警察制服，扮演起他的另一個角色來。」

「但，為什麼，為什麼呢？」

「必須有人在外面鎖上管家的門，必須有人拿箭刺穿葛林蕭小姐的喉嚨。你可以用一支箭刺殺一個人，就像用槍射殺一樣，但它需要一定的氣力。」

「你是說，他們倆都參與了此事？」

「哦，是的，我想是的。很可能是母子檔。」

「但葛林蕭小姐的姐姐早就死了。」

「是的，但我確信弗瑞哲先生有再續弦，他似乎是那種人。我想那個孩子也死了，這個所謂的外甥，其實是他第二個妻子的孩子，與葛林蕭小姐根本就沒有血緣關係。這個女人弄到了管家的職位做內應。然後弗瑞哲假稱是葛林蕭小姐的外甥寫了信來，要求拜訪她——當時他也許開玩笑說，他會穿著警察制服來——或者請她去看戲，但我想她起了疑心並拒絕見他。如果她死後沒留下遺囑，那麼他將是她的財產繼承人……但當然，一旦她立了有益於管家的遺囑（他們以為），那就更順利了。」

「但為什麼要選擇箭作為凶器呢？」瓊恩反問道，「這不是多此一舉嗎？」

「不是多此一舉，親愛的，艾弗雷德是一家箭術俱樂部的成員，一切嫌疑會轉到他頭上。但他早在十二點二十分就出現在餐館，這一事實對他們來說是不幸的，艾弗雷德總是提前收工，這也許正好……」她搖了搖頭。「從道德方面來看，這一切似乎都錯了……我是說，艾弗雷德的懶惰救了他一命。」

警官清了清嗓子。

「嗯，夫人，您的這番推斷很有意思，但我還必須多方調查……」

04

瑪波小姐和雷蒙・魏斯站在假山邊，看看地上那個裝滿枯草、蔬菜的籃子。

瑪波小姐咕噥道：「庭薺、虎耳草、風鈴草……是的，這些都是我需要的證據。昨天上午在這兒除草的人絕不是一個懂園藝的人。那個人把蔬菜都當草拔了，現在我知道我是正確的。謝謝你帶我來這兒，親愛的雷蒙，我想親眼看看現場。」

她和雷蒙仰頭望望那座宏偉壯觀的「葛林蕭的笑話」。

這時傳來一陣咳嗽聲。

他們轉過身，看到一個英俊的年輕人在看著這棟樓房。

「龐然大物，」他說，「現在可找不著這麼大的房子了。別人都這麼說，我不太清楚。如果我賭贏一場球賽賺了很多的錢，我想蓋的房子就像是這樣。」

他不好意思地笑了笑。

「現在我終於可以承認，這棟房子是我曾祖父建造的。」艾弗雷德．波洛克說，「它是幢好房子！雖然人們都叫它『葛林蕭的笑話』！」

專文推薦

藏在日常細節中的冒險

楊照（作家）

一開始，就都在那裡了。

一九二〇年，阿嘉莎·克莉絲蒂出版了《史岱爾莊謀殺案》，神探白羅就已經退休了。而且在這個案子裡，藉由敘述者海斯汀的轉述，就鋪陳出克莉絲蒂小說最基本的偵探原則：

「那些看來或許無關緊要的小細節……它們才是重要的關鍵，它們才是偉大的線索！」

「豐富的想像力就像洪水一樣，既能載舟亦能覆舟，而且，最簡單直接的解釋，往往就是最可能的答案。」

「沒有任何謀殺行為是沒有動機的。」

還有，一個不討人喜歡的死者，一群各有理由不喜歡死者、因而也就都有殺人動機的人，這些人彼此之間構成複雜的關係，有的互相仇視，有的互相愛戀，麻煩的是，有些愛人其實貌合神離，有些仇人其實私下愛慕；更麻煩的是，不論是愛或是仇，都有可能是扮演出來的。

一個外來的偵探必須周旋在這些嫌疑者之間，從他們口中獲取對於案情的了解，換句話說，他必須在很短的時間內，搞清楚誰是誰、誰跟誰吵架、誰跟誰偷情，然後判斷誰說的哪一句是實話、哪一句是謊言。常常謊言比實話對於破案更有幫助。

再偷偷透露一下，如果要和小說裡的凶手及小說背後的作者鬥智，就像克莉絲蒂對英國社會的了解，祕訣就在於要去追究小說裡的人物背景，尤其是他們的階級地位。基本上，階級地位愈高、權力愈大、愈有錢者，說的話就愈不要相信。例如在《史岱爾莊謀殺案》中，僕人、園丁說的話遠比有頭有臉的人說的要可信多了。就算要說謊，他們的謊言也比較天真，而且往往出於善良動機。當你歸納線索時，就會知道他們並非故意說謊，那是因為他們的認知受到蒙蔽或誤導，而你慢慢就從這蒙蔽或誤導中被引導到真相。

《史岱爾莊謀殺案》出版那年，克莉絲蒂三十歲，但書稿其實早在五年前就寫好了，畢竟要找到有人願意出版一個看來再平凡不過的家庭主婦寫的小說，並不是那麼容易。

所有和克莉絲蒂接觸過的人，都對於她的「正常」留下深刻印象。她看起來就和她那個年紀的典型英國家庭主婦一樣，害羞、靦腆，只能在社交場合勉強跟人聊些瑣事話題，完全無法演講，甚至連只是站起來對眾賓客說幾句客套話，請大家一起舉杯，她都做不到。她不演講，也很少答應接受採訪，就算採訪到她也很難從她口中得到有趣的內容。她會講的，幾乎都是記者本來就知道、或者自己就可以想得出來的。

例如說白羅這個神探的來歷。克莉絲蒂回答：他應該是個外國人，這樣就能在英國日常生活中看出英國人自己看不出的線索。她自己碰過的外國人，只有第一次大戰剛爆發時到英國避難的比利時人。比利時警察怎麼能跑到英國來？那一定是因為他已經退休了。他有潔癖，所以對於現場會有特殊的直覺，馬上感受到不對勁的地方。一個有潔癖的人，好像應該長得矮小些才相稱，一個矮小有潔癖的人最適當的名字，就是希臘神話裡的大力士「赫丘勒斯（Hercules）」，製造出荒唐的對比趣味。那白羅這個姓是怎麼來的呢？克莉絲蒂很誠實地說：「我不記得了。」

一切都如此順理成章，一切都如此合邏輯，不是嗎？有記者問她怎麼看自己的舞台劇〈捕鼠器〉，創下了英國劇場、甚至全世界劇場連演最多場紀錄的名劇？克莉絲蒂的回答也還是中規中矩，合理合節：那是一齣小戲，在一個小劇院演出，成本很低，任何人想到了都可以帶家人或朋友去看，老少咸宜，並不恐怖，也不特別荒謬打鬧，可是又什麼都有一點，包括恐怖和荒謬打鬧的成分。

她的身上找不出一點傳奇、怪誕色彩，那她為什麼能在五十年間持續寫偵探小說，創造了那麼多謀殺，還創造了那麼多詭計？

首先因為她是女性，以及她的身世，包括她的階級身分，使得她在描寫故事場景時比一般男性作者來得敏感。因為在她之前的偵探推理小說男性作家的階級身分都是高高在上，基本上他們會從較高的角度看社會，比較看不到底層的感受。

而她的婚變以及婚變中遭逢的痛苦，都使她更能體會與觀察，將英國社會的複雜細節融入小說的核心情節，讓探案與線索分析結合在一起。

克莉絲蒂一生結過兩次婚，第一次在一九一四年，婚後不久，丈夫就參加了歐戰，是英國皇家空軍最早一批飛行員。一九二六年，這個丈夫有了外遇，直率地向克莉絲蒂要求離婚，在那之前，克莉絲蒂的媽媽才剛過世，雙重打擊之下，又遇到車子無法發動，克莉絲蒂崩潰了，她棄車而走，忘記了自己究竟是誰，躲進一家鄉間旅館，登記時寫了她心裡唯一有印象的名字——她丈夫情婦的名字。

離婚後，一次在晚宴中，有人提起近東烏爾考古的最新收穫，克莉絲蒂就取消了原定要去西印度群島的計畫，改訂了跨越歐洲到君士坦丁堡的「東方快車」，是的，就是這趟旅程給了她寫《東方快車謀殺案》的靈感。不過更重要的是，在烏爾，她認識了一位年輕的考古學家，比她小十四歲，這個人後來成了她的第二任丈夫。

這位考古學家陪她去參觀在沙漠中的烏克海迪爾城，卻在沙漠中迷路困陷了。幾小時中克莉絲蒂卻沒有一點驚慌不安，當下考古學家就決定要向她求婚。

原來，克莉絲蒂的內心是有這種冒險成分的。要不然她不會兩次選到的，都是喜愛冒險的丈夫，而她本身大概也不會吸引一個在各種危險情境下挖掘古代寶藏的人，讓他願意向一個大他十四歲的女人求婚。

這樣說吧，維多利亞時代後期的英國環境，壓抑限制了克莉絲蒂冒險、追求傳奇的內在衝動，她只好將這樣的衝動寄託在丈夫和寫作上。她一邊陪著第二任丈夫在近東漫走，一邊在小說中寫各式各樣的謀殺與探案。謀殺和探案都是冒險，還有，偵探偵查中做的事——蒐集線索，還原命案過程——其實和考古學家的考掘，如此相似！

克莉絲蒂寫得最好的，正是「藏在日常中的冒險」。她個性中的雙面成分，造就了特殊的偵探魅力。既嚮往非常傳奇，卻又有根深柢固的日常邏輯信念，兩者都在克莉絲蒂的小說中扮演了重要角色。她的謀殺案幾乎都和日常習慣緊密編織在一起，日常環境成了凶手最重要的掩護。有些日常規律明顯地被破壞了，讓我們很自然以為那會是謀殺的線索，沿著這些線索形成了閱讀中的推理猜測，然而白羅早就提醒了，真正重要的反而是那些「細節」，也就是看來像是依隨日常邏輯進行的事，或說藏在日常邏輯中因而不被看重的事，那裡要嘛藏著凶手的核心詭計、煙幕，要嘛藏著凶手致命的破綻。

凶案的構想，就是如何讓異常蓋上日常、正常的面貌，又如何故意將日常、正常予以扭曲，製造假象；那麼偵探要做的，就是如何準確地在日常中分辨出真正的異常，將假的、明顯的異常撥開來，找出細節堆疊起來的異常真相。

此外，克莉絲蒂的小說裡隱藏著極其曖昧的情感價值觀，最典型、最有名的就是《東方快車謀殺案》。透過追查過程，讓讀者知道為什麼凶手要訴諸於這種手段，其動機具有可同情之處，再加上克莉絲蒂對身分階級的觀察，她比較相信或讓讀者相信那些沒有權力、地位的人，隨著偵查節奏去認識可能或必須懷疑的人。克莉絲蒂最擅長營造「多重嫌疑犯」的小說特質，因為讀者在閱讀時必須被迫去認識很多不一樣的人。在她最受歡迎的作品，大概都具備這樣的特質。

當然，她的作品中還有兩個最突出的神探，即白羅和瑪波。白羅是比利時人，但為什麼必須是外國人？這是因為英國人具有高度階級意識，這種觀念一路滲透到所有互動細節，包括人與人之間如何說話。而白羅因為不是英國人，他會發現一般英國人不太看得出來的東西，以及兩個人互動的方法哪裡不正常。至於瑪波為什麼得是老太太？她一如那個年代的老人家，總是靜靜坐著打毛線，因為不起眼，自然讓人放鬆防備，所以瑪波探案的線索都是來自於這樣的互動模式。

然而，白羅有很明顯的優勢，瑪波的身分使她基本上只能進行「靜態」的辦案，案子的空間受到侷限，白羅卻可以跨越各種空間，恣意揮灑。而且白羅擁有警官身分，可以合理出現在各種犯罪現場，瑪波能出現的地方，相形之下就勉強、不自然多了。白羅是明白的outsider，在英國，只要他出現，就會覺得有外人在而感到緊張，於是很容易露出平常不會表現的行為；瑪波則看起來是insider，但實質上是outsider，因為總是沒人發現她、當她空氣人。這兩人的探案，是兩個極端。雖然讀者最愛白羅，但克莉絲蒂自己偏愛瑪波勝於白羅。

不管後來的偵探、推理小說發展了多少巧妙詭計，克莉絲蒂卻不會過時，因為她的推理如此密切地和日常纏繞在一起；活在日常中，我們就無可避免被克莉絲蒂的「日常細節推理」吸引，隨時讀來都充滿驚奇趣味。

名家盛讚克莉絲蒂（依推薦時間排序）

金庸（作家）

克莉絲蒂的寫作功力一流，內容寫實，邏輯性順暢，也很會運用語言的趣味。閱讀她的小說，在謎底沒有揭露之前，我會與作者鬥智，這種過程非常令人享受。其作品的高明之處在於：布局的巧妙完全意想不到，而謎底揭穿時又十分合理，讓人不得不信服。

詹宏志（作家、PChome 網路家庭董事長）

推理小說在從先輩柯南．道爾等人的發明中出現力量時，誕生了一位《天方夜譚》故事中每天說故事說個不停的王妃薛斐拉．柴德，也就是「謀殺天后」克莉絲蒂，整個世界對聽這些故事才有如此的熱情。他們捨不得睡覺，每天問後來還有嗎、還有嗎，永遠不肯離去，這就是克莉絲蒂對推理小說的最大貢獻。

可樂王（藝術家）

所謂「克莉絲蒂式」的推理小說，就是一場和一個天才的寫作者或高明的恐怖份子在紙上捕掠捉殺的戰事。即便是一列火車、一處飯店或一間酒吧，在克莉絲蒂寫來皆充滿神祕和猜謎。在人生適合的下午裡，我總是一面嚼著口香糖，一面跟著矮子偵探白羅穿梭謀殺現場，克莉絲蒂的推理作品無疑是推理世界中最充滿「魔術性」的小說。

吳若權（作家、節目主持人）

我從小就對推理小說情有獨鍾，克莉絲蒂一系列的作品尤其令我愛不釋手。多年來，閱讀推理小說的經驗讓我覺悟：讀者在文字情節中推展開來的驚嘆，不只是因緣於故事的本身，而是自我性格的投射。從這個觀點來看克莉絲蒂一系列的作品，她簡直就是洞徹人性的算命師。而讀者，在她的文字中，發現了自己無可奉告的命運。

藍祖蔚（國家電影及視聽文化中心董事長）

做過藥劑師，難免懂得毒藥；嫁給考古學家，難免也就嫻熟文明的神祕；再加上曾經失蹤九天，一切不復記憶的離奇經驗，的確提供了寫作靈感，但若少了想像力，那些片羽靈光縱使辛辣如辣椒，卻不足以成菜。

推理小說重布局、重人物描寫，克莉絲蒂最厲害的卻是犀利的人性觀察，她一手創造的白羅探長，潔癖個性完全和她相反，更將她所憎厭的人格特質集於一身，殊不知，唯有不對著鏡子寫作，才能夠跳出框架與制式反應，開闢無限寬廣的新世界，建構多面向的詭異迷宮。

看完她的小說，你只會更加訝異，到底是什麼樣的心靈才能成就這般視野？

李家同（作家、前暨南大學校長）

克莉絲蒂的整體布局十分細膩，最後案情也都講解得非常詳細，回頭去看，在書中都找得到線索。故事的情節與內容也很好看，不是像一個流氓在街上被殺掉那麼單調。……看小說應該要花腦筋、要思考，從小就要養成思辨的能力，看她的小說，就是對邏輯思考能力極佳的訓練。

袁瓊瓊（作家）

雖然被公認是冷靜理性的謀殺天后，但是在理性之下，克莉絲蒂的底色依舊是感情。克莉絲蒂很明白，所有的慾望之後，都無非是某種愛情。在以性命相搏的犯罪世界裡，凶手以終結他人的性命來遂私欲，不過是為了成全自己的愛，或者是成全自己的恨。

鄧惠文（精神科醫師）

以推理小說作家而言，克莉絲蒂的風格相當獨樹一格。她的偵探在辦案時，靠的不光是科學證據的搜集，而是大量運用犯罪心理學，及對人性的深刻了解。例如在《五隻小豬之歌》中，白羅便是藉由聽取嫌疑犯訴說案情時所不自覺顯露的主觀意識及中心思想，而看出其中破綻，找出真凶。白羅是靠腦袋辦案，以心理層面去剖析案情，即使人們敘述的是同一件事，他可以聽出不同角色因出發點及看待角度不同所透露的情緒觀感，從而抽絲剝繭，還原事實真相。

克莉絲蒂所塑造的人物也生動且各具特色，不同個性所出現的情緒反應描寫，皆細膩而準確，讓讀者產生豐富的想像空間，一展卷便欲罷不能。

吳曉樂（作家）

克莉絲蒂使用的語言平易近人，主要是以角色與情節的對應來斧鑿出故事的深度，堆疊出讓讀者回味的迂迴空間。而她筆下的角色往往性別、階級、性格、族群各異，塑造出多元又豐富的人物群像。

文學作品不問類型，若要流傳於世，最終仍得上溯至「人性」的理解與反思。而阿嘉莎・克莉絲蒂的作品中，我們可以看到人類屢屢得和自己的人生討價還價，或千方百計讓主觀意識與客觀條件達成某種程度的整合，讀者在重建人物的心理軌跡時，也見識到自身的是非成敗，我認為，這也是克莉絲蒂的作品能夠璀璨經年、暢銷不衰的主因。

許皓宜（心理學作家）

克莉絲蒂筆下的故事看似在談人性的醜惡，實則像一位披著小說家靈魂的心靈引導者，用她的文字訴說著人們得不到「愛」時的痛苦。於是在故事終了的剎那，你不得不對人生多了幾分「看透感」：原來，我們心裡的那些痛苦、報復與自我折磨的慾望，不是因為「憤恨」，而是起於對「愛的失落」。這或許是我們在情感世界中最珍貴且深刻的一種覺察了。

推理小說荒謬驚悚嗎？不，它其實很寫實。它幫我們說出心裡的苦、怨、醜陋的慾望，於是，我們可以重新學習愛了。

一頁華爾滋 Kristin（影評人）

從有記憶以來，閱讀克莉絲蒂最迷人之處往往不在真正的凶手是誰，而是在於「Why」（為什麼）與「How」（如何進行），在於人性與心理描摹的故事肌理。依循其書寫脈絡，會發覺不只是邏輯清晰、布局縝密、著重細節，她總能完美掌握敘事節奏，書中人物彷彿真實存在般鮮明躍然紙上，讀者情緒會隨精準文字保持流轉、跳動、收放，掩卷時並無太多真相水落石出的暢快，反倒淡淡的惆悵化為餘韻襲上心頭，原來還是種種意料之外，卻屬情理之中的人性盲目使然。私以為，那成就了克莉絲蒂的推理故事之所以無比迷人的主因之一。

冬陽（推理評論人）

雖然阿嘉莎·克莉絲蒂的作品並非我的推理閱讀啟蒙，卻是養成閱讀不輟的重要推手。首先，她無庸置疑是個說故事能手，打開我名為好奇的開關；其次是設計犯罪事件的巧妙多元，既日常又異常，凶手更是叫人意想不到。沒錯，我相信每個當讀者的都忍不住想破案，想早偵探一步識破詭計，或者像考試結束鈴響前一秒，瞎猜都要指著某個角色大喊「你就是犯人」！然後會忍不住作弊——不是翻到最後幾頁窺探真凶身分，而是往前翻查讓人起疑的段落、偵探顯然掌握重要線索的時刻，直到忍不住豎白旗投降，看神探（我知道啦，真正把我耍得團團轉的聰明人是作者）頭頭是道地分析我遺漏錯置的片片拼圖，終於看清真相全貌。這，就是偵探推理，我因此熟悉遊戲規則、沉醉在每一場迷人故事裡，成為這個類型書寫的俘虜，享受至今不疲的美好滋味。

石芳瑜（作家、永樂座書店店主）

布局細膩、處處留下線索，破案解說詳細，說明了這位安靜、害羞的推理小說女王心思縝密，且充滿想像力。密室殺人，完美犯罪，《東方快車謀殺案》不愧為古典推理小說的經典。再加上神祕的東方色彩，隨著火車抵達的迫切時間感，連非推理小說迷都會神經拉緊，讀完大呼過癮。

家庭主婦缺少人生經驗？處女座的阿嘉莎．克莉絲蒂充分展現她過人的寫作天分，靠得是從小開始的閱讀，以及對偵探小說的著迷。三十歲寫下第一本偵探小說《史岱爾莊謀殺案》的克莉絲蒂，在那個時代並不能說是「早慧」，但寫作生涯五十五年中，共創作了八十部偵探小說，卻令人難以企及。這位害羞靦腆的小說女神，大概是相信只要有足夠的理由，每個人都有殺人的可能！

余小芳（暨南大學推理研究社指導老師、台灣推理作家協會常務理事）

學生時代加入推理社團，社課指定讀物便是經典作品《一個都不留》，成為我對克莉絲蒂的初步印象，自此沉浸於推理小說的世界。隔年寒假陪同學參與轉學考，在斜風細雨的走廊中，滿足讀完《東方快車謀殺案》。隨著歲月遠走，已昇華成趣味回憶。

踏入推理文學領域需要認識的作家，阿嘉莎．克莉絲蒂絕對名列其中，她的作品常有英國小鎮風光、莊園式的謀殺、設備豪華的交通工具等，還有特色鮮明的偵探活躍其中。書中少有血腥、暴力的橋段，布局巧妙且結構嚴密，手法純粹、知性，故事內容與人物性格融為一體，以高超的想像力結合說好故事的能耐，為推理小說開創新局面。克莉絲蒂推理全集重編改版，值得新舊讀者一起探索。

林怡辰（國小教師、教育部閱讀推手）

多年後，還是難忘第一次閱讀阿嘉莎．克莉絲蒂作品的感動和激動。

這套將近一世紀的作品，文筆流暢，邏輯縝密，過程中不斷與作者較量、猜出凶手，直到最後解答不禁佩服，蛛絲馬跡處處展現作者的精妙手法，於是又拿起另一部作品，再次沉溺在謀殺天后所編織的日常世界中的奇幻，無可自拔。犯罪動機和手法穿越時空限制，如今讀來合理且依舊令人感動，閱讀中趣味橫生，難怪成為後來諸多偵探小說的原型。

克莉絲蒂創作生涯中產出的八十部推理作品，至今多部躍上大銀幕，無怪乎被稱之為「經典」，喜愛推理偵探作品的人不可不讀，你會驚異於她在文字中施展的魔法！

張東君（推理評論家、科普作家）

我愛克莉絲蒂！這位在台灣有時會被稱為克奶奶的超級暢銷推理小說家，即使是自認沒讀過她的書的人，也都會在各種書籍或影視作品中看到對她致敬的片段。由於她喜歡旅行和冒險，那些經驗與體驗都成為書中的場景，因此閱讀她的作品時，不只是雀躍地跟著偵探推理，也有了虛擬的旅行體驗。或者當成旅遊導覽書，在出發去尼羅河、去英國鄉間、去搭船搭火車時，就塞一本克奶奶的作品到隨身背包中。

我還是大學新生時，就聽學姐說她哥哥經常看克奶奶的小說，而且邊看邊狂笑。於是我跟著效仿，在某次搭飛機之前買了第一本小說當旅伴，不只看得超開心，看完後還到處找尋書中出現的那種有兜帽的斗篷，當成出門時的必備用品。克奶奶的作品是跨越文字、國界的。只要看過一本，就會不停地追下去。還好，真的是還好只有八十本。何況這次是全新校訂的紀念珍藏版，當然不能錯過！

發光小魚（呂湘瑜）（文史作家、助理教授）

一部好的偵探小說，除了情節設計巧妙之外，還需要洞悉人性，如此方能合理地交代人物的言行舉止與動機。阿嘉莎．克莉絲蒂便是其中翹楚，她的作品不管是偵探、愛情小說或戲劇，必要元素都是謎題與人性。在寧靜無波的場景下暗潮洶湧，永遠都有意料之外，讀者的情緒也會隨著劇情的進行起伏糾結。克莉絲蒂觀察到時代的變化，將犯罪心理融入作品中，於是，看她的小說不只能得到解謎的快樂，同時對人性也能夠有所省思。

此外，克莉絲蒂豐富的人生歷練及旅行經歷，例如一九二二年的環球之旅、居住過也旅行過的巴黎和埃及，甚至是追隨考古學家丈夫前往的中東，都讓她的小說讀來更加充滿異國情調。如果你也愛旅行，不如就讓我們一同搭上那一班南法的藍色列車，或由伊斯坦堡出發的東方快車，跟著白羅鑽進一樁奇案，一嘗旅程中破解謎題的快感吧。

盧郁佳（作家）

國小時，家裡買了一套阿嘉莎．克莉絲蒂全集，從此成了我的毒品，在白癡課本將我的腦袋啃嚙成海綿般空洞時，撫慰受創的心靈，那時我仍對人心險惡一無所知。

數學課教你列算式，樂趣遠不如克莉絲蒂教你住宅平面圖、偷換時序的密室魔術，你從庭園長窗進房間，我從房門直通鄰房，他從走廊進房……從而學會故事是建構邏輯。她文風多變，時而《四大天王》中讓神探白羅向助手海斯汀大賣關子，眉頭緊皺，山雨欲來，預示天翻地覆，只能靠他拯救世界；時而用維吉尼亞．吳爾芙《自己的房間》中俏皮的語言，讓貧苦村姑安妮在《褐衣男子》中回憶南非出生入死的冒險，竟源於她耽讀村裡圖書館爛舊的冒險愛情小說，還有戲院每週末放映〈帕米拉歷險記〉，帕米拉每集從飛機跳落高空、搭潛艇、爬上摩天大樓，每次被黑幫老大抓到總不一刀斃命，卻老要用瓦斯毒死她，暗示續集又會逃出生天。

長大才發現，克莉絲蒂小說就是我的〈帕米拉歷險記〉：它以歌劇般輝煌龐大的天真陰謀、精細的人際觀察（一句話重音放在哪個字、從膝蓋鑑定女人的年齡等），召喚年輕讀者抱持浪漫精神投入未知的壯遊，瘋魔、衝撞、冒犯，傷痕累累毫無懼色。正如瓦斯在冒險片中太多、現實中卻太少；陰謀在現實中沒有克莉絲蒂寫得那麼複雜，但她刻畫的心理卻是現實中解謎的試金石。

賴以威（臺灣師範大學電機系副教授）

或許可以為經典下幾個定義：該領域的愛好者更都讀過；不是這個領域的愛好者，許多人也都聽過；影響後續的作品，在很多著作中都可以看到它的影子；值得反覆再三閱讀，每隔一陣子再讀都可以獲得閱讀的樂趣，有更多的體悟。我永遠記得第一次讀《東方快車謀殺案》時，被那宛如嚴謹設計數學謎題的鋪陳、推進給深深吸引、震撼。從這幾個角度來說，克莉絲蒂的推理小說被稱之為「經典」，可說是當之無愧。

謝哲青（作家、旅行家、知名節目主持人）

克莉絲蒂小說的魅力在於透過每個角色的對白，藉由不斷的說話來表現人物的個性，以彰顯其人格特質中一些無法被忽略的事實。我們從他們的言語、講話的過程和字裡行間，竟然就能知道誰是凶手。

我從克莉絲蒂的小說學到很多，除了推理小說有趣的事實之外，最重要的是，我在工作的職場跟人應對的時候，如何從語言和對話裡去捕捉某些隱而不顯的事實。許多人們欲蓋彌彰的東西，無論心事也好、祕密也好，克莉絲蒂都會用文學的手法，讓你理解語言的奧妙和魅力。

克莉絲蒂的書寫會讓你覺得彷彿自己也在現場，你可以從聽到的對話當中，學會如何理解人心的一些小技巧，這是小說家最出色、最偉大的地方。我們必須學習傾聽別人說話——這些人講話是真誠的嗎？他想要跟你分享什麼資訊？這些資訊可靠嗎？——這是我在閱讀推理小說時，最大的收穫和理解。

阿嘉莎．克莉絲蒂大事記

1890		• 九月十五日出生於英格蘭德文郡托基鎮。
1894	4 歲	• 開始在家自學，父母親、姐姐教導閱讀、寫作、算術和彈鋼琴。
1895	5 歲	• 家中經濟走下坡，舉家搬至法國，學會流利的法語。
1905	15 歲	• 在巴黎寄宿學校學鋼琴和聲樂，但生性極度害羞，未成為職業鋼琴家，最終回到英國。
1907	17 歲	• 陪同母親前往埃及調養身體，對社交活動充滿興趣，但尚未對日後感興趣的埃及古物點燃熱情。 • 回英國後繼續寫作、參與業餘戲劇表演。
1908	18 歲	• 寫出第一篇短篇小說〈麗人之屋〉，同時也寫出第一部愛情小說《白雪黃漠》，以筆名向出版社投稿，但屢遭退稿。
1912	22 歲	• 與英國皇家軍官亞契．克莉絲蒂（Archibald Christie）熱戀。 • 八月爆發第一次世界大戰，亞契奉派到法國作戰。
1914	24 歲	• 耶誕夜結婚，亞契隨即返回戰場。克莉絲蒂參與紅十字會工作，在醫院擔任護士和藥劑師，因此對藥理和毒物非常熟悉，造就後來多部推理小說情節都以毒藥殺人。
1916	26 歲	• 開始嘗試寫推理小說，寫出第一部小說《史岱爾莊謀殺案》，主角偵探赫丘勒．白羅的靈感，來自於大戰期間英國鄉間的比利時難民營。本書歷經數家出版社退稿後，終獲柏德雷．海德（The Bodley Head）圖書公司的出版機會，之後並簽下另五本小說的合約。
1919	29 歲	• 前一年亞契返回英國，八月生下女兒露莎琳。

1920	30 歲	• 出版《史岱爾莊謀殺案》。
1922	32 歲	• 出版第二部小說《隱身魔鬼》，主角是夫妻檔偵探湯米和陶品絲。 • 與亞契至南非、澳洲、紐西蘭、夏威夷和加拿大等國旅行十個月，在南非得到《褐衣男子》的靈感。
1923	33 歲	• 三月出版第三部小說《高爾夫球場命案》，白羅再度登場。
1926	36 歲	• 四月母親過世，克莉絲蒂陷入憂鬱。 • 六月在「威廉・柯林斯父子出版社」出版《羅傑艾克洛命案》。 • 八月亞契因外遇提出離婚，十二月初一次爭吵後，克莉絲蒂離家棄車失蹤，消息登上全國新聞。
1927	37 歲	• 一月在悲痛心情中寫出《藍色列車之謎》，第一次創造出聖瑪莉米德村，即後來瑪波小姐居住的村子。 • 分居期間在雜誌刊登以白羅為主角的短篇小說，後來集結出版《四大天王》。 • 十二月在雜誌刊登短篇小說〈週二夜間俱樂部〉，瑪波小姐初登場，後來收錄在一九三二年出版的短篇小說集《十三個難題》。
1928	38 歲	• 十月正式離婚，仍保留「克莉絲蒂」姓氏。 • 秋天搭乘「東方快車」前往土耳其的伊斯坦堡，再轉往伊拉克首都巴格達，參觀考古現場烏爾，認識考古學家伍利夫婦（Leonard and Katharine Woolley）。
1930	40 歲	• 二月應伍利夫婦之邀再訪烏爾，認識考古學家麥克斯・馬龍（Max Mallowan），九月於英國愛丁堡結婚。這段婚姻開啟克莉絲蒂旺盛的創作生涯，兩人到中東考古現場的旅行為許多作品帶來靈感。

- 婚後克莉絲蒂開始維持固定的寫作行程。十月出版《牧師公館謀殺案》，是第一部以瑪波小姐為主角的小說。
- 出版第一部以「瑪麗・魏斯麥珂特」（Mary Westmacott）為筆名的《撒旦的情歌》，並陸續發表了五部非犯罪小說。

1932　42 歲
- 出版《危機四伏》。

1934　44 歲
- 出版《東方快車謀殺案》，是白羅海外辦案三部曲之一，故事靈感來自中東的旅行經歷。一九七四年第一次改編成電影大獲好評。

1936　46 歲
- 出版《美索不達米亞驚魂》，白羅海外辦案三部曲之二。

1937　47 歲
- 出版《尼羅河謀殺案》，白羅海外辦案三部曲之三，故事背景是年輕時與母親同遊的埃及。一九七八年第一次改編成電影大受歡迎。

1939　49 歲
- 二次大戰期間，克莉絲蒂在大學學院醫院擔任義務藥師，學習到最新的毒藥知識，對於推理小說寫作大有助益。
- 出版《一個都不留》，是克莉絲蒂最著名作品之一。

1941　51 歲
- 出版《密碼》，呈現出克莉絲蒂對戰爭的看法。
- 出版《豔陽下的謀殺案》。

1942　52 歲
- 出版《藏書室的陌生人》、《五隻小豬之歌》等名作。

1944　54 歲
- 以「瑪麗・魏斯麥珂特」為筆名出版第三部作品《幸福假面》，被美國書評人發現是克莉絲蒂的作品，讓她從此失去匿名創作的自在樂趣。

1950	60 歲	• 獲選為皇家文學學會的會員。
1953	63 歲	• 出版《葬禮變奏曲》。
1956	66 歲	• 一月獲頒大英帝國爵級大十字勳章（GBE）。 • 十一月以「瑪麗・魏斯麥珂特」為筆名出版《愛的重量》，是這個筆名的最後一部作品。
1958	68 歲	• 成為「偵探作家俱樂部」主席。
1960	70 歲	• 馬龍獲頒大英帝國爵級大十字勳章。
1961	71 歲	• 獲得艾克塞特大學頒發榮譽文學博士學位。
1968	78 歲	• 馬龍獲封為爵士，克莉絲蒂亦被稱為馬龍爵士夫人。
1971	81 歲	• 獲頒大英帝國爵級司令勳章（DBE），獲封為女爵士。
1973	83 歲	• 出版最後一部創作《死亡暗道》，亦為湯米和陶品絲最後一次辦案。
1974	84 歲	• 最後一次公開露面，出席電影《東方快車謀殺案》首映會。
1975	85 歲	• 八月六日，白羅成為有史以來第一次在《紐約時報》頭版刊出訃聞的小說主角，宣傳九月即將出版的《謝幕》，這也是白羅最後一次辦案。
1976	86 歲	• 一月十二日去世。 • 十月出版《死亡不長眠》，瑪波小姐的最後一次辦案。

克莉絲蒂推理原著出版年表

1920　史岱爾莊謀殺案 The Mysterious Affair at Styles（神探白羅系列）
1922　隱身魔鬼 The Secret Adversary（神探湯米＆陶品絲系列）
1923　高爾夫球場命案 The Murder on the Links（神探白羅系列）
1924　白羅出擊 Poirot Investigates（神探白羅系列）
1924　褐衣男子 The Man in the Brown Suit（神探雷斯上校系列）
1925　煙囪的祕密 The Secret of Chimneys（神探巴鬥主任系列）
1926　羅傑艾克洛命案 The Murder of Roger Ackroyd（神探白羅系列）
1927　四大天王 The Big Four（神探白羅系列）
1928　藍色列車之謎 The Mystery of the Blue Train（神探白羅系列）
1929　七鐘面 The Seven Dials Mystery（神探巴鬥主任系列）
1929　鴛鴦神探 Partners in Crime（神探湯米＆陶品絲系列）
1930　牧師公館謀殺案 The Murder at the Vicarage（神探瑪波系列）
1930　謎樣的鬼豔先生 The Mysterious Mr. Quin（神探鬼豔先生系列）
1931　西塔佛祕案 The Sittaford Mystery
1932　十三個難題 The Thirteen Problems（神探瑪波系列）
1932　危機四伏 Peril at End House（神探白羅系列）
1933　十三人的晚宴 Lord Edgware Dies（神探白羅系列）
1933　死亡之犬 The Hound of Death
1934　三幕悲劇 Three Act Tragedy（神探白羅系列）
1934　李斯特岱奇案 The Listerdale Mystery
1934　帕克潘調查簿 Parker Pyne Investigates（神探帕克潘系列）
1934　東方快車謀殺案 Murder on the Orient Express（神探白羅系列）
1934　為什麼不找伊文斯？ Why Didn't They Ask Evans?
1935　謀殺在雲端 Death in the Clouds（神探白羅系列）
1936　ABC 謀殺案 The A.B.C. Murders（神探白羅系列）
1936　底牌 Cards on the Table（神探白羅系列）
1936　美索不達米亞驚魂 Murder in Mesopotamia（神探白羅系列）

1937 巴石立花園街謀殺案 Murder in the Mews（神探白羅系列）
1937 尼羅河謀殺案 Death on the Nile（神探白羅系列）
1937 死無對證 Dumb Witness（神探白羅系列）
1938 白羅的聖誕假期 Hercule Poirot's Christmas（神探白羅系列）
1938 死亡約會 Appointment with Death（神探白羅系列）
1939 一個都不留 And Then There Were None
1939 殺人不難 Murder Is Easy/Easy to Kill（神探巴鬥主任系列）
1940 一，二，縫好鞋釦 One, Two, Buckle My Shoe（神探白羅系列）
1940 絲柏的哀歌 Sad Cypress（神探白羅系列）
1941 密碼 N Or M?（神探湯米＆陶品絲系列）
1941 豔陽下的謀殺案 Evil Under the Sun（神探白羅系列）
1942 五隻小豬之歌 Five Little Pigs（神探白羅系列）
1942 藏書室的陌生人 The Body in the Library（神探瑪波系列）
1943 幕後黑手 The Moving Finger（神探瑪波系列）
1944 本末倒置 Towards Zero（神探巴鬥主任系列）
1945 死亡終有時 Death Comes as the End
1945 魂縈舊恨 Remembered Death（神探雷斯上校系列）
1946 池邊的幻影 The Hollow（神探白羅系列）
1947 赫丘勒的十二道任務 The Labours of Hercules（神探白羅系列）
1948 順水推舟 Taken at the Flood（神探白羅系列）
1949 畸屋 Crooked House
1950 謀殺啟事 A Murder Is Announced（神探瑪波系列）
1951 巴格達風雲 They Came to Baghdad
1952 殺手魔術 They Do It with Mirrors（神探瑪波系列）
1952 麥金堤太太之死 Mrs. McGinty's Dead（神探白羅系列）
1953 黑麥滿口袋 A Pocket Full of Rye（神探瑪波系列）
1953 葬禮變奏曲 After the Funeral（神探白羅系列）

1954　未知的旅途 Destination Unknown
1955　國際學舍謀殺案 Hickory, Dickory, Dock（神探白羅系列）
1956　弄假成真 Dead Man's Folly（神探白羅系列）
1957　殺人一瞬間 4:50 from Paddington（神探瑪波系列）
1958　無辜者的試煉 Ordeal by Innocence
1959　鴿群裡的貓 Cat Among the Pigeons（神探白羅系列）
1960　哪個聖誕布丁？ The Adventure of the Christmas Pudding（神探白羅系列）
1961　白馬酒館 The Pale Horse
1962　破鏡謀殺案 The Mirror Crack'd from Side to Side（神探瑪波系列）
1963　怪鐘 The Clocks（神探白羅系列）
1964　加勒比海疑雲 A Caribbean Mystery（神探瑪波系列）
1965　柏翠門旅館 At Bertram's Hotel（神探瑪波系列）
1966　第三個單身女郎 Third Girl（神探白羅系列）
1967　無盡的夜 Endless Night
1968　顫刺的預兆 By the Pricking of My Thumbs（神探湯米＆陶品絲系列）
1969　萬聖節派對 Hallowe'en Party（神探白羅系列）
1970　法蘭克福機場怪客 Passengers to Frankfurt
1971　復仇女神 Nemesis（神探瑪波系列）
1972　問大象去吧 Elephants Can Remember（神探白羅系列）
1973　死亡暗道 Postern of Fate（神探湯米＆陶品絲系列）
1974　白羅的初期探案 Poirot's Early Cases（神探白羅系列）
1975　謝幕 Curtain: Hercule Poirot's Last Case（神探白羅系列）
1976　死亡不長眠 Sleeping Murder（神探瑪波系列）
1979　瑪波小姐的完結篇 Miss Marple's Final Cases（神探瑪波系列）
1991　情牽波倫沙 Problem at Pollensa Bay
1997　殘光夜影 While the Light Lasts

國家圖書館出版品預行編目（CIP）資料

哪個聖誕布丁？/ 阿嘉莎・克莉絲蒂（Agatha Christie）著；許葵花譯. -- 二版. -- 臺北市：遠流出版事業股份有限公司, 2023.04
面； 公分. -- (克莉絲蒂繁體中文版20週年紀念珍藏；33)
譯自：The Adventure of the Christmas Pudding
ISBN 978-626-361-012-5(平裝)

873.57 112002217

克莉絲蒂繁體中文版 20 週年紀念珍藏 33
哪個聖誕布丁？

作者 / 阿嘉莎・克莉絲蒂
譯者 / 許葵花

主編 / 陳懿文、余式恕 校對 / 呂佳眞
封面、內頁設計 / 謝佳穎 排版 / 連紫吟、曹任華
行銷企劃 / 舒意雯 出版一部總編輯暨總監 / 王明雪

發行人 / 王榮文
出版發行 / 遠流出版事業股份有限公司
地址 / 104005臺北市中山北路一段11號13樓
電話 / (02)2571-0297 傳眞 / (02)2571-0197 郵撥 / 0189456-1
著作權顧問 / 蕭雄淋律師

2003年1月1日 初版一刷
2023年4月1日 二版一刷
定價 / 新臺幣380元 (缺頁或破損的書，請寄回更換)

ISBN 978-626-361-012-5

遠流博識網 http://www.ylib.com E-mail: ylib@ylib.com
遠流粉絲團 https://www.facebook.com/ylibfans